Petra Kirsch, 1954 in Wintershof bei Eichstätt geboren, ist promovierte Germanistin. Nach dem Studium in München war sie als Lokalreporterin, Nachrichtenredakteurin beim Hörfunk, Textchefin und Pressesprecherin tätig. Heute lebt sie als freie Autorin in Nürnberg. Im Emons Verlag erschien »Mord an der Kaiserburg«.

PETRA KIRSCH

Dürers Hände

FRANKEN KRIMI

emons:

MIX
Papier aus verantwortungsvollen Quellen
FSC® C083411

Umschlagmotiv: fotolia.com/Nouk
Umschlaggestaltung: Tobias Doetsch
Druck und Bindung: CPI – Clausen & Bosse, Leck
Printed in Germany 2011
ISBN 978-3-89705-894-1
Franken Krimi
Originalausgabe

Unser Newsletter informiert Sie
regelmäßig über Neues von emons:
Kostenlos bestellen unter
www.emons-verlag.de

Für meine Mutter

1

Den ganzen Tag über hatte es geregnet. Kräftig und ohne Unterlass. Nun am frühen Abend zeigte das Einheitsgrau des Himmels erste Risse. Hoffnungsvolle Streifen. Vielleicht würde dieser Montag ja der erste Septembertag werden, der nicht in Dauerschauern und Endlosnieseln ausklang.

Die Nürnberger hatten die Nase voll von diesen ewigen Wassermassen, von diesem verregneten September, dem ein ebenso nasskalter August vorausgegangen war. Man wollte sich endlich wieder draußen aufhalten können, den Tag nicht nur in den eigenen vier Wänden oder den Büros und Ämtern verbringen müssen. Träge und kurzärmlig in Straßencafés sitzen, gemächlich durch die Stadt bummeln, sich im Freibad vergnügen und – für Franken der Glanz- und Höhepunkt eines gelungenen Wochenendes – gesellig im Garten grillen, dafür waren diese Monate doch vorgesehen.

Mit der Nässe und Kälte hatte sich eine gedrückte Stimmung über die Stadt und ihre Seelen gelegt, die zu dem tristen Dauergrau des Himmels passte. Keiner, der in diesen Tagen nicht mit einem mürrischen Gesicht herumlief, das auf eine ausgeprägte Streitlust schließen ließ. Heute staute sich der Feierabendverkehr am Nordring vor der Äußeren Bayreuther Straße noch länger als gewöhnlich. Jeder in der Schlange achtete peinlich genau darauf, dass vorne niemand die Spur wechselte, und fuhr handbreit auf den Vordermann auf. Mit der berechtigten Sorge um die Unversehrtheit des eigenen Wagens staute sich auch das Adrenalin, machte sich in wilder Gestik und lautem Hupen Luft. Nicht einmal das Polizeiauto drei Ampellängen vor der Ausfallstraße wirkte mildernd oder abschreckend. Im Gegenteil.

Paula Steiner war so sehr mit der Razzia vom vergangenen Donnerstagabend im Stadtteil Gostenhof beschäftigt, dass sie von all diesen Verkehrsverstößen und Beleidigungen rund um sie herum nichts mitbekam. Seit Tagen nutzte sie jede freie Minute wie diese hier auf dem Nordring, um sich die vierzig peinlichsten Sekunden ihres beruflichen Daseins als Kriminalhauptkommissarin vor Augen zu führen. Wieder und immer wieder. Es war wie ein Zwang. Sie redete sich ein, mit diesem bewussten Erinnern der Gefahr zu entkommen, nachts schweißgebadet aus Alpträumen aufzuschrecken. Doch im Grunde suchte sie bei ihren visuellen Wiederholungen lediglich nach einer Chance, den Vorfall als nicht so grauenhaft, nicht ganz so blamabel deuten zu können. Nach einer Lücke in dieser Filmsequenz, durch die sie schlüpfen könnte und die ihr bodenloses Versagen in einem gefälligeren, blasseren Licht erscheinen ließe.

So bezog sie in Gedanken abermals Position neben der Haustür in diesem schäbigen Gostenhofer Hinterhof und nickte ihrem Kollegen und Mitarbeiter Heinrich Bartels aufmunternd zu, der mit gezogener Waffe zur Toreinfahrt lief, als in der Realität ein untersetzter Mann in einem schlecht sitzenden Anzug wutschäumend an ihr Autofenster klopfte. Sie schreckte auf und öffnete das Fenster einen Spaltbreit.

»Jetzt wird's aber höchste Zeit! Aussteigen! Schaun S' amal, dass hier was vorwärtsgeht! Ich zahl doch nicht Steuern dafür, dass sich die Polizei einen faulen Lenz macht.«

Auf ihren fragenden Blick fügte er, nun schon milder im Ton, hinzu: »Oder sehen Sie nicht, wie sich hier der Verkehr staut?«

Nein, das sah sie nicht, hätte sie wahrheitsgemäß entgegnen müssen. Oder dass ihr das nicht nur heute herzlich egal war. Und dass sie nicht befugt war, Aufgaben der Schutzpolizei auszuüben. Stattdessen stieg sie aus, zog die Augenbrauen bedrohlich nach oben und herrschte den nach Schweiß riechenden Mann an: »Sie setzen sich augenblicklich wieder in Ihr Auto und halten den Mund. Denn was Sie hier gerade veranstalten, ist versuchte Nötigung und Beleidigung einer Beamtin im Dienst. Beides im Übrigen strafbar. Und wenn Sie den Anforderungen des Nürnberger Straßenverkehrs zur Hauptverkehrszeit mental nicht gewachsen sind, dann müssen Sie eben zu Fuß gehen oder, noch besser für die anderen Verkehrsteilnehmer, daheim bleiben. Also, wird's bald?«

Das wirkte. Der Anzugträger trat stumm den Rückzug an, und Paula Steiner konnte sich wieder ihrer Gostenhofer Razzia widmen. Als sie vor dem St.-Theresien-Krankenhaus in der Mommsenstraße einparkte, hatte sie schon ein großes Stück ihres inneren Films abgespult. Heinrich hatte bereits die Mauer erreicht, war daran rücklings, noch immer mit gezogener Waffe in der erhobenen rechten Hand, entlanggeschlichen und setzte soeben zu einem Sprung Richtung Haustür an, da trat sie, auf deren Kopf die Heckler & Koch jetzt unheilvoll gerichtet war, ihm instinktiv entgegen, um der Waffe eine Kurskorrektur, nur eine winzige, eine klitzekleine, zu verpassen. Dieser Versuch des Richtungswechsels kam für Oberkommissar Bartels so unerwartet, dass er für einen Moment das Gleichgewicht verlor. Bei dem Bemühen, es wiederzufinden, ließ er den rechten Arm inklusive Waffe kurz nach unten sinken. Da versetzte ihm seine Vorgesetzte, auf deren Körpermitte die Heckler & Koch nun gefahrbringend zielte, wieder instinktiv – man könnte auch sagen: aus einem unguten Bauchgefühl heraus – einen Rempler und …

Als sie im dritten Stock vor Zimmer 318 stand, atmete sie tief durch, klopfte an die offen stehende Tür und wartete. Von innen antwortete eine weibliche Stimme: »Jahaa!« Sie trat ein. »Ah, Frau Steiner, Grüß Gott«, sagte mit einem herzlichen Lächeln die junge Schwester Merve, die soeben das Abendessen austeilte. »Wenn die Tür offen ist, müssen Sie fall nicht anklopfen. Schauen Sie, Herr Bartels, jetzt haben Sie schon wieder Besuch.«

Paula Steiner nickte der Schwester kurz zu, um dann Richtung Fenster zu murmeln: »Heinrich, grüß dich. Ich glaub, es ist besser, ich komm später wieder. Und lass dich erst mal in Ruhe essen. Und auch den anderen Herrn.«

Ein Vorschlag, der von der Schwester mit dem offenkundigen und offenkundig aparten Migrationshintergrund augenblicklich abgelehnt wurde. »Das braucht's fall nicht. Es ist doch viel schöner, in Gesellschaft zu essen als allein. Oder, Herr Bartels?«

»Wegen mir musst du nicht gehen. Ich hab sowieso keinen Appetit.«

Besorgt trat sie an sein Krankenbett. »Warum hast du denn keinen Hunger? Die Verpflegung hier ist doch«, sie deutete auf das Tablett mit dem übersichtlichen Arrangement von drei Scheiben Brot, ebenso vielen Scheiben Bierschinken, Portionskäse und einem Wasserglas, »eh sehr spärlich. Außerdem kann Essen auch eine Abwechslung sein.«

»Ach, Paula, wenn man krank ist, dann hat man halt keinen Hunger.«

Sein Zimmergenosse, ein hagerer Mittfünfziger mit eingefallenen Wangen und glasigen Augen, sah das anders. »Freilich ist das eine Abwechslung. Ich freu mich immer aufs Abendessen, genauso wie auf das Mittagessen und auf das Frühstück. Ich hab den ganzen Tag Hunger. Meine Frau muss mir sogar Brote mit grober Leberwurst von daheim mitbringen, weil's die hier nicht gibt.«

Paula drehte sich zu dem anderen Patienten um, dann sah sie wieder in Heinrichs rosiges, glattes Gesicht. Ihr Kollege wirkte im Vergleich zu diesem Leberwurstbrot-Freund erstaunlich frisch und erholt, ja eigentlich rundum gesund.

»Hast du auch Lust auf etwas Besonderes? Ich bringe dir gern was mit. Was immer du willst. Du brauchst es nur zu sagen.« Sie musste eine Weile warten, bis Heinrich verneinend den Kopf schüttelte.

Als er sein karges Mahl beendet hatte, überreichte sie ihm ihr Geschenk. Heute war es, nachdem sie es die vergangenen drei Tage ohne Erfolg mit allerlei Säften und Lektüre versucht hatte, eine CD. Wagners »Rheingold« auf SACD, eine Multikanal-Aufnahme von Hansjörg Albrecht an zwei Orgeln. Ein echter Knüller und eine Herausforderung für jede Stereoanlage, hatte der Verkäufer gesagt. Doch der bekennende Wagnerianer Bartels legte das »kunstvolle Neuarrangement in der Nachfolge Glenn Goulds« achtlos auf den fahrbaren Beistelltisch neben das leere Tablett.

»Danke, Paula. Aber ich komm hier gar nicht zum Musikhören. Dafür braucht man Ruhe. Die fehlt mir hier. Außerdem muss man SACDs auf einer anständigen Anlage hören, alles andere wäre Verschwendung. Aber es ist lieb, dass du an mich gedacht hast.«

Zumindest hatte er registriert, dachte sie befriedigt, dass es sich bei ihrer heutigen Ablassgabe um eine besondere CD handelte.

»Und, weißt du schon, was dir fehlt? Haben die Ärzte mittlerweile was Konkretes gefunden?«

Unwillig winkte er ab. »Bis jetzt noch nicht. Das Einzige, was sie festgestellt haben: Es ist nichts gebrochen. Aber dafür habe ich mehrere Prellungen im rechten Ellbogen. Prellungen sind übrigens wesentlich schmerzhafter als Brüche, hat die Ärztin gesagt. Und können sich lang hinziehen. Morgen fahren sie mich nach Erlangen, zur Kernspin-Untersuchung. Ich hab doch immer so einen Druck in der Magengegend. Und«, er beugte sich zu ihr hinab und flüsterte: »Blut im Urin. Vielleicht finden sie in Erlangen ja was. Es ist bestimmt was Größeres. Irgendeine innere Verletzung.«

Bei diesen Worten schnürte es ihr das Herz zusammen. Sie fühlte sich unsagbar elend. Was, wenn sie bei dieser Untersuchung wirklich was Größeres, was Schlimmes fänden? Etwas, das ihm bleiben würde? Dann würde auch ihr etwas bleiben. Eine Schuld von so schwerer Last, dass sie – da ja sie und nur sie dafür verantwortlich war – ihres Lebtags nicht mehr froh werden könnte.

Sie stand auf und stellte den Besucherstuhl wieder unter das Fenster, als die Tür aufgerissen wurde und ein gut gelaunter etwa fünfzigjähriger Mann in blauem Jogginganzug und Sportschuhen in die gedrückte Stille des Krankenzimmers hineintrompetete: »Was ist denn los, Heiner? Wir warten schon seit einer Viertelstunde auf dich.« Als er Paula Steiner sah, spitzte er die Lippen anerkennend und nickte ihr galant zu. »Ah, du hast Besuch. Das erklärt alles. Und dann noch so hübschen. Da würde ich auch …«

Schnell fiel ihm Heinrich ins Wort. »Ich komme gleich. Das ist nur meine Chefin. Und du wolltest doch jetzt sowieso gehen, Paula.« Das klang nicht wie eine Frage, eher wie eine Aufforderung.

»Ich bin schon weg. Lass es dir gut gehen. So weit eben irgend möglich. Morgen Vormittag denke ich an dich. Ich drück dir den Daumen, dass sie nichts finden. Beide Daumen drück ich dir.«

Vor dem schweren Eingangsportal des Krankenhauses blieb sie stehen und zündete sich eine Zigarette an. »Nur meine Chefin«, hatte er gesagt. Sie verstand ihn; sie hätte ihn auch verstanden und es ergeben hingenommen, wenn er gesagt hätte »Das ist die, die an allem schuld ist«. Und trotzdem, »nur meine Chefin«? Nur?! Das erste Mal schien der Druck, der seit der Razzia wie eine Betonplatte auf ihr lastete, ein wenig erträglicher. Dieses »Nur« hatte ihr einen kleinen Teil des schlechten Gewissens genommen. Und diese Winzigkeit hatte sich nicht in Luft aufgelöst, sondern war zum weiteren Verbleib ins Zimmer 318 des Theresien-Krankenhauses zurückgeschickt worden.

Bevor sie den Wagen startete, überlegte sie kurz: gleich zurück in die Innenstadt, zu ihrer Wohnung im Vestnertorgraben, oder noch auf einen Sprung zu Gerhard, ihrem alten Freund, der am östlichen Stadtrand ein Wirtshaus führte? Das eine erschien ihr so wenig verlockend wie das andere. Sie wendete und fuhr in den Schlieffenweg.

Vor dem winzigen Haus ihrer Mutter standen die Belle-de-Londres-Rosen in voller Blüte. Das verwegene Lachsrot bildete einen dekorativen Kontrast zu den Feuerbohnen an der Längsseite des Häuschens, die wie jedes Jahr für die blickdichte Begrünung der Pergola sorgten. Im Kräuterbeet, eingefasst von einer niedrigen Buchsbaumhecke, machte sich soeben Max wichtig. Immer wieder sprang der Rauhaardackel einem Gummiball gleich kopfüber in das Salbei-Geviert, dass Erdkrumenwolken über die rückwärtige Beeteinfassung stiebten. Lautstarkes befriedigtes Grunzen untermalte diese akkurate Choreografie des Erdaushubs. Sie kannte das Spiel: Es hieß Fang-das-Mäusle, und es wurde in diesem Garten nicht nur geduldet, sondern geradezu gefördert und mit Worten und Taten belohnt. Denn die Maus-Phobikerin Johanna Steiner war davon überzeugt, dass ihr Dackel jedem Nager, der sich in ihrem Garten oder noch schlimmer: in ihrem Haus wohnlich niederlassen wollte, über kurz oder lang den Garaus machen würde. Eine Überzeugung, die ihre Tochter nicht teilte: »Ich habe bei dir noch nie eine Maus, weder tot noch lebendig, gesehen.« – »Tja, weil das Maxl eben alle vertreibt«, lautete jedes Mal die triumphierende Antwort. Doch heute hatte Paula Steiner Zweifel, ob Max' Engagement als Kammerjäger den gewohnten Beifall finden würde. Denn bei ihren empfindlichen Salbeistauden verstand ihre Mutter keinen Spaß.

Sie öffnete die Gartentür und rief nach dem Hund. Das Freudengewinsel, mit dem er sie begrüßte, ließ die Hausherrin, ausgehfein und dezent geschminkt, nach dem Rechten sehen.

»Ach, du bist es. Schön, dass du uns besuchst. Ich habe aber gar nichts im Haus, was ich dir anbieten könnte. Und Zeit hab ich auch wenig. Warum hast du denn nicht angerufen, dann hätte ich …«

Statt einer Antwort deutete Paula lächelnd mit dem Kopf auf das Kräuterbeet. »An deiner Stelle würde ich mir mal den Salbei anschauen. Ich glaube, da wartet eine ziemliche Überraschung auf dich.«

Gemeinsam beugten sie sich über das Beet; Max hatte schwanzwedelnd und erwartungsvoll zwischen ihnen Platz genommen. Wo vormals der Stolz der Kräutergärtnerin in die Höhe geragt war, klaffte nun ein fußballtiefes Loch, hübsch garniert mit klein gehäckselten Salbeistängeln.

Anerkennend pfiff Paula Steiner durch die Zähne. »Das nenne ich mal eine saubere Arbeit. Max, hier hast du dich wirklich selbst übertroffen.«

Dagegen fiel der Applaus von Johanna Steiner wesentlich verhaltener aus. »Och, das ist ja furchtbar. Furchtbar. Max, du Depp, was hast du denn da gemacht? Und du brauchst gar nicht so zu grinsen. Von mir kriegst du heuer jedenfalls keinen Tee von frischem Salbei mehr.«

Frau Steiner senior nahm ein paar Stielenden in die Hand, um sie genauer zu betrachten. »Hm, die Wurzeln sind komplett weg. Da ist nichts mehr zu machen.«

Paula folgte ihrer Mutter, die nach dieser niederschmetternden Diagnose den Ort der Verwüstung abrupt verlassen hatte, ins Haus. »Ich an deiner Stelle würde es positiv sehen: Du kannst jetzt ganz beruhigt sein – in diesem Beet ist keine einzige Maus mehr, nicht einmal ein klitzekleines Mäusle.«

Eine Weile standen sich Mutter und Tochter stumm und ernst in der Diele gegenüber. Schließlich brach Johanna Steiner das Schweigen, indem sie laut auflachte. »Aber auch kein Salbei. –

Du, es tut mir leid, aber ich muss jetzt weg. Die Annegret hat doch heute Geburtstag. Hast du Zeit? Geh halt mit. Sie würde sich bestimmt sehr freuen.«

Ein Besuch bei ihrer unablässig schwätzenden Tante, deren geistiger Horizont auf Putzen, Waschen und ihre undankbare Schwiegertochter begrenzt war? »Das geht leider nicht, ich hab noch was vor. Aber ich fahr dich und das Maxl hin.«

Während der kurzen Autofahrt betrachtete ihre Mutter sie skeptisch vom Beifahrersitz aus. »Sag mal, Paulchen, ist was passiert? Du schaust so ernst.«

»Ach, das erzähle ich dir ein anderes Mal. Wenn wir mehr Zeit haben.«

Auf dem Weg zurück in die Innenstadt hielt Paula Steiner in der Äußeren Sulzbacher Straße rechts an. Ging zum Delikatessengeschäft »Fränkische Wurstwaren« auf der anderen Straßenseite und kaufte zweihundert Gramm grobe Leberwurst, einen Viertel Frankenlaib und extrascharfen Senf. Nach diesem trüben Tag und seinen Abfuhren war ihr die Lust aufs Kochen vergangen. Und der Menü-Vorschlag von Heinrichs Zimmergenosse hatte verlockend geklungen.

Als sie in den Vestnertorgraben einbog, registrierte sie die Parklücken mit Befriedigung. Seitdem auch hier ab neunzehn Uhr nur mehr Anwohner parken durften, fand sie fast immer einen Platz.

Bevor sie in ihre Wohnung hochstieg, war noch ein Abstecher in den Keller, zur Getränkeauswahl, fällig. Seit Kurzem hatte sie ihren Weinvorrat komplett ins Kellerabteil ausgelagert, also außerhalb ihres direkten Zugriffs, in der Hoffnung, dadurch ihren Alkoholkonsum einschränken zu können. Eine trügerische Hoffnung. Denn ein Grund oder Anlass für den Gang drei Etagen tiefer fand sich immer. Heute waren es das nasskalte Wetter, Heinrichs »Nur« und das vor ihr liegende neuartige kulinarische Erlebnis, das durch einen entsprechend herben und derben flüssigen Begleiter abgerundet werden sollte.

Es dauerte eine Weile, bis sie ihre Wahl zwischen dem 2003er Grünen Veltliner und dem fränkischen Grauburgunder aus dem Jahr 2006 getroffen hatte. Zugunsten des Franken aus Iphofen.

Auf dem Weg nach oben entschied sie, auf die österreichischen Sorten-Weingläser – ein Geschenk ihres Freundes Gerhard Hohenstein zu ihrem vorjährigen Geburtstag – zu verzichten. Zu fränkischem Leberwurstbrot passte ein einfaches Wasserglas besser als diese mundgeblasenen Lifestyle-Dinger.

Während des Essens, das zügig auf dem Tisch stand und ebenso zügig beendet war, richtete sie ihren Blick auf die vor ihrem Küchenfenster liegende Kaiserburg. Für sie das markanteste und schönste Gebäude ihrer Heimatstadt. Und das beruhigendste. Das ihr schon oft Trost gespendet hatte, indem es die Verstörungen und Verletzungen des Alltags als das erscheinen ließ, was sie waren – harmlos und nebensächlich. Burgfried und Kaiserstallung spendierten ihr immer eine Extraportion Sicherheit und Stärke, verringerten ihre Angst vor der eigenen Unzulänglichkeit. Halfen ihr dabei, das private und berufliche Chaos besser zu bewältigen und dem Dasein einen zumindest kleinen Sinn abzugewinnen. Verlässlich und stets aufs Neue. Auch an diesem Abend des Iphofer Grauburgunders und der Leberwurstbrote.

Und dennoch wanderten ihre Gedanken zurück … und sie versetzte Heinrich einen Rempler und brachte ihn dadurch endgültig zu Fall. Wenn er die Waffe rechtzeitig losgelassen hätte, er sich somit an der Mauer hätte abstützen können – vielleicht wäre dann alles anders gekommen …? So aber streckte er den rechten Arm mit der Waffe, gleich einer wertvollen Meißner Kaffeekanne, in die Höhe und fiel auf die linke Schulter. Beim Aufprall auf den nachlässig geteerten schrundigen Boden des Innenhofs brüllte er vor Schmerzen. Dieser Schrei war es, der den Fahndungserfolg der groß angelegten und lange vorbereiteten Razzia augenblicklich zunichtemachte. Die Kollegen gingen in Deckung. Ebenfalls in Deckung gingen die zwei Rauschgifthändler. Damit war die Razzia gelaufen. Bevor sie Heinrich ins Krankenhaus brachte, erzählte er der verärgerten Kollegenschar, er sei ins Stolpern geraten und dadurch unglücklich gefallen.

Komisch, dass diese ebenso dürre wie selbstbewusst vorgebrachte Erklärung nie jemand in Zweifel gezogen hatte. Man glaubte ihm die Geschichte. Auch deswegen, weil Heinrich es bisher vermieden hatte, sich als knallharter, professioneller Ermittler zu profilieren. Sein Ruf am Jakobsplatz war bestenfalls mittelmäßig. Und er war durch dieses angebliche Missgeschick des Oberkommissars auf der Skala noch weiter nach unten gefallen. So stand sie seit dieser Stunde doppelt tief in Heinrichs Schuld: Sie war für seine Verletzungen verantwortlich und für die Festigung seines internen schlechten Leumunds. Warum nur hatte sie ihm nicht sofort widersprochen? Und klargestellt, wer an diesem »Missgeschick« ausschließlich Schuld trug? Wahrscheinlich aus einem Gefühl der Dankbarkeit heraus. Ja, sie war ihm in diesem Augenblick dankbar dafür gewesen, sie nicht der Häme der beteiligten Kollegen ausgeliefert zu haben. Und es war vor allem diese Dankbarkeit, die ihr seit vier Tagen das Leben so schwer machte. Morgen endlich, nahm sie sich vor, werde ich mir diesen Druck, die Last der Dankbarkeit vom Hals schaffen. Morgen werde ich zu Fleischmann gehen und ihm die Wahrheit erzählen. Ohne Wenn und Aber. Jawohl, das werde ich.

Allein der Vorsatz hatte etwas Befreiendes. In dieser Nacht schlief sie erstmals seit Tagen wieder fest und tief.

Am nächsten Morgen schenkte sie sich soeben die erste Tasse Kaffee ein, als das Telefon klingelte. Es war Kriminaloberrat Karl Fleischmann.

»Frau Steiner, Sie müssen augenblicklich zum Wasserwerk Erlenstegen fahren.« Wenn ihr Vorgesetzter auf jegliche Grußformel oder Verbindlichkeit verzichtete, was selten geschah, war er in Zeitnot.

»Guten Morgen, Herr Fleischmann. Was ist passiert?«

»Am Wasserwerk vor dem Zaun liegt eine männliche Leiche, ermordet und bös zugerichtet. Ein Spaziergänger, der seinen Hund in den Pegnitzauen ausführte, hat sie gefunden. Der Notruf ging vor zwanzig Minuten ein. Die Kollegen von der Schutzpolizei sind schon dort, Spurensicherung und Gerichtsmedizin müssten mittlerweile auch da sein. Ich weiß nicht, ob Sie den Zeugen schon befragen können, so wie ich es verstanden habe, steht er unter Schock.«

»Sie wissen aber schon, dass ich derzeit allein bin, Herr Fleischmann. Herr Bartels ist ja seit Donnerstag …«

»Natürlich weiß ich das!«, unterbrach er sie fast schroff. »Aber es geht halt momentan nicht anders. Wenn Sie wieder zurück sind, erstatten Sie mir umgehend Bericht.« Schließlich hängte er noch ein mildes und versöhnliches »Bitte« an.

Sie schaltete die Kaffeemaschine aus, nahm noch einen großen Schluck aus der Tasse und verließ die Wohnung. Sie musste das Navigationsgerät des Dienstwagens nicht zurate ziehen, sie kannte das Erlenstegener Wasserwerk. Johanna Steiner und Gero von und zu den Waldeshausen, vulgo Max, statteten ihm manchmal einen Besuch ab. Immer dann, wenn den beiden der Sinn nach einer langen Nachmittagsrunde entlang der Pegnitzauen stand.

Da der morgendliche Berufsverkehr die Pirckheimer Straße in eine Art Schockstarre versetzt hatte, schaltete sie Blaulicht und Martinshorn ein. So schaffte sie die sieben Kilometer lange Wegstrecke von der Innenstadt in den äußersten Osten Nürnbergs in einer persönlichen Bestzeit von acht Minuten. Sie sah die blinkenden Einsatzwagen schon von Weitem, die den rechten Radweg der Erlenstegenstraße vollständig blockierten. Achtlos stellte sie ihr Auto dahinter und ging auf den Parkplatz des Wasserwerks zu.

Ein drahtiger barhäuptiger Polizist mit aufgeknöpfter Uniformjacke und auf dem Rücken verschränkten Armen bewachte die obere Einfahrt zum Olga-Pöhlmann-Weg, zwei weitere machten sich einen Steinwurf weiter unten daran, das Gelände großräumig mit rot-weißen Streifenbändern abzusperren. Sie sah skeptisch auf die noch feuchte Teerdecke des Zufahrtswegs, dann zum wolkenverhangenen Himmel, als der Polizist mit der offenen Jacke ihr mit erhobenen Händen entgegeneilte.

»Sie können hier momentan nicht durch. Das gesamte Gebiet ist polizeilich gesperrt.«

Als sie nicht reagierte, sondern einfach weiterging, lief er ihr hinterher. Sein Ton wurde schärfer. »Sagen Sie mal, hören Sie schwer? Das ist eine polizeiliche Absperrung. Sie können hier nicht durch. Haben wir uns da verstanden?«

Natürlich musste er sie, die den polizeieigenen BMW außer Sichtweite geparkt hatte und in Jeans und Bluse gekleidet war, für eine Zivilistin halten. Für eine Passantin, die lediglich zum

Gaffen gekommen war. Den Ausweis hatte sie im Auto gelassen, und sie hatte wenig Lust, umzukehren und ihn zu holen. An seiner Reaktion war nichts auszusetzen, nicht das Geringste. Es war nur, dass Paula Steiner es hasste, wenn ihr jemand etwas anschaffte. Vor allem am frühen Morgen um acht Uhr. Und erst recht dann, wenn sie ohne ihren witzigen und klugen Mitarbeiter auskommen, allein ohne ihren liebsten Kollegen Heinrich Bartels ermitteln musste.

»Und Sie«, entgegnete sie, wobei sie das Anredepronomen in die Länge zog, »ziehen sich erst mal ordentlich an, bevor Sie sich hier wichtigtun! Haben wir uns da verstanden?« Mit Betonung auf *wir*.

Bevor das reizende Geplänkel fortgesetzt werden konnte, rief von der unteren Einfahrt Bernhard Schuster, der Polizeifotograf, hoch: »Das geht schon in Ordnung. Das ist doch nur die Frau Steiner vom K11. Die brauchen wir hier, die können Sie nicht einfach wegschicken.«

Nur die Frau Steiner? Wieder dieses »Nur«.

»Genau. Das ist doch nur die Frau Steiner«, sagte sie in Schusters Richtung. »Und die macht hier nur«, wandte sie sich dem Polizisten zu, der seine Jacke mittlerweile zugeknöpft hatte und stramm vor ihr stand, »ihre Arbeit. Falls Sie nichts dagegen haben.«

Als sie den Hang hinunterging, drehte sie sich noch einmal um. »Die Mütze fehlt noch.«

Dann eilte sie auf das Menschenknäuel zu, das sich im Halbkreis vor der Eingangstür des Wasserwerks zu schaffen machte. Neben Schuster und den beiden Schutzpolizisten standen Klaus und Klaus, die Kollegen von der Spurensicherung, und Dr. Frieder Müdsam. Der Gerichtsmediziner hob die Hände mit den durchsichtigen Schutzhandschuhen als Entschuldigung dafür hoch, dass er sie nicht mit Handschlag begrüßte, nickte ihr lächelnd zu und trat dann einen Schritt zur Seite.

Nun konnte sie den Toten sehen. Ein kleiner, gedrungener Mann, bekleidet mit grauen, an den Knien dünnen Gabardinehosen und einem altmodischen Pfeffer-und-Salz-Sakko. Beides vom anhaltenden Regen der vergangenen Nacht nass. Weiße Tennissocken lugten aus den braunen fleckigen Schuhen hervor. Die

Leiche lag exakt mittig auf dem schmalen Fußweg, der einzig planen Stelle im Umkreis von zwanzig Metern; Oberarme und Beine schienen wie mit dem Lineal gezogen parallel zu den Bordsteinkanten ausgestreckt. Nur die Unterarme einschließlich der aufeinandergepressten Handinnenflächen ragten, wie bei einem auf den Kopf gestellten V, im rechten Winkel zum Teerboden gen Himmel. Das irritierte sie. Denn dieses Bild erinnerte sie an etwas, sie wusste aber nicht, woran.

Schließlich, nach einer Weile, ja nach einer für eine gebürtige Nürnbergerin schon beschämend langen Zeit, fiel es ihr endlich ein: Das waren Dürers »Betende Hände«! Das am häufigsten reproduzierte Werk des größten Künstlers ihrer Heimatstadt, seine berühmteste Zeichnung. Sogar der rechte kleine Finger des Toten war wie bei Dürers Original im unteren Gelenk etwas abgeknickt. Dieses Detail befremdete sie so sehr, dass sie sich zur Ordnung rufen musste, um mit der Leichenschau fortfahren zu können.

Die obere Gesichtshälfte des Toten war über und über blutverkrustet, sodass sie weder Haare noch Augen sehen konnte, nur den fein gezeichneten, für einen Mann auffällig schönen und doch markanten Mund sowie die bläulich-schwarzen Bartstoppeln, die auf dem bleichen Teint umso dunkler wirkten. Goldener Ehering an der linken Hand. Filigrane Finger an großen Handtellern mit vielen kleinen Narben, die sich wie ein Spinnennetz über Gelenke und Knöchel zogen.

Der erste Eindruck ist wichtig. Sie versuchte, alles, was sie sah, wie eine Kohlezeichnung auf einem leeren weißen Blatt Papier zu fixieren. Bei Mord gibt es keine Zufälle. Jedes Detail kann ein Zeichen, eine Chiffre sein, deren Bedeutung sie im Augenblick zwar nicht erkennen, auf die sie aber vielleicht irgendwann einmal angewiesen sein konnte. Nur beim ersten Anblick hatte sie diese Frische der Optik, waren ihre Sinne so wach, geschärft wie bei Waldtieren in Gefahr. Sie sah zur Seite, schloss die Augen für einen Moment und blickte wieder auf den Toten. Nun erkannte sie ein weiteres Detail: Der Schädel war in der Mitte ganz leicht eingedellt, als hätte ein unsichtbarer Kamm einen akkuraten Mittelscheitel durch die Blutklumpenberge gezogen.

Müdsam, der stumm und untätig neben ihr stand, sie ihre Beobachtungen in Ruhe machen ließ, sagte: »Soweit ich bis jetzt erkennen kann, wurde er mit einer runden langen Metallstange, wahrscheinlich aus Eisen, erschlagen. Genau mitten auf den Kopf. Von vorn, von Angesicht zu Angesicht. Entweder hat er sich nicht gewehrt gegen seinen Angreifer oder er ist von dem Schlag überrascht worden, denn er ist nicht zur Seite oder nach hinten ausgewichen. Noch eins kann ich mit Sicherheit sagen: Tatort und Fundort sind nicht identisch. Ansonsten hätte hier unter seinem Kopf trotz des Regens eine wesentlich größere Blutlache sein müssen. Das heißt: Die Wunde ist andernorts schon nahezu vollständig ausgeblutet und auch verkrustet. Tatzeit gegen acht Uhr gestern Morgen plus/minus eine Stunde. Bei eingetrocknetem Blut ist es ein Leichtes, die Tatzeit exakt zu bestimmen. Das aber erst im Labor.«

Sie nickte ihm gedankenverloren zu, ihre Kohlezeichnung war fixiert.

»Ach«, fügte Müdsam hinzu, »noch was. Er muss um den Hals eine Kette getragen haben, vielleicht eine Goldkette. Das allerdings kann ich noch nicht mit Bestimmtheit sagen. Im Nacken sind winzige Spuren, die darauf schließen lassen, dass man sie ihm gewaltsam abgerissen hat. Alles Weitere kriegst du so bald als möglich. Ich lass ihn dann mitnehmen, wenn du fertig bist. Bernhard hat seine Aufnahmen schon gemacht.«

»Ich bin fertig, Frieder. Du kannst ihn haben.«

Müdsam winkte den zwei Mitarbeitern des Bestattungsunternehmens auffordernd zu, die rauchend neben einer Bahre standen. Nun erst nahm sie den leichten Zigarettengeruch wahr, der von der Wiese herüberwehte. Spürte den kalten Wind im Gesicht, hörte die Vögel in den Baumkronen zwitschern und bekam auf einmal eine solche drängende Lust auf eine Zigarette, dass sie ohne Hemmung die Bestatter ansprach: »Könnten Sie mir freundlicherweise eine Zigarette schenken? Und Ihr Feuerzeug ausleihen? Ich hab beides im Auto gelassen.«

Sofort und wortlos wurde ihr das Gewünschte ausgehändigt. Als sie den ersten Zug von der ersten Zigarette dieses Tages nahm, wurde ihr ein wenig schwindlig. Sie lehnte sich an dem Rolltor an, um das Gleichgewicht nicht zu verlieren. Das Schwindelgefühl wurde von einem kurzen Kick der Euphorie abgelöst. Sie nahm sich vor, ihrem Kontrahenten auf dem Rückweg irgendeine nette Verbindlichkeit zukommen zu lassen.

Der Leichnam lag jetzt auf der Bahre. »Habt ihr alles von ihm, was ihr braucht?«, fragte sie Klaus Dennerlein, der mit der Pinzette in der Hand gebückt den Teerboden absuchte.

»Ja, von uns aus kann der Mann in die Gerichtsmedizin.«

»Irgendwelche Hinweise auf die Identität?«

Dennerlein langte nach hinten und holte aus dem wuchtigen abgeschabten Metallkoffer drei Plastiktüten heraus.

»Hier sind sein Ausweis, der Führerschein, eine Tankkarte und eine Fahrerkarte, wie sie Berufskraftfahrer haben, der Schlüssel, das Portemonnaie. Gut hundertzwanzig Euro hatte er bei sich. Sogar ein Käsebrot und klein geschnittenen Kohlrabi haben wir gefunden. War alles in seinen Jackentaschen, das Brot und das Gemüse sauber verpackt in Stanniolpapier.«

Sie griff nach der Tüte mit dem Ausweis und betrachtete das unscharfe grob gerasterte Passfoto. Ja, das war der Tote, kein Zweifel. Dieser ungewöhnlich schöne markante Mund. Dunkle mandelförmige Augen und eine schwarze kinnlange Lockenpracht. Ein wirklich gut aussehender Mann, auch wenn er für ihren Geschmack die Haare zu lang trug, was dem Gesicht einen Zug ins Feminine verlieh. »Shengali Abdulaziz«, las sie halblaut vor. Geboren in Basra. Ein Iraker. Vierzig Jahre alt. Seltsam, sie hätte nach seinem Aussehen eher auf einen Südamerikaner getippt, einen Chilenen, Peruaner oder Brasilianer. Während ihres Studiums in München hatte sie etliche Perser, einige Jordanier und auch einen Pakistani kennengelernt, aber das hier war der erste Iraker, dem sie persönlich begegnete. Wenn auch erst als totem Mann.

»Klaus, was ist denn da der Nachname, Shengali oder Abdulaziz?«

»Shengali«, antwortete Dennerlein, der gebückt wieder auf Spurensuche ging, diesmal im angrenzenden Waldstreifen.

»Woher weißt du das?«

»Das ist wie bei unseren Pässen. Erst kommt der Nachname, dann der Vorname. Übrigens, Reifenspuren können wir vergessen. Das hier ist eine frisch geteerte Zufahrtsstraße, so glatt wie ein Kinderpopo. Und dann hat es ja die ganze Nacht geregnet. Auf abschüssigem Gelände. Selbst wenn was da gewesen wäre, hätte es der Regen mittlerweile die Pegnitz hinuntergespült.«

Schließlich rief er ihr noch zu: »Aber Gewebeproben von seiner Kleidung haben wir genommen, für den Erkennungsdienst, vielleicht ergeben die ja was.«

Nachdem der geteerte Weg somit für sie freigegeben war, drückte sie die Zigarette unterhalb der Bordsteinkante aus, um die feuchte Kippe anschließend mit spitzen Fingern aufzuheben. In diesem Moment sprach sie der Notarzt an, den sie bislang nicht wahrgenommen hatte.

»Der Mann wäre jetzt vernehmungsfähig.« Er deutete auf das hinter ihr liegende Wiesenstück, von wo aus sie ein älterer Mann in Freizeitkleidung und ein großer, auffallend hässlicher, gefährlich wirkender Hund beobachteten.

»Ich dachte, er steht unter Schock.«

»Das dachten wir auch. Es waren aber nur ein leichtes Unwohlsein und eine vorübergehende Verwirrung, wie sie in solchen Fällen als normal zu betrachten ist.«

Sie nickte und marschierte auf das Zeugen-Duo zu. Am Wiesenrand schnipste sie den übel riechenden Zigarettenstummel auf den Boden.

»Guten Morgen. Mein Name ist Steiner, ich bin von der Mordkommission Nürnberg. Sie haben die Leiche heute Morgen gefunden, Herr …?«

»Ich heiße Kupfer. Emil Kupfer. Nein, ich habe den Toten nicht gefunden, das war mein Paulinchen.«

Als ihr Name fiel, blickte die Hündin, die bis dahin die Kommissarin grimmig und stirnrunzelnd ins Visier genommen hatte, hechelnd zu ihrem Herrchen auf und wedelte, einmal links, einmal rechts, kurz mit dem buschigen Schwanz. Wie ein Scheibenwischer auf Intervallschaltung, dachte Paula Steiner und griff in die rechte Brusttasche ihrer Jeansjacke. Sie war erleichtert. Zumindest Block und Stift trug sie bei sich. Sie notierte Name und Adresse des Hundehalters.

»Wann war das?«

»Zwei Minuten nach sieben.«

»Woher wissen Sie das so genau, haben Sie auf die Uhr geschaut?«

»Nein, das brauche ich nicht. Punkt sieben gehen Paulinchen« – wieder dieses kurze Schwanzwedeln – »und ich aus dem Haus. Und von da sind es nicht einmal hundert Meter bis hierher, also zwei Minuten zu Fuß.«

Mal sehen, ob auch sie diesen Scheibenwischer in Gang setzen konnte.

»So, das war also mein Namensvetter oder besser: meine Namenscousine, das Paulinchen.« Es funktionierte. Und wie! Gleichzeitig rückte die Hündin handbreit an sie heran und senkte den Kopf, eine Einladung, sie jetzt sofort, auf der Stelle zu streicheln. Paula zögerte einen Moment, dieser Aufforderung zu folgen, und schaute stattdessen Emil Kupfer fragend an. Da stupste sie der Schäferhund-Mischling mit den gelben Zähnen und den aufgestellten ausgefransten Dreiecksohren zur geflissentlichen Erinnerung sanft mit der Schnauze in die Kniekehle. Eine Gebärde, die sie von Max kannte und als harmlos einstufte. Während sie der Hündin wieder und wieder über das nasse Fell strich, erfuhr sie, was sie noch wissen musste.

»Ja, wenn wir von der Erlenstegenstraße einbiegen, rennt sie sonst immer, ohne auf mich zu warten, ans Ufer. Heute nicht. Da saß sie vor dem Eingang zum Wasserwerk und hat laut angeschlagen. Das macht sie sonst nie. Ich bin hin zu ihr und habe diesen toten Mann gesehen. Sie wollen doch bestimmt wissen, ob wir ihn angerührt haben. Nein, haben wir nicht. Ich habe mit dem Handy die Polizei angerufen und bin einfach dort stehen geblieben. Paulinchen auch.«

»Also lag der Ermordete«, bei diesem Wort zuckte Kupfer leicht zusammen, »dann noch genau so da, wie Sie ihn vorgefunden haben. Beine und Arme in einer geraden parallelen Linie, die Hände nach oben gerichtet.«

»Ja, genauso war es.«

Auf dem Weg zurück zu ihrem Auto hielt Paula Steiner nach dem Kollegen Ausschau, den sie so angeblafft hatte und den sie nun mit einer Freundlichkeit bedenken wollte. Doch der war mittlerweile durch eine Polizistin abgelöst worden. Paula kannte sie vom Schießstand am Jakobsplatz, wo die Schlumpfschützin Steiner deren Treffsicherheit und Unerschrockenheit bewundert hatte. Auch heute versetzte die junge Frau sie in Erstaunen. Nicht gerade schlank, aber Männer würden wohl sagen: die Rundungen exakt da, wo sie hingehören, aufrechte Haltung, rasierklingenscharfe Bügelfalte in der Hose und auch die grüne Uniformjacke wie auf den Leib gebügelt, große grüne Augen, Porzellanteint, höchstens fünfundzwanzig Jahre alt. Eine Freundin und Helferin wie aus dem Bilderbuch.

»Guten Morgen, Frau Steiner.«

»Guten Morgen, Frau … leider weiß ich Ihren Namen nicht. Aber ich kenne Sie natürlich vom Polizeipräsidium, gesichtsweise.«

»Ich bin die Eva Brunner.«

»So, Frau Brunner, dann haben Sie den Kollegen hier abgelöst.«

»Ja. Denn erstens fehlt mir das, die Absperrung und Sicherung eines Tatorts, noch in meinem Ausbildungsplan, derzeit bin ich im Dezernat 2, K20, Zentrale Auswertung. Und zweitens«, fügte sie leise hinzu, »hat sich der Kollege wohl nicht gerade regelkonform verhalten.«

Regelwidrig auch nicht, dachte sie, sagte aber nichts darauf. Sie suchte nach einer passenden Abschiedsformel. »Dann bis bald. Wir laufen uns am Jakobsplatz sicher mal wieder über den Weg.«

»Auf jeden Fall, Frau Steiner. Ich komme nämlich in drei Wochen in das Kommissariat 11. Am liebsten wäre mir, wenn ich zu Ihnen käme.«

Paula Steiner musste grinsen. »So, warum ausgerechnet zu mir? Wir sind nur zu zweit, Herr Bartels und ich. Der Sachbereich vom Kollegen Trommen zum Beispiel hat dagegen sechs Leute, mit ihm sogar sieben. Da würden Sie sicher mehr erleben. Und mehr lernen.«

»Aber Sie sind für mich die beste KHK. Sie kriegen alle. Egal ob Sie sechs Mitarbeiter oder keinen haben.«

Oh, wie gut das tat nach all den »Nurs«! Da war es im Augenblick auch egal, ob die Kommissaranwärterin mit ihrem überschwänglichen Lob recht hatte oder nicht. Im Augenblick zählte lediglich, dass es auch Kollegen gab, für die sie mehr war als »nur die Frau Steiner« oder »nur meine Chefin«. So verzichtete sie darauf, diesen Irrglauben zurechtzurücken, und schluckte die Worte, süß wie Honig auf einem Butterbrötchen, widerspruchslos hinunter.

Auf dem Weg zurück in die Innenstadt bog sie rechts in die Bismarckstraße ein. Sie wollte Heinrich, heute früher als üblich, ihre Aufwartung machen und ihm von ihrem Ohne-Wenn-und-Aber-Plan erzählen. Doch daraus wurde nichts.

Als sie das Foyer des Theresien-Krankenhauses betrat, hörte sie aus der Cafeteria im hinteren Teil eine Schafkopf-Runde lauthals rumkrakeelen: »... heb dir nur deine Herren gut bis zum Schluss auf, wenn sie dann alle zusammenfallen« ... »So werden wir auf jeden Fall schon mal nicht schneiderfrei« ... »Aber den könntest du jetzt schon übernehmen, oder ist das von dem Herrn zu viel verlangt?« ... »Und womit, bitte sehr?« ... »Herz ist immer noch Trumpf, schon das ganze Spiel über, nur zur Erinnerung, falls dir das entfallen –« ... »Du Rindvieh, wenn ich doch kein Herz mehr habe ...«

Das klang wie Heinrichs Stimme. Sie setzte die Brille auf und sah genau hin. Ja, das war Heinrich, tatsächlich. Vergnügt, ausgelassen, mit vor Spieleifer geröteten Wangen, vor sich ein Kännchen Kaffee und zwei Croissants, neben sich der Jogginganzug-Träger von gestern Abend. Instinktiv trat sie hinter die wuchtige Steinsäule. Sie dachte einen kurzen Moment nach, dann ging sie eilig zum Aufzug.

Verifizieren und falsifizieren von Zeugenaussagen gehörte zum Methodenfundus der ehemaligen Soziologiestudentin Steiner. Ein Arbeitsmittel, das ihrer Meinung nach viel zu wenig eingesetzt wurde – und das sich jetzt und hier für die Aussagen des Zeugen Bartels hervorragend eignen würde. Im dritten Stock fragte sie nach dem diensthabenden Arzt. Sie wurde ins Schwesternzimmer verwiesen. Der Arzt war eine Ärztin: »Dr. S. Leipold« stand auf dem Namensschild der hübschen Brünetten, die sie um mehr als eine Kopflänge überragte. Sie stellte sich vor, mit Rang und Dienstausweis, und fragte nach dem Befinden ihres Mitarbeiters.

»Darüber darf ich nur nahen Angehörigen Auskunft geben«, lautete die knappe, aber nicht unfreundliche Antwort.

»Natürlich, das ist mir klar. Ich muss nur wissen, wann ich in etwa wieder mit Herrn Bartels rechnen kann. Meine Kommission hat derzeit einen äußerst heiklen Fall zu lösen, bei dem Eile geboten ist. Da kann ich nicht ersatzlos auf einen meiner besten Mitarbeiter verzichten. Wenn sich sein Aufenthalt hier noch über Tage oder gar Wochen hinziehen sollte, wäre ich gezwungen, umgehend Ersatz anzufordern. Was ich eigentlich schon längst hätte machen sollen.«

Nach diesem Horsd'œuvre ließ sie ein paar Sekunden verstreichen, bevor sie der Ärztin die Hauptspeise servierte, garniert mit einem bitteren und gleichzeitig verständnisvollen Lächeln.

»Ich fürchte nur, dass sich sein Aufenthalt hier länger hinzieht, als uns allen, mir und meinen Mitarbeitern, lieb sein kann. Auch wenn er versucht, seinen Zustand mir gegenüber herunterzuspielen. Ihm würde gar nichts fehlen, von ein paar Prellungen abgesehen. Wenn es nach ihm ginge, wäre er lieber heute als morgen wieder an seinem Arbeitsplatz. Aber Sie beziehungsweise das Theresien-Krankenhaus würden ihn ja nicht gehen lassen.«

Jetzt kam das Wichtigste – der Schluss, die Nachspeise –: vorsichtig, ganz vorsichtig nachzuwürzen mit einer Prise Ironie.

»Weil Ihnen die Patienten fehlen, um Ihre Betten optimal auslasten zu können. Meint Herr Bartels.« Sie sah fragend zu der Ärztin auf.

Dr. Leipold, deren Miene sich während dieser rhetorischen Glanzleistung immer mehr verfinstert hatte, holte tief Luft. »So, so. Da hat Herr Bartels Ihnen etwas anderes gesagt als uns. Wir nämlich würden ihn auch lieber heute als morgen an seinen Arbeitsplatz zurückschicken, das können Sie mir glauben. Die Untersuchungen sind abgeschlossen, etwas Ernsthaftes haben wir nicht gefunden. Doch trotz mehrmaliger Versicherung unsererseits, dass ihm nichts fehlt, weigert er sich, sein Bett zu räumen. Die Untersuchungen, auf denen er weiterhin besteht, sind teuer und überflüssig. Und dann, wir sind hier ein städtisches Krankenhaus, keine Privatklinik. Bei uns steht an erster Stelle der ärztliche Erfolg, nicht der wirtschaftliche.«

»Ach, das freut mich aber zu hören«, tat Paula Steiner erstaunt. »Ja, wenn das so ist, dann kann ich ja bald wieder mit Herrn Bartels rechnen. Da kann ich mir die Suche nach einem Ersatz wohl sparen.«

»Ja, das können Sie mit Sicherheit«, versicherte die Ärztin grimmig. »Ich werde heute noch mit ihm darüber reden. Eingehend reden.«

Das klang in ihren Ohren himmlisch. »Aber Sie sagen ihm doch nichts von unserer Unterhaltung? Ich möchte nicht, dass er das Gefühl hat, übergangen zu werden. Wohl ist mir bei dem Gedanken nicht, dass ich Ihnen gegenüber seine Befürchtungen, die in seiner Lage ja verständlich sind, ausgeplaudert habe. Hinter seinem Rücken sozusagen.«

»Da brauchen Sie sich keine Gedanken zu machen. Für ein solches Gespräch brauche ich nicht die Vermutungen des Herrn Bartels, da reicht mir seine Krankenakte vollständig aus.«

Noch bevor Paula Steiner den Aufzug betrat, war ihr Ohne-Wenn-und-Aber-Plan vergessen und hatte sich das schlechte Gewissen ihrem Kollegen gegenüber in nichts aufgelöst. An seine Stelle war ein rapide wachsender Ärger getreten, der, als sie im Erdgeschoss angekommen war, Formen eines Tobsuchtsanfalls anzunehmen drohte.

Das hätte sie sich doch denken können! Heinrich mit seinen Schwänzwochen, der immer mal wieder für zwei oder manchmal drei Wochen einfach untertauchte und für niemanden erreichbar war. Auch für sie nicht. Der den gelben Schein erst dann nachreichte, wenn er angeblich *wieder gesund* war. Das hatte sie bislang alles klaglos ertragen, ihm auch oft genug die Scherereien mit dem Krankenschein abgenommen. Doch dass er sie so kalkuliert hinterging, sie mit ihren eigenen Schuldgefühlen austrickste, das war ein hundsgemeiner Verrat, der nach ebenso kalkulierter und hundsgemeiner Rache schrie. Da aber Rache ein Gericht ist, das man am besten kalt, eiskalt serviert, verzichtete sie darauf, zu ihm, der immer noch heiter und ahnungslos in der Cafeteria bei

Kaffee und Kuchen saß, hinzustürmen und ihm ihre Enttäuschung entgegenzubrüllen.

Als sie zu ihrem Wagen ging, waren Ärger und Wut verraucht und hatten einem Anflug von Schadenfreude Platz gemacht. Den Fall Bartels hatte sie so gut wie gelöst. Jetzt konnte sie sich auf ihren zweiten Fall konzentrieren. Ab sofort würde sie sich nur mehr um den gut aussehenden Abdulaziz Shengali mit seinem markanten Mund kümmern. Und dabei, war sie in diesem kurzen Moment überzeugt, sicher genauso schnell zum Ziel kommen.

2

Zwanzig Minuten später parkte sie den BMW auf dem Innenhof des Präsidiums. Wer sie die Treppe zur Teppichetage so blendend gelaunt hochsteigen sah, hätte vermuten können, hier sei eine erfolgreiche Kommissarin auf dem Weg zum Rapport, um ihrem Chef die Lösung eines komplizierten Falls zu melden. Doch bei Paula Steiner verhielt es sich eher umgekehrt: Die frohe Stimmung, die sich aus ihrer Neugier auf das vor ihr Liegende speiste – zum großen Teil auf das Kennenlernen fremder Menschen –, war nur am Anfang einer neuen Aufgabe ihr Begleiter; am Ende jedes Falls hatte bei ihr immer eine leise Melancholie die Oberhand.

Forsch betrat sie Fleischmanns Vorzimmer. »Guten Morgen. Ich muss zu Herrn Fleischmann.«

Sandra Reußinger, Fleischmanns Sekretärin und ihre Intimfeindin Nummer eins, erwiderte den Gruß auf ihre Weise. Sie runzelte die glatte Stirn und starrte Paula Steiner aus weit aufgerissenen Augen vorwurfsvoll an. Diese Blickstarre der Blondine galt hausintern als sicheres Zeichen für einen bald folgenden Rüffel.

»Haallooo, guten Morgen. Hat es Ihnen die Sprache verschlagen, oder haben Sie für heute ein Schweigegelübde abgelegt?«

»Jeder in diesem Haus klopft vorher an, bevor er mein Zimmer betritt. Jeder! Nur Sie nicht. Obwohl ich Sie schon oft genug dazu«, Sandra Reußinger suchte nach einem passenden Verb, das ihre Hoheit in dem Vorzimmer, die selbstverständlich auch die Tür innen wie außen einschloss, unterstreichen sollte, »ermahnt habe. Ist denn das zu viel verlangt, dass Sie sich das ein für alle Mal merken?«

Ach ja, das leidige Anklopfen. Sie hatte es vergessen. Jetzt war sie es, die sich in Schweigen hüllte.

»Nun, ich finde, das ist vor allem eine Frage des guten Benimms. Und den hat eben nicht jeder«, schob Sandra Reußinger nach.

»Und ich finde, das hier sind nicht Ihre Privatgemächer, sondern der Platz, wo Sie Ihrer Arbeit nachgehen sollten. Und diese beinhaltet unter anderem, nur zur Erinnerung, Frau Reußinger, mich möglichst zügig zu Ihrem Chef durchzulassen.«

In dem Moment öffnete Fleischmann die Tür und murmelte in beider Richtung: »Ach, das schon wieder.«

Nachdem er sie eingelassen und die Tür hinter sich zugezogen hatte, sagte er: »Muss das jedes Mal sein? Geht es nicht einmal ohne diesen Firlefanz? Darüber sollten Sie doch wirklich stehen, das haben Sie doch gar nicht nötig. Frau Reußinger natürlich auch nicht, ich weiß.« Er wartete ihre Antwort nicht ab. »Also dann, Frau Steiner, erzählen Sie!«

Sie berichtete, was sie am Erlenstegener Wasserwerk gesehen hatte. Fleischmann hörte ihr konzentriert zu, ohne sie zu unterbrechen. Noch Wochen später würde er sich an jedes Detail dieses Rapports erinnern können. Paula Steiner hegte einen gewissen Respekt für ihren Vorgesetzten. Er mischte sich nie in ihre Arbeit ein und drängte sie auch bei den Fällen, in denen die Öffentlichkeit umgehend einen Schuldigen forderte, nicht zu raschen Ergebnissen; er ließ ihr Zeit bei den Ermittlungen.

»Sie sind ja in Ihrer Kommission jetzt ganz auf sich allein gestellt. Möchten Sie jemanden aus Trommens Gruppe zur Unterstützung?«

»Nein, danke, auf keinen Fall«, wehrte sie eine Spur zu heftig ab. »Herr Bartels wird wahrscheinlich schon in den nächsten Tagen aus dem Krankenhaus entlassen.«

»Aber wenn Sie zu Shengalis Frau gehen und ihr die Nachricht überbringen, brauchen Sie jemanden an Ihrer Seite. Oder soll das unsere Schutzpolizei übernehmen?«

»Nein, das würde ich gern selbst machen. Vielleicht könnte mich Frau Brunner, eine junge Praktikantin von uns, begleiten? Die hatte mit dem Fall heute Morgen schon zu tun, sie war bei der Sicherung und Absperrung dabei. Derzeit ist sie im Dezernat 2, ich glaube, in der K20 bei der Zentralen Auswertung. Außerdem soll sie ja demnächst sowieso in unser Dezernat wechseln, hat sie mir erzählt. Und sie scheint mir für eine solche Aufgabe sehr gut geeignet.«

Der Gedanke, dass die Bilderbuchpolizistin neben ihr stand, während sie der Familie diese in der Regel schlimmste aller Nachrichten überbrachte, war ihr erst während des Gesprächs mit Fleischmann gekommen. Aber er gefiel ihr.

»Gut, dann nehmen Sie Frau Brunner mit dazu. Mein Einverständnis haben Sie.«

Sie verstand den abschließenden Ton – die Audienz war beendet. Dennoch blieb sie sitzen.

»Ist noch was?«

»Mir wäre es recht, wenn Sie das erledigen könnten. Ich glaube, so von Dezernatsleiter zu Dezernatsleiter geht das wesentlich schneller, als wenn ich da vorstellig werden würde.«

»Das glaube ich zwar nicht, aber bitte.«

Er griff zum Telefon. Zwei Minuten später hatte sie die Zusicherung, über Frau Brunner »verfügen« zu können, so lange sie die Praktikantin und Kommissaranwärterin für den Fall Shengali benötigte.

Während des Telefonats hatte sie sich vorgenommen, auf dem Weg zurück in Sandra Reußingers Büro die Friedensfahne zu hissen. Sie bereute ihr Verhalten der Sekretärin gegenüber, nicht zuinnerst, aber zumindest so, dass es für eine kleine Nettigkeit reichen würde. Doch das sollte heute ihr Tag der uneingelösten guten Vorsätze werden, denn das Sekretariatszimmer war verwaist.

Als sie ihr Büro betrat, wartete Eva Brunner bereits auf sie. Mit einem prall gefüllten Leitzordner unter dem linken Arm, die Mütze in der rechten Hand stand sie aufrecht vor dem Stahlschrank und strahlte.

»Ich hätte mich schon in den Fall eingearbeitet, wusste aber nicht, welcher Schreibtisch mir künftig zusteht.«

Ein Missverständnis, das sie behutsam aufklären musste.

»Also, der hier«, sie tippte auf den leer gefegten grauen Stahltisch, auf dem lediglich ein PC und ein Becher mit Schreibutensilien standen, »ist meiner. Und der rechte«, sie deutete auf den daran bündig anschließenden, mit Aktenstapeln zugehäuften Weichholzschreibtisch, »gehört Herrn Bartels. Den können Sie gerne benutzen, bis mein Kollege wiederkommt. Ich rechne spätestens am kommenden Donnerstag mit ihm. *Spätestens.*«

Als sie die nach unten gerutschten Mundwinkel Eva Brunners sah, fügte sie hinzu: »Wenn nicht, wäre es natürlich schön, wenn Sie mich auch darüber hinaus unterstützen könnten.«

Dieser Zusatz zauberte ein hoffnungsvolles Lächeln in das Gesicht der jungen Frau.

Paula schaltete ihren Computer ein. »Als Erstes fahren wir zur Familie des Ermordeten. Dazu brauchen wir die Adresse. Möchten Sie das machen?«

»Bitte«, Eva Brunner klappte ihren Ordner auf und überreichte ihrer Interimsvorgesetzten ein Blatt Papier, »das habe ich schon für Sie ausgedruckt.«

»Das ging aber fix. Sind Sie immer so schnell?«

»Aber Frau Steiner, das ist doch leicht, das lernt man gleich am Anfang seiner Polizeiausbildung.«

Sie besah sich das Blatt. Abdulaziz Shengali, geboren 1970 in Basra, dort aufgewachsen, gelernter Kfz-Meister, 1998 nach Deutschland geflohen, 2000 als politischer Flüchtling anerkannt, verheiratet mit Ghofram Shengali, dreifacher Familienvater, wohnhaft in der Pillenreuther Straße.

»Gut, dann fahren wir.«

»Soll ich mich um das Auto kümmern?«

Sie musste hin und wieder Praktikanten in ihrem Sachbereich durchlaufen lassen und hatte dabei die unterschiedlichsten Personen kennengelernt, aber keine, die mit einem derart ausgeprägten Diensteifer und offensichtlichem Vergnügen bei der Sache war. Aus dem ersten Impuls heraus hätte sie fast geantwortet: »Ja, bitte, machen Sie das.« Aber eben nur fast. Stattdessen sagte sie: »Das ist nett, aber nein danke. Sie sollen ja hier etwas lernen. Und dass man den Wagen vorfährt, solche Sachen gibt es im Polizeialltag nicht. Die passieren nur im Fernsehen, in alten Krimiserien.«

Auf dem Weg Richtung Aufseßplatz überlegte sie, ob sie die Kollegin darauf hinweisen sollte, ausschließlich ihr bei Familie Shengali das Wort zu überlassen. Sie entschied sich dagegen. Nein, dieser Hinweis war bei Frau Brunner sicher überflüssig.

Endlich hatten sie im Zentrum der Südstadt einen halbwegs

legalen Parkplatz gefunden und standen nun vor einem abstoßenden Mietshaus aus den fünfziger Jahren. Isolierverglaste Fenster, schmucklose beigefarbige fleckige Fassade, unablässiger Verkehrslärm trotz Ferienzeit.

Sie las die Namen unter den Klingelknöpfen. Die meisten waren serbisch oder kroatisch, vier offenbar türkisch. In dem Augenblick, als sie auf den Klingelknopf der Shengalis drückte, wurde die Haustür im Glasbaustein-Look von innen aufgestoßen, und ein dürrer Teenager – ob Mädchen oder junge Frau konnte sie unter dem zentimeterdick aufgetragenen Make-up und Rouge nicht ausmachen – blickte sie aus kajalumrandeten Augen feindselig an. Sie erkannte in dem grellbunt geschminkten Gesicht den perfekt gezeichneten Mund des Abdulaziz Shengali wieder. Auch die Kleidung, bauchfreies lilafarbenes Top, blaue und teuer wirkende Jeans, rote Marken-Sneakers mit Strass-Sternchen, zeugte von dem Mut der Jugendlichen zu absonderlichen Farbenkombinationen, weniger von Geschmack.

Als der Teenager sich rüde an ihnen vorbeigedrückt hatte, rief sie ihm nach: »Wir möchten zu Ghofram Shengali.«

»Was wollen Sie von der?« Die Stimme einer Dreizehn-, höchstens Vierzehnjährigen.

»Mit ihr sprechen.«

»Ich bin Solin Shengali, die Tochter. Meine Mutter spricht kein Deutsch, die versteht Sie nicht. Sagen Sie mir, was Sie von ihr wollen.« Die Stimme einer Dreizehn-, höchstens Vierzehnjährigen, die das Befehlen gewohnt war.

»Am besten, du gehst mit und übersetzt deiner Mutter, was wir ihr zu sagen haben.« Die Stimme einer Achtundvierzigjährigen, die ebenfalls das Befehlen gewohnt war.

Man sah Shengalis Tochter an, wie hin- und hergerissen sie zwischen Aufbegehren und Fügen war. Dass sie sich schließlich für Letzteres entschied, war sicher ihrer Neugier geschuldet, vermutete Paula Steiner. Oder Eva Brunners Uniform.

Ein schmales Treppenhaus mit Kunststeinstufen und dünnem Metallgeländer, auf den Etagen ausgefranste Bastvorleger. Ein eigenartiger Geruch, süß und scharf zugleich, stieg ihr in die Nase. Als das ungleiche Trio in der dritten Etage angelangt war, klingelte Solin Sturm. Es dauerte eine Weile, bis ihnen eine große, gedrungene Frau öffnete. Auffallend heller Teint, riesige braune Reh-Augen, unförmige blaue Pluderhose, karierte Bluse, wattierte braune Weste, braunes Kopftuch. Kein Ehering. Sie blickte die Kommissarin fragend an. Als sie Eva Brunner sah, huschte ein Schleier über ihre großen ausdrucksvollen Augen. Sie sagte nichts, deutete lediglich auf die Schuhe vor der Wohnungstür.

Dann wurden sie eingelassen und durch die handtuchschmale Diele in ein vollgestelltes überheiztes Zimmer geführt. Paula zählte zwei Sofas, zwei Sessel, einen niedrigen Couchtisch, sechs Stühle um einen Esstisch, eine Schrankwand. Auf den Sofas lümmelten ein Junge im Vorschulalter und eine etwa zwei Jahre jüngere Ausgabe von Solin, offensichtlich ihre Schwester. Der Fernseher lief.

Stehend zwischen Tür und Schrankwand stellte sie sich vor. Ihren Vorschlag, die zwei jüngeren Kinder zumindest für die nächste Viertelstunde aus dem Zimmer zu schicken, lehnte Solin Shengali so brüsk wie selbstbewusst ab. Also überbrachte sie ihre Nachricht in Gegenwart aller, wobei sie Frau Shengali nicht aus den Augen ließ. Solin übersetzte. Der Nebelschleier über den schönen dunkelbraunen Augen wurde dichter. Als sie geendet hatte, war es in dem stickigen Zimmer still. Nur aus dem Fernseher drangen fröhliche Gesprächsfetzen einer Kindersendung, eine bizarre Geräuschkulisse für diese Art Nachricht.

»Es tut mir sehr leid, was mit Ihrem Mann passiert ist. Wir werden alles daran setzen, den oder die zu finden, der das getan hat.«

Ghofram Shengali nickte und murmelte etwas, das sie nicht verstand. Paula Steiner sah fragend zu Solin. Da wiederholte deren Mutter, die der Kommissarin wohl unbedingt auf Deutsch antworten wollte, ihr »Danke schön« laut und verständlich.

Paula registrierte erleichtert, dass die Witwe, vor wenigen Sekunden noch eine Ehefrau, gefasst war. Sie würde vor ihnen nicht in lautes Wehgeschrei oder haltloses Weinen ausbrechen, nur eine Träne löste sich langsam aus dem Nebelschleier und rollte die Wange herunter, bis sie von dem Kopftuch, das auch den Hals und die obere Brust verdeckte, aufgesaugt wurde. Frau Shengali machte eine einladende Bewegung zu all den im Raum verteilten Sitzmöbeln. Paula Steiner setzte sich an den offensichtlich neuen Esstisch aus Kiefernholz mit seinen unschön wirkenden Astlöchern, ihre Gastgeberin nahm ihr gegenüber Platz. Eva Brunner folgte der Einladung nicht, sie blieb mit vor der Brust verschränkten Armen stehen.

»Meine Mutter fragt, ob Sie Tee möchten.«

»Das ist sehr freundlich. Aber danke, nein. Ich hätte noch ein paar Fragen. Aber wenn ihr jetzt allein sein wollt, kann ich auch später wiederkommen«, sagte sie an die Tochter gewandt.

»Das ist nicht nötig. Bitte fragen Sie.«

»Dein Vater trug eine Kette. Eine Goldkette?«

»Nein. Bei meinem Vater liegen die Organe seitenverkehrt. Deswegen trägt er immer eine ganz normale Metallkette mit einer Plakette daran. Damit die Ärzte, wenn er einen Unfall hat, sofort Bescheid wissen.«

»Er hatte, als wir ihn fanden, ein Käsebrot bei sich. Und kleingeschnittenen Kohlrabi. Hat deine Mutter ihm das hergerichtet? Und wann war das?«

»Ja, das war unsere Mama. Sie hat ihm immer, wenn er von hier aus zur Arbeit gefahren ist, ein belegtes Brot und Gemüse mitgegeben. Das Brot und der Kohlrabi waren von gestern früh.«

»Ist es manchmal vorgekommen, dass dein Vater über Nacht ausblieb?«

»Nicht nur manchmal, mein Papa war meistens die ganze Woche weg. Von Montag in der Früh bis Freitagabend, da kam er dann wieder zurück. Mein Papa ist doch Lastkraftwagenfahrer.« Man konnte hören, wie stolz die Tochter auf ihren Vater und dessen Beruf war.

»Darum habt ihr auch keinen Verdacht geschöpft, als er gestern Nacht ausblieb? Die Antwort hätte ich jetzt gerne von deiner Mutter.«

»Was ist Verdacht geschöpft?«

»Einen Verdacht haben, etwas Auffälliges bemerken.«

Nach Solins Übersetzungsdiensten redete Ghofram Shengali zum ersten Mal laut und erregt.

»Doch, sagt sie, ihr ist schon was aufgefallen. Sie hat Verdacht geschöpft. Etwas war anders als sonst. Unser Papa ruft uns nämlich abends immer um halb neun an, mit dem Handy. Er sagt uns dann, es geht ihm gut, wir sollen an ihn denken und dass er auch viel an uns denkt. Aber gestern Abend hat er nicht angerufen. Und Mama konnte ihn nicht erreichen. Sie hat sich dann gedacht, er hat den Anruf um halb neun vergessen. Später ist er ihm bestimmt wieder eingefallen, aber da wollte er uns halt nicht mehr stören. Weil wir doch eigentlich alle um neun Uhr im Bett liegen sollen. Aber als heute in der Früh unser Papa noch immer nicht angerufen hatte, hat sich meine Mutter schon Sorgen gemacht.«

Klaus hatte nichts von einem Handy, das man bei dem Toten gefunden hatte, erwähnt. Sie durfte nicht vergessen, ihn danach zu fragen, wenn sie wieder im Präsidium war. »Bei welcher Spedition hat dein Vater gearbeitet?«

»Bei Frey-Trans, beim Herrn Frey. Am Hafen.«

»Wie ist er da hingekommen? Hatte er ein Auto?«

»Nein, noch nicht. Aber er hat darauf gespart. Noch in diesem Jahr, hat er gesagt, können wir uns ein Auto leisten. Er wollte ein deutsches Auto, einen Opel. Bis dahin musste er noch mit der U-Bahn in die Frankenstraße fahren, dann in den Bus umsteigen und ab der Hafenstraße zu Fuß gehen. Manchmal hat ihn auch ein Freund mitgenommen.«

»Ein Freund?«

»Ja, ein Kollege, der schon ein Auto hat. Aber nicht oft.«

»Wie heißt dieser Freund?«

»Chanim Ostapenko.« Ghofram Shengali blickte auf, diesen Namen kannte sie. Paula Steiner machte sich die erste Notiz.

»Das ist ein Arbeitskollege deines Vaters?«

»Ja. Und ein Freund. Beides.«

»Auch aus dem Irak?«

»Nein. Aus Kasachstan.«

»Bei deinem Vater hat man einen Geldbeutel gefunden, hundertzwanzig Euro waren drin. Ist das normal, dass er mit so wenig Geld ins Ausland gefahren ist?«

»Ja, sagt Mama. Das war eigentlich schon viel Geld. Denn das meiste, was er für seine Fahrten brauchte, konnte er mit so einer Karte zahlen.«

Paula Steiner nickte ihrer Kollegin kurz zu und stand auf. »Das ist alles im Moment«, sagte sie und streckte Frau Shengali die Hand hin. Als sie bereits an der Wohnzimmertür angelangt war, drehte sie sich nochmals um. Sie wollte mit dieser Frau, die wie in einer Gefängniszelle, in einer unverständlichen Welt mit einer fremden Sprache, fremden Sitten, fremder Kleidung, fremden Menschen lebte, wenigstens zum Abschied in eine direkte Verbindung treten. Also sagte sie laut und deutlich: »Danke schön.«

Solin begleitete sie zur Wohnungstür. Ihr Blick hatte jetzt etwas Hilfesuchendes, fast Flehendes. »Wer hat das getan? Wer hat meinen Papa umgebracht?«

»Ich weiß es noch nicht«, antwortete Paula Steiner, »aber wir werden denjenigen finden.«

Vor dem Haus atmete sie tief durch und blickte gedankenverloren auf den Aufseßplatz.

»Das hatte ich mir schlimmer vorgestellt«, sagte Eva Brunner, während sie den korrekten Sitz ihrer Mütze überprüfte. »Von denen hat ja keiner geweint.« Es klang fast empört.

»Das kommt schon noch. Bald kommt das. Bis jetzt haben wir ihnen ja keine Chance gelassen, es zu verstehen. Zuletzt werden es die Kinder begreifen.«

Auf dem Weg zum Auto fragte sie: »Und sonst, was ist Ihnen sonst aufgefallen, Frau Brunner?«

»Dass die Tochter sauteure Markenklamotten trug, während sich ihr Vater einen popeligen Opel vom Mund abspart.«

»Ja. Noch was, was Ihrer Meinung nach aus dem Rahmen fällt?«

»Die Mutter trägt Kopftuch, langärmlige Kleider und gedeckte Farben, die Tochter dagegen ist aufgebrezelt bis zum Gehtnichtmehr, fast schon ordinär. Das passt doch nicht zusammen!«

»Warum nicht? Dass die Mutter sich wie eine gläubige Muslimin kleidet, also was wir darunter so verstehen, ist ihre Entscheidung. Dass die Tochter sich so ganz anders, sehr westlich, kleidet, ist die Entscheidung ihres Vaters gewesen. Die kann jetzt nach seinem Tod schnell und grundlegend revidiert werden. Wenn nämlich der neue Familienvorstand, der neue Mann an der Spitze der Shengalis, der Meinung ist, das gehört sich nicht, hat sich's für Solin ausgebrezelt. Er allein wird darüber befinden. Dem haben sich beide, Solin genau wie ihre Mutter, zu fügen.«

Als sie die Fahrertür öffnete, zitierte sie Mahmud Khavari, einen Bekannten ihres Freundes Gerhard Hohenstein, der in dessen Wirtshaus manchmal bediente und ihr gegenüber stets die Liebenswürdigkeit und Aufmerksamkeit in Person war. »Frauen sollen sich bedecken wie die Raben. Andernfalls erwarten sie im Jenseits strenge Strafen.« Ob ihm damit ernst oder ob das ironisch gemeint war, konnte sie nicht mit Bestimmtheit sagen, so gut kannte sie ihn nicht. Aber es hatte sie seltsam berührt, wie ein leiser Vorwurf an alle Frauen, sie eingeschlossen, als er ihr das an den Kopf warf. Eine junge hübsche Frau in Hotpants und High Heels war der Auslöser gewesen.

»Wer sagt das?«

»Das steht im Koran.«

»Nach dem Islam darf eine Frau in Gegenwart eines fremden Mannes nicht einmal den Schleier abnehmen«, ergänzte Eva Brunner. Ihrem Ton war deutlich anzumerken, wie wenig sie das billigte. »Und genauso wenig hätte Ihnen Frau Shengali die Hand geben dürfen, wenn Sie jetzt ein Mann gewesen wären. Wenn Frau Shengali eine hundertprozentige Muslimin ist. Was sie offenbar ist.«

»Ja? Das wusste ich nicht.«

Es stimmt schon, dachte sie, was die Politiker sagen, die Integration funktioniert, wenn überhaupt, über die Kinder. Über Kinder wie Solin. Vielleicht hat das Mädchen Glück und bekommt einen männlichen Ersatz für ihren Vater, der seiner würdig ist. Und wenn nicht, dann hat die aufgebrezelte, mürrische, pubertierende Solin hoffentlich genügend Renitenz und Aufsässigkeit im Leib, um ihren eigenen Weg zu gehen. Ihre Vorstellungen durchzusetzen. Die nach dieser wilden Phase der Auflehnung etwas dezenter ausfallen dürften. Das wäre eine ästhetische Wohltat für die Umwelt der Solin Shengali. Sie wandte sich ihrer Kollegin zu.

»Was halten Sie davon, wenn wir uns Shengalis Arbeitgeber anschauen?«

Statt einer Antwort ließ sich Eva Brunner die Adresse der Spedition über Funk mitteilen. Frey-Trans hatte seinen Sitz in der Donaustraße, im Süden Nürnbergs, direkt am Main-Donau-Kanal.

Das von Südwesttangente und Frankenschnellweg eingeschlossene Stadtviertel Maiach zählte für Paula Steiner zu den hässlichsten Gegenden Nürnbergs. Schon der Weg dahin war eine triste Angelegenheit. Sie fuhren die Katzwanger Straße stadtauswärts, Getränkeläden, Billig-Discounter und schmucklose, schäbige Siedlungshäuser bestimmten das Bild. Es roch nach Provinz, nach Vorstadt. Erst in der Hafenstraße, nach einem dürftig bewaldeten Niemandsland, verlor sich das Unansehnlich-Banale dieser Monotonie und bekam einen frischen Beigeschmack von Weite und Welt, was vom Kanal herrührte.

Sie parkte vor einem eingezäunten Grundstück, auf dem ein rostiger Wohnwagen seinen letzten Tagen entgegendämmerte.

»Die Spedition ist aber weiter hinten.«

»Ich weiß. Doch so können wir uns noch ein wenig die Füße vertreten. Außerdem möchte ich vorher noch eine Zigarette rauchen.«

Als sie vor dem Haupteingang der Spedition angekommen waren, blieb Paula Steiner stehen. Das Schiebetor stand weit offen, auf dem Hof war niemand zu sehen. Sie blickte sich um, wollte sich ein Bild machen von dem Arbeitsplatz des Abdulaziz Shengali. Da kam ihnen ein älterer Mann – gut über die sechzig, weißer Haarkranz, graue Strickjacke, ausgebeulte braune Stoffhose – entgegengeeilt.

»Na endlich, ich warte schon seit drei Stunden auf Sie.«

»Auf uns?«

»Sie sind doch vom Jakobsplatz«, sie nickte, »von der Fahndungsstelle?«

Sie schüttelte den Kopf. »Nein, wir sind von der Mordkommission.«

»Aber ich habe doch … Mordkommission, sagen Sie?«

»Ja, Paula Steiner und Eva Brunner von der Mordkommission. Sie sind der Inhaber von Frey-Trans?«

Er nickte. »Ja, Siegfried Frey. Einer von zwei Inhabern. Ich habe die Firma gegründet, führe sie aber seit ein paar Jahren zusammen mit meinem Sohn Joachim.«

»Haben Sie ein Büro, wo wir uns setzen können?«

Frey führte sie um das schlichte, mit Wellblech verkleidete Gebäude auf die rückwärtige Seite. Hier konnte man auf den Kanal und seine Frachtschiffe sehen.

Freys Büro war vollgepackt mit schweren klobigen Nussbaummöbeln, die in seltsamem Kontrast zu den hellgrauen Wänden und Aluminiumfenstern standen. Schreibtisch, Regale, Besucherstühle, alles aus diesem schwarzbraunen Holz, ein typisches Chefzimmer der sechziger, siebziger Jahre. Sicher eine Reminiszenz an die Gründerzeit von Frey-Trans, als Siegfried Frey hier noch allein das Sagen hatte. Sie setzte sich auf einen der mit Leder gepolsterten Sessel und war überrascht, wie angenehm, ja gar behaglich es sich auf diesem hässlichen Trumm sitzen ließ.

»Warum haben Sie die Polizei angerufen, Herr Frey?«

»Einer unserer Fahrer hätte sich schon dreimal bei uns melden sollen, gestern zweimal, heute einmal. Das ist so Vorschrift bei uns. Hat er aber nicht. Und wir können ihn umgekehrt auch nicht erreichen. Der Lkw hat kein Transport-Infosystem, also kein integriertes Ortungssystem wie die meisten unserer Wagen. Mit dem Laster ist was passiert. Ich mache mir Sorgen. Wir alle machen uns Sorgen.«

»Der Fahrer heißt Shengali, Abdulaziz Shengali?«

»Ja. Woher wissen Sie das, wenn Sie doch von der Mordkommission …«

»Shengali ist heute Morgen ermordet aufgefunden worden. Deswegen sind Frau Brunner und ich hier.«

»Abdu ermordet?« Frey starrte sie ungläubig an. »Wirklich, unser Abdu?« Sie nickte. »Das ist ja entsetzlich. Furchtbar. Aber warum denn? Wer tut denn so was?«

»Warum und wer, das wissen wir nicht. Noch nicht. Wann ist Shengali gestern weggefahren? Ich nehme an, er ist von hier aus, von der Spedition, gestartet. Oder?«

»Ja, er war hier, hat den Lkw geholt und ist noch vor sieben Uhr weg.«

»Ach, Sie haben ihn gesehen?«

»Nein, ich nicht. Das ist der Vorteil als Seniorchef, dass man länger schlafen kann. Bis vor fünf Jahren war ich in der Früh der Erste, der da war, und abends der Letzte, der ging. Diesen Part hat jetzt mein Sohn. Joachim hat Abdu gesehen, wie er den Hof verließ.«

»Dann wissen Sie wahrscheinlich auch nicht, was er geladen hatte?«

»Natürlich weiß ich das. Ich verbringe zwar nicht mehr den ganzen Tag in meiner Firma, aber immer noch lang genug, um den Überblick nicht zu verlieren. Ich habe mein Geschäft noch voll im Griff, das können Sie mir glauben. Ich gehöre nicht zum alten Eisen.«

Sie hatte ihn mit ihrer Frage in seinem Stolz verletzt, das war wohl die empfindliche Seite des Seniorchefs.

»Aber um Ihre Frage zu beantworten: Abdu hatte Zigaretten und Parfüm geladen. Er hatte schon seit Monaten die Albanientour. Wo hat man Herrn Shengali denn gefunden? In Deutschland oder schon im Ausland?«

»In Deutschland. Ganz in der Nähe. Vor dem Wasserwerk in Erlenstegen.«

»Erlenstegen? Warum Erlenstegen? Das liegt doch gar nicht auf seiner Route.« Frey hielt inne; man sah ihm an, dass ihm das, was er nun sagen wollte, schwerfiel. »Halten Sie mich bitte nicht für pietätlos, wenn ich das jetzt frage, aber das war ja unter anderem der eigentliche Grund, mich an die Polizei zu wenden. Dann haben Sie den Laster auch gefunden, vor dem Wasserwerk in Erlenstegen?«

»Nein, Herr Frey. Bis jetzt nicht. Aber Sie haben die Fahndungsstelle ja schon informiert, mehr können Sie im Moment nicht machen. War das eine wertvolle Fracht, die Shengali hatte?«

»Was heißt wertvoll? Für uns nicht. Für uns war das Durchschnitt. Eben Parfüm und Zigaretten. Circa dreihundertfünfzigtausend Euro, jede unserer Albanienfuhren hat ungefähr diesen

Frachtwert. Plus/minus zehn Prozent. Wenn Sie den genauen Betrag brauchen, rufe ich im Büro an und lass ihn mir sagen.«

»Ja, bitte.«

Während Siegfried Frey das Telefonat führte, stand Paula Steiner auf und betrachtete das einzige gerahmte Bild, das diesen Raum schmücken sollte, aus der Nähe. Es hing hinter Freys Schreibtisch. Ein Schwarz-Weiß-Foto aus den späten vierziger Jahren von zwei Mercedes-Lastwagen, dazwischen zwei ernste schmale Männer in Arbeitskleidung – einer davon mit Cordhut –, die sich gegenseitig die Arme um die Schultern legten, auf der Fahrertür der Schriftzug »Gebrüder Frey. Nürnberg«.

»Wie ich vermutet hatte, es waren knapp dreihundertfünfzigtausend Euro Frachtwert, auf den Cent genau 347.400,50 Euro.«

Er drehte sich nach ihr um. »Ah, da sind Sie. So hat es bei uns angefangen, 1948. Mein Vater und mein Onkel haben das Unternehmen gegründet. Die haben das nach dem Krieg quasi aus dem Nichts aufgebaut. Mein Onkel hatte keine Kinder, so habe ich die Firma bekommen, 1978 war das. Und wieder dreißig Jahre später, nämlich 2008, hat sie mein Sohn Joachim übernommen.« Er musste über diese Laune des Zufalls lächeln. »2038 wird dessen Sohn Frey-Trans bekommen. Das ist beschlossene Sache. Sie sehen, pünktlich alle dreißig Jahre geben wir die Firma an die nächste Generation weiter.«

Sie setzte sich wieder. »Dann ist also schon ein Nachfolger da?«

Augenblicklich erstarb das Lächeln. »Nein. Eben nicht. Noch nicht einmal eine Frau ist da, ich meine: eine Ehefrau. Joachim lässt sich auf diesem Gebiet viel Zeit. Bei allem anderen pressiert es ihm, nur da nicht. Leider.«

»Wie war denn Herr Shengali so?«

»Als Mensch oder als Fahrer?«

»Als Mensch und als Fahrer.«

»Abdu ist immer freundlich, höflich. Entgegenkommend und zuverlässig. Beziehungsweise, er ist es gewesen. Ein richtiger Pfundskerl. Ich mag es gar nicht glauben …« Plötzlich hellte sich Freys Miene hoffnungsvoll auf. »Woher wissen Sie überhaupt, dass der tote Mann unser Abdu ist? Den Lkw haben Sie ja auch nicht. Da könnte es doch gut möglich sein, dass es sich um eine Verwechslung handelt?«

»Nein, das ist ausgeschlossen. Er trug seine Papiere bei sich. Und demnach ist er es. Eindeutig.«

»Ach so. Schade. Wirklich schade. Ja, auch als Fahrer hat man sich auf ihn hundertprozentig verlassen können. Wissen Sie, wir haben nur erstklassige Mitarbeiter. Anders geht es nicht als kleiner Mittelständler in einem Gewerbe, in dem der absolute Konkurrenzkampf tobt. Ich kann mir Mittelmaß einfach nicht leisten. Am wenigsten beim Personal. Also haben wir nur sehr gute Fahrer. Und von denen war Abdu der beste. Da gab es nie irgendein Geschiss wegen Lenkzeitenüberschreitung, zu vielen Punkten oder Beschwerden von unseren Kunden. Nie.«

»Wie viel hat er bei Ihnen verdient?«

»Gut neunzehnhundert, das ist der Tariflohn für einen Berufskraftfahrer, plus Spesen für Übernachtung und Verpflegung. Macht noch mal vierundzwanzig Euro steuerfrei pro Tag.«

Sie klappte ihren Notizblock auf. »Chanim Ostapenko fährt auch für Sie?« Er nickte. »Shengalis Tochter sagte, Ostapenko ist ein Freund ihres Vaters gewesen. Würden Sie das auch so sehen?«

»Ja. Unsere Fahrer verstehen sich alle untereinander. Aber zwischen Chanim und Abdu ist oder jetzt, ja nun: war das Verhältnis schon ein besonderes, das über das rein Kollegiale weit hinausging. Ich würde das auch so ausdrücken: Die beiden waren gute Freunde. Das mag daran liegen, dass die zwei die einzigen Ausländer unter unseren Mitarbeitern sind.«

»Jetzt würden wir gern noch Ihren Sohn sprechen. Nur ganz kurz.«

»Das geht leider nicht. Joachim ist unterwegs. Manchmal springt er bei dem Express-Service hier in der Region ein, so wie heute. Er muss aber jeden Augenblick zurückkommen. Wenn Sie warten wollen? Lange kann es nicht mehr dauern.«

»Nein. Ich werde später mit ihm reden. Dann danke ich Ihnen also, Herr Frey, für die Zeit, die Sie sich für uns genommen haben. Ich wünsche Ihnen, dass Ihr Laster bald wieder auftaucht. Wenn Sie schon Ihren besten Fahrer verloren haben.«

»Ach, umgekehrt wäre es mir lieber. Es gibt zwar eine Menge

Lauferei und Papierkram, aber gegen Diebstahl sind wir versichert.«

Als sie den Hof verlassen hatten, fragte sie Eva Brunner: »Was ist bei Ihnen von dieser Vernehmung hängen geblieben? Und – was würden Sie an meiner Stelle jetzt machen?«

»Erstens ist mir aufgefallen, wie begeistert der Frey von Shengali gesprochen hat. Der muss ihn richtig gern gemocht haben. Seinen Sohn hat er nicht so gelobt wie seinen Fahrer. Oder ist das jetzt vorschnell gedacht?«

»Nein. Den Eindruck hatte ich auch. Und zweitens?«

»Die Freundschaft zwischen den beiden Männern, zwischen Shengali und Ostapenko. Ich würde auf jeden Fall mit Ostapenko sprechen.«

»Richtig, das werde ich. Beziehungsweise das werden wir, wenn Sie dann noch Lust und Zeit haben, in unserer Mini-Kommission mitzuarbeiten. Noch was?«

Die Anwärterin dachte einen Moment nach. »Ja, ich bin mir aber nicht sicher. Ich finde es komisch, dass der Juniorchef heute, an einem solchen Tag, unterwegs ist. Warum kümmert er sich nicht selber um den Laster und überlässt das seinem Vater? Er ist doch jetzt der Chef. Seltsam ist das auch deswegen, weil es nur eine regionale, also eine kleine Tour zu sein scheint. Die hätte man sicher ohne große Verluste canceln können, meine ich.«

»Das weiß ich nicht, ob solche Fahrten bei einem mittelständischen Transportunternehmen so ohne Weiteres zu streichen sind. Das finde ich nicht seltsam. Und vielleicht teilen sich die Freys ja untereinander die Arbeit auf, und so etwas wie die Suche nach einem verschwundenen Lkw fällt in das Ressort von Herrn Frey senior. Manchmal ist eine strikte Arbeitsteilung ganz hilfreich, gerade unter Familienangehörigen, um Streit zu vermeiden. Noch etwas, Frau Brunner?«

»Im Moment eigentlich nicht.«

»Wir, und nicht länger die Fahndungsstelle, müssen uns jetzt auch um Shengalis Laster kümmern. Die Suche danach läuft ab sofort über unsere Kommission. Ich habe das dem Frey gegenüber erst mal nicht gesagt. Denn für uns ist die Suche nach dem Lkw zweitrangig, für ihn sicher nicht.«

Eva Brunner schlug sich mit der flachen Hand auf die Stirn. »Ja, natürlich. Den hab ich ja ganz vergessen. Die Mörder haben den Laster geklaut, einschließlich der Zigaretten und des Parfüms. So was kriegt man an jeder Straßenecke leicht los. Im Gegensatz zu Herrn Frey finde ich nämlich dreihundertfünfzigtausend Euro sehr viel Geld. Da sind andere schon für wesentlich weniger umgebracht worden. Genau, das war Raubmord.«

»Das weiß ich nicht. Kann sein, glaube ich aber eher nicht. Dagegen spricht, dass Shengalis Geldbeutel samt komplettem Inhalt noch an Ort und Stelle war, in der Innentasche seines Sakkos. Gegen Raubmord spricht auch, wie man den Leichnam dort hingelegt hat. Haben Sie ihn sich überhaupt angesehen?« Eva Brunner nickte. »Auch die Hände?«

»Ja, ich hab mich schon gewundert, wie …«

»Shengali lag doch da wie hindrapiert, wie …«, Paula suchte nach einem passenden Vergleich, »… auf einer Bahre oder in einem Sarg. Wie zur letzten Ruhe gebettet. Da hat sich jemand richtig Mühe gegeben. Diese Mühe machen sich Raubmörder in der Regel nicht.«

Eine halbe Stunde später hatten sie den Hof des Präsidiums erreicht und stiegen nun die Treppe in den ersten Stock hoch. Bevor sie die Tür zu ihrem Büro öffnete, blieb sie gedankenverloren stehen. »Ein toter Moslem mit einem christlichen Symbol. Das war eine Botschaft. Aber an wen und warum?«

Rhetorische Fragen, die in diesem Moment keinen Sinn ergaben außer dem, einen ersten Hinweis auf ein Tatmotiv aus einer Gedankenkette herauszuschälen und vorerst daran festzuhalten. Bis andere Hinweise diese Gedankenkette als falsch erweisen würden.

»Als Abschreckung. Oder als Drohung an andere aus Shengalis Umfeld. Vielleicht wollte der Mörder damit sagen: Wenn ihr macht, was Shengali getan hat, ergeht es euch genauso.« Die Kommissaranwärterin sah die Kommissarin erwartungsvoll an.

»Das ist gut möglich, sehr gut möglich sogar. Trotzdem brauchen wir den Laster. Sobald er auftaucht, muss die Spurensicherung ihn auseinandernehmen.«

»Sie glauben, Shengali wurde im Wagen, im Führerhaus ermordet?«

»Nein. Die Tatwaffe war, sagt Dr. Müdsam, eine längere Eisenstange. Um damit jemandem den Schädel zu spalten, so wie es bei dem Toten der Fall ist, muss man ausholen. Das geht in diesen engen Kabinen schlecht. Trotzdem brauchen wir den Lkw. Und wenn er nur dafür gut ist, um genau das auszuschließen.«

Sie betrat das Büro, das ihr wie immer, wenn sie auf Heinrich verzichten musste, abweisend und unbehaglich vorkam. Als sie die beiden Fensterflügel weit öffnete, entlud sich hinter ihr ein Schwall der Begeisterung.

»Also, ich finde das alles wahnsinnig interessant. So spannend. Mittendrin in einem Mordfall sein. Dem Mörder sozusagen auf der Spur. Das ist das Tollste, was ich bisher im Präsidium erlebt habe. Richtig aufregend, einfach geil. Finden Sie nicht auch?«

Nein, das fand sie nicht. Aber sie schwieg.

»Frau Brunner, Sie sind doch derzeit bei der Zentralen Auswertung. Wenn Sie den Ostapenko mal gründlich durchchecken würden, wäre mir sehr geholfen. Ach, und noch eins: Bleiben Sie an dem verschwundenen Laster dran. Die Spedition kriegt den erst dann zurück, wenn unsere Kriminaltechniker mit ihm fertig sind. Auch wenn die Freys jammern von wegen Verdienstausfall und so. Das geht eben im Moment nicht anders. Bleiben Sie hart.«

»Jawohl, das mache ich. Sie können sich auf mich verlassen, Frau Steiner. Hundertprozentig. Ich bin ja so froh, dass ich bei Ihnen, in Ihrem Sachbereich bin. Und nicht in dem vom Trommen. Der Herr Bartels soll sich mal richtig auskurieren. Oft ist es gar nicht gut, wenn man vorschnell das Krankenhaus verlässt, bloß weil man meint, man ist unersetzlich. Da kann sich leicht was festsetzen, was man dann zeit seines Lebens nicht mehr loswird. Aber jetzt mache ich mich sofort an die Arbeit. Und wenn Sie mich hier brauchen, ein Anruf genügt, ich komme sofort.«

Sie sah voller Staunen auf die junge rotblonde Frau, die da stramm, wie beim Morgenappell, vor ihr stand, die Mütze wieder unter den linken Oberarm geklemmt, die Wangen leicht gerötet. Erst die Euphorie, nun dieser einzigartige Diensteifer. Und das alles galt nicht nur der Arbeit in ihrer Kommission, sondern auch ihr, der Person Paula Steiner, derentwegen sich andere lieber ins Krankenhaus zurückzogen. Im Augenblick tat ihrer gekränkten Seele Eva Brunners Überschwang sehr gut. Sie erwischte sich gerade noch rechtzeitig dabei, wie dieser überbordende Elan dabei war, auch sie mitzureißen.

»Prima. Danke. Dann müssen wir noch wissen: Wann genau ist Shengali von der Spedition weggefahren, das werden wir von dem Junior erfahren, wann war die Tatzeit, wo, an welcher Raststätte beispielsweise, kann er sich da aufgehalten haben? Darum werde ich mich kümmern. Aber vorher muss ich Fleischmann noch Bericht erstatten.«

Eva Brunner verließ den Raum, aber erst nachdem sie ihre Mütze abgelegt, Heinrichs diverse Aktenstapel zu einem einzigen zusammengeklopft, diesen an den äußersten Rand seines Schreibtischs geschoben und dann ihren Ordner mitten auf dem Tisch platziert hatte. Auch darin erkannte die Kommissarin eine Botschaft. Und sie gefiel ihr.

Einem ersten Impuls folgend, wollte sie umgehend zu ihrem Vorgesetzten marschieren, um ihn persönlich über den Ermittlungsstand zu informieren. Doch dazu hätte sie durch das Vorzimmer der Reußinger gehen müssen. Und nach der vor noch gar nicht so langer Zeit geplanten Nettigkeit an deren Adresse stand ihr derzeit nicht der Sinn. Jetzt, nachdem ihr Eva Brunner den Rücken so nachhaltig gestärkt hatte, erschien ihr eine solche wohlwollende Geste nur mehr als Einknicken vor der Gegnerin. Als Schnapsidee, aus der Not des Allein- und Abgewiesenseins geboren. Als überflüssig und geradezu fatal für ihr künftiges Verhältnis zur Reußinger. Sie schaltete ihren Computer an.

Sie wusste, welche Art Bericht Fleischmann schätzte. Knapp sollte er sein und doch detailreich. Faktenbezogen am Anfang, trotzdem war ihm das »Rumspintisieren bei der Spurenanalyse«, wie er es einmal genannt hatte, wichtig. Derlei Ausflüge in die irrationale Vorstellungswelt waren bislang in Heinrichs Ressort gefallen. Doch heute hatte auch sie einige Spintisierereien anzubieten.

Da waren zum einen Shengalis Frau und seine Tochter, ein sehr »heterogener innerfamiliärer Hintergrund«, der wohl für die sicher zahlreichen strenggläubigen Moslems in Shengalis naher und entfernter Verwandtschaft schwer zu akzeptieren gewesen sein dürfte. Aber vor allem war da die Botschaft in Form der zum Gebet arrangierten Hände. Insofern sei von der Theorie eines puren Raubmords vorerst abzusehen, schrieb sie, auch wenn diese Möglichkeit weiterhin in Betracht gezogen würde; darum kümmere sich vorrangig, selbstredend unter ihrer Aufsicht, Frau Brunner, die im Übrigen recht anstellig sei und ihr bereits einiges an Routinearbeit abgenommen habe.

Sie schloss den Bericht mit der Hoffnung, die kluge und engagierte Anwärterin auch weiterhin in ihrer Kommission ausbilden zu dürfen. Sie sei davon überzeugt, dass die Praktikantin Brunner damit die Chance habe, die kriminalpolizeiliche Ermittlungsarbeit beispielhaft kennenzulernen, da sie von Anfang an – sozusagen mit der Einbestellung der internen Kräfte durch den KDD an den Fundort – in diese involviert sei. In anderen Kommissionen des K11 würde der Fokus innerhalb der Praktikantenanleitung ja eher auf der segmentierten, dem ganzheitlichen Prinzip widersprechenden Aufgabenbearbeitung liegen. Während sie, Paula Steiner, sich als Polizeihauptsachbearbeiterin auch aufgrund ihrer Kommissionsgröße noch intensiv-begleitend der durchlaufenden Praktikanten annehmen könne. Sie las sich den letzten Absatz nochmals aufmerksam durch und erschrak über ihr geschraubtes, aufgeblähtes Deutsch. Strich das »involviert« und den »Fokus«, ersetzte es durch »eingeschlossen« und »Hauptaugenmerk« und schickte die Mail ab.

Dann wählte sie die Nummer der Gerichtsmedizin und verlangte Dr. Frieder Müdsam. Als Erstes erkundigte sich Müdsam nach Heinrichs Befinden. Sie antwortete ausweichend, sie als Nicht-Medizinerin könne das nicht richtig einschätzen. Seine zweite Frage konnte sie offener beantworten.

»Ja, natürlich, jeden Tag besuche ich ihn.«

»Dann ruht dieser Fall ja jetzt allein auf deinen Schultern.«

»Nicht ganz. Man hat mir eine Anwärterin zugeteilt, die wirklich zu gebrauchen ist.«

»Trotzdem, ich wundere mich jedes Mal, mit wie wenig Personal du auskommst beziehungsweise auskommen musst. Wenn ich da an den Trommen denke, sechs Leute hat der – und eigentlich auch keine speziellen, diffizileren Fälle als du.«

»Ach, Frieder, mir ist das recht. Ich wüsste gar nicht, wie ich sechs Leute sinnvoll einsetzen soll.«

»Das weiß der Trommen auch nicht, glaube mir. In seinem Sachbereich ist viel Leerlauf. Aber er kann eben etwas, was du nicht kannst.«

»Und das wäre?«

»Besitzstandswahrung. Darin ist er wirklich ein Meister. Genau wie in der Außendarstellung.«

Sie wunderte sich über den sonst so zurückhaltenden, friedlichen Gerichtsmediziner, der seinem Vornamen bisher alle Ehre gemacht hatte. Das war eigentlich gar nicht seine Art, über Kollegen herzuziehen.

»Das stimmt schon, da hast du recht. Du hast wohl in jüngster Zeit mit ihm zu tun gehabt?«

»Ha«, stieß Müdsam bitter aus, »schon seit Monaten nicht! Seine Majestät schickt ausschließlich die Adjutanten zu uns. Und wehe uns, wenn wir dann nicht alles stehen und liegen lassen und euren Trommen vorrangig bedienen. Dann gibt es aber sofort eine Dienstaufsichtsbeschwerde.«

»Das glaube ich nicht. Trommen ist zwar ein Arschloch, und was für eins, aber kein Denunziant.«

Sie hörte Papierrascheln. »… hat es Dr. Müdsam wieder einmal an der gebotenen Eile mangeln lassen, sodass wir uns leider gezwungen sehen … blabla blabla … zumal die Zusammenarbeit mit dem Gerichtsmedizinischen Institut Nürnberg schon seit Längerem von unserer Seite als höchst unzufriedenstellend bezeichnet … das können wir uns nicht leisten, zumal in den Augen der Öffentlichkeit … werden wir also unsere Fälle künftig nach Erlangen zum dortigen universitären Gerichtsmedizinischen Institut … und dies auch den Kollegen/innen des K11 anempfehlen. Na, glaubst du es jetzt?«

Sie war sprachlos. Demnach hatte sie Trommen bislang unterschätzt. Sie hatte in ihm nur einen eitlen Wichtigtuer gesehen, dabei war er ein gefährlicher eitler Wichtigtuer.

»Da staunst du, Paula, gell?«

»Ja. Dabei waren es Trommen und seine unfähige Gurkentruppe«, redete sie sich in Rage, »denen ich es zu verdanken habe, dass Heinrich im Krankenhaus liegt und ich nun ohne ihn auskommen muss. Sechs Leute plus zehn von der Schutzpolizei sind doch, sollte man meinen, genug, um eine 08/15-Razzia zu stemmen. Nicht aber für unseren Herrn Trommen. Er hat Heinrich und mich zusätzlich angefordert, und Fleischmann hat ihm diesen Antrag auch noch bewilligt. Was dabei herausgekommen ist, weißt du ja.«

Nach einer kurzen Pause fügte sie hinzu: »Keine Sorge, Frieder. Der Trommen hat bei mir sowieso noch eine größere Rechnung offen. Das mit der Dienstaufsichtsbeschwerde kommt gleich mit drauf. Irgendwann wird er für alles zahlen. Ich muss nur eine passende Gelegenheit abwarten.«

Müdsam lachte. »Das mag ich unter anderem so an dir: deinen Witz und deinen Kampfgeist. Du gibst nicht klein bei. Du lässt solche Nebensächlichkeiten, und darum handelt es sich ja im Prinzip, nicht an dich rankommen. Mich zieht so was runter, raubt mir viel Freude an der Arbeit.«

»Das wäre bei mir auch der Fall, glaub mir, Frieder, wenn ich davon betroffen wäre.«

Sie dachte über ihre schnelle Replik nach. Ja, doch, die hatte durchaus ihre Richtigkeit. Falls sie von solcher Art Ränkespiel und Heimtücke betroffen wäre, wäre sie sicher viel weniger ausgeglichen und zufrieden, im Beruf wie privat. Frieder über- oder unterschätzte sie, je nachdem. Sie war von einem grundlegenden Wohlwollen ihrer Person gegenüber außerordentlich abhängig. Sie überspielte das zwar mehr oder weniger glaubhaft, wenn es daran mangelte. Aber es verletzte sie jedes Mal aufs Neue.

Schließlich sagte er ihr, wie immer exakt und auch für Halblaien wie sie aufschlussreich, was er herausgefunden hatte. Gegen acht Uhr hatte Shengali den tödlichen Schlag erhalten, mit einer Eisenstange, vier bis fünf Zentimeter Durchmesser, an der noch Spuren von Flugrost hafteten. Exitus circa zehn Uhr dreißig. »Er ist langsam und qualvoll verblutet.«

»Kampfspuren?«

»Keine. Geht auch nicht, wenn dir jemand von vorne mit einer

Metallstange eins überzieht, bist du fertig. Aber wir haben auf der Rückseite seines Jacketts Sand und minimale Reste eines Lederreinigungsmittels gefunden.«

»Wie geht das deiner Meinung nach zusammen?«

»Ich vermute, aber es ist lediglich eine Möglichkeit, er ist nach dem Schlag auf sandigen Boden gefallen, irgendwann später auf ein Ledermöbel oder auf ein Kleidungsstück aus Leder gelegt worden, das mit diesem Reiniger behaftet war. Und auf diesem Möbel- oder Kleidungsstück ist er dann auch gestorben, also verblutet.«

»Und dann gibt es noch den Besuchereingang zum Wasserwerk, wo ihn der Hundebesitzer gefunden hat. Also summa summarum die drei letzten Stationen des Abdulaziz Shengali. Tatort, Sterbeort, Fundort.«

»Ja. Noch eins: Der Tote hatte einen Situs inversus. Eine Organanomalie. Bei ihm lagen Leber und Milz seitenverkehrt. Das wäre auch eine Erklärung für die Rissspuren im Nackenbereich. Menschen mit einer solchen Anomalie tragen in der Regel stets eine Marke am Körper, meist um den Hals an einer Kette. Das kann im Fall eines Unfalls wichtig werden für die medizinische Erstversorgung. Der Täter hatte von dieser Krankheit aller Wahrscheinlichkeit nach Kenntnis. Darum hat er Shengali die Kette abgerissen. Um hundertprozentig auszuschließen, dass dem Opfer geholfen werden kann, wenn der Schlag doch nicht tödlich gewesen sein sollte. Wenn es so ist, wie ich vermute, sagt uns das auch: Der Mörder ist kein Berufskiller. Profis wissen, dass man mit einer derartigen Kopfverletzung keine Chance hat zu überleben.«

Nachdem sie sich von Müdsam verabschiedet und ihm, heute herzlicher als sonst, für seine Informationen gedankt hatte, wählte sie die Nummer der Spedition. Als dort beim dritten Versuch immer noch belegt war, rief sie das Dezernat 2, K20 an. Augenblicklich meldete sich Eva Brunner.

»Über den Laster gibt es nichts Neues, Frau Steiner. Aber über den Ostapenko habe ich Etliches herausgefunden. Interessante Sachen.«

Sie sagte ihr, das würden sie morgen in der Früh innerhalb einer kleinen informellen Dienstbesprechung in aller Ausführlichkeit, ja, so drückte sie sich aus, bereden. Jetzt jedoch gehe sie heim, sie müsse sich noch um eine dringende private Angelegenheit kümmern. Paula Steiner war nämlich in der Zwischenzeit ihr eigenes kleines Ränkespiel eingefallen. Und wie abhängig sie von dessen Gelingen doch war. Von Heinrichs Rückkehr an seinen angestammten Platz an ihrer Seite hing mehr ab als die Freude an ihrer Arbeit – nämlich die Lust am Leben generell.

3

Es war halb sechs, als sie die Wohnungstür im Vestnertorgraben aufsperrte. Da sie ohne Schirm zu Fuß heimgegangen war und es noch immer – oder schon wieder? – regnete, hatte sie klitschnasse Haare. Sie holte sich ein frisches Frotteetuch aus dem Bad und trocknete sie im Stehen, während sie auf die Kaiserburg sah. Selbst bei diesem abscheulichen Wetter, unter diesem grau-langweiligen Himmel, der alle architektonischen Sünden ihrer Heimatstadt – wovon es ihrer Meinung nach viel zu viele gab – schonungslos bloßlegte, strahlte die Kaiserstallung Gelassenheit und Würde aus. Diese Zuverlässigkeit des Bauwerks gab ihr ein beruhigendes Gefühl für das, was nun vor ihr lag.

Was, wenn Heinrich ihr auf die Schliche gekommen war? Wenn er erfahren hatte, mit welchem Trick sie die Ärztin gegen ihn aufgehetzt hatte? Enttäuscht wäre er auf jeden Fall von ihr. Vielleicht derart enttäuscht, dass er sich in eine andere Abteilung versetzen lassen würde? Denn dass sie mehr auf ihn angewiesen war als umgekehrt, das stand für sie jetzt außer Frage. Sie setzte sich. Erinnerte sich an die vergangenen Tage ohne Heinrich. Sie hatte nicht wie sonst Freude an ihrer Arbeit oder Lust auf ihr Daheim empfunden. Die Tage waren wie unter Narkose verlaufen, leer, gefühllos, wie gelähmt. War das die Reue über ihr Versagen in diesem schrecklichen Hinterhof oder nur eine depressive Verstimmtheit, wie sie das Alter wohl zwangsläufig mit sich brachte? Egal. Es war auf jeden Fall eine Zeit der schwermütigen Sinnlosigkeit, die sich nicht wiederholen durfte.

Sie zwang sich zum Optimismus. Ihre Zweifel waren sicher grundlos, ihre Verbündete, die Ärztin, hatte auf sie einen energischen, ja kämpferischen Eindruck gemacht. Die würde sie nicht im Stich lassen. Oder? Einer alten Gewohnheit folgend, die sie in schwierigen privaten Situationen zur nächstbesten Weinflasche greifen ließ, zog sie mit Schwung die Kühlschranktür auf. Schenkte den Rest des fränkischen Grauburgunders in ein Wasserglas und leerte es noch im Stehen. Anschließend applaudierte sie sich zu dieser Meisterleistung: Bravo, Frau Steiner, damit ist das Thema Auto auch abgehakt. Nun war sie auf die öffentlichen Verkehrsmittel angewiesen, wollte sie im Krankenhaus nach dem Rechten, das heißt nach Heinrichs Rückkehrabsichten schauen. Und das wollte sie nach wie vor unbedingt.

Eine gute Stunde später stand sie vor dem Theresien-Krankenhaus. Hungrig und hoffungsvoll, der Wein hatte in der Zwischenzeit all ihre Bedenken ausgelöscht. Auf dem Weg zu Heinrichs Zimmer kam ihr Dr. Leipold mit ernster Miene entgegen.

»Leider habe ich nichts ausrichten können. Herr Bartels sträubt sich nach wie vor standhaft dagegen, unser Haus zu verlassen, weil er sich noch immer zu krank fühle. Ich hatte ihm vorgeschlagen, ihn an seinen Hausarzt zur weiteren ambulanten Behandlung zu überweisen. Auch das will er nicht.« Die Ärztin zog bedauernd die Schultern hoch. »Reden Sie doch noch mal mit ihm. Vielleicht hilft es was. Wobei ich da skeptisch bin.«

Am liebsten hätte sie auf dem Absatz kehrtgemacht. Dann allerdings wäre die Fahrt mit der Straßenbahn ganz und gar vergebens gewesen, nicht zu sprechen von der leidigen Warterei an der Bus- und Bahnstation. Nein, wenn sie schon mal hier war, sollte es sich auch lohnen. Es musste doch einen Grund dafür geben, dass Heinrich ihr die Mitarbeit aufgesagt hatte. Und diesen Grund wollte sie wissen. Sie klopfte an der Tür. Ein doppeltes »Herein!« erklang.

»Guten Abend, die Herren«, sagte sie etwas zu förmlich zu dem ungleichen, satt und zufrieden wirkenden Patientenpaar. Die Essenstabletts standen leer und abholbereit auf den Beistelltischen. »Und wie geht's dir heute, Heinrich?« Sie gab sich Mühe, offen und freundlich zu wirken.

»Nicht besonders.«

»Hat man denn jetzt was Konkretes bei dir gefunden?«

»Nein.«

»Dann hat die Kernspin-Untersuchung also nichts Neues gebracht?«

Er winkte sie zu sich heran. »Die haben mich gar nicht nach Erlangen gelassen«, sagte er leise. »Die sind der Meinung, mir fehlt nichts. Also nichts Organisches.«

»Das ist doch eine gute Nachricht. Das freut mich wirklich.«

»Aber Paula, das hat doch nichts zu bedeuten, du hast es hier nur mit Schulmedizinern zu tun. Die haben einen unheimlich begrenzten Horizont. Was über die rein körperlichen Symptome hinausgeht, existiert für die nicht.«

Ah, eine neue Strategie. »Was meinst du denn, was du hast?«

»Meiner Meinung nach spricht eigentlich alles für ein Burnout-Syndrom. Und zwar eines von der schlimmen Sorte.«

Fast hätte sie laut hinausgelacht. Heinrich und ausgebrannt? Heinrich, der in manchen Jahren mehr Fehltage zusammenbrachte, als anderen Kollegen an Urlaubstagen zustand? Der abends immer vor ihr das Büro verließ? Dessen Standardsatz, wenn er gerade mal keine Lust auf einen Außentermin hatte, lautete: »Ach, die Arbeit läuft uns schon nicht davon. Morgen ist auch noch ein Tag.« Sie erkannte, dass sie mit ihrer Mission gescheitert war, ihn wieder dahinzubringen, wo er ihrer Ansicht nach hingehörte: in ihr gemeinsames Büro, an ihre Seite. Er hatte sich in dieser knappen Woche zu weit von ihr entfernt. Oder lag das schon länger zurück, und sie hatte es nur nicht bemerkt? Am liebsten wäre sie wortlos aufgestanden und gegangen. Doch dann erinnerte sie sich an die Szene in dem Gostenhofer Hinterhof, an ihr Versagen und an ihre Schuld. Sie erzählte von dem Fall Shengali. Heinrich hörte ihr gelangweilt zu.

»... Frau Brunner ist mir dabei, obwohl jung und noch in der Ausbildung, eine große Hilfe. Die hat so viel Elan, Begeisterung. Das ist richtig ansteckend.«

»Das rotblonde Pummelchen aus dem Dezernat 2? Die ist doch höchstens dreiundzwanzig, vierundzwanzig. Womit soll die dir schon eine große Hilfe sein?«

Sie horchte auf. Gehässigkeit zählte sonst nicht zu Heinrichs Charaktereigenschaften. Vielleicht war da etwas zu holen?

»Doch, das ist sie. Von allen Praktikanten, die bei uns waren, ist sie die mit Abstand Interessierteste. Der muss man nicht alles haarklein vorbeten, die sucht sich ihre Arbeit sogar selbst. Ich bin auf jeden Fall froh – gerade in der jetzigen Situation –, dass ich sie habe.«

Nach einer kurzen Pause legte sie noch ein Scheit Holz ins Feuer, eines von der Sorte, die besonders gut brennt. »Da hat mir der Fleischmann wirklich einen würdigen Ersatz für dich genehmigt.«

Eine Zeit lang war es still in dem kleinen Krankenzimmer.

»Ersatz?«, fragte Heinrich ungläubig.

»Na, mit dir können wir ja auf längere Sicht nicht rechnen. Also habe ich jemanden gebraucht.«

»Aber ich komme doch wieder.«

»Ja schon, aber wann? Und wer weiß, in welchem Zustand du dann bist? Vielleicht bist du, wenn du diese« – sie sprach nun mit der stilsicheren Mischung aus mitfühlender Wärme und professioneller Härte einer Vorgesetzten, die auch sehen musste, wo sie blieb – »schlimme Sache einigermaßen auskuriert hast, gar nicht mehr für den aktiven Dienst geeignet? Da muss ich schon Vorsorgemaßnahmen treffen.«

»Wo soll ich denn dann deiner Meinung nach arbeiten?«

»Meiner Meinung nach sollst du immer bei mir arbeiten. Das weißt du doch, Heinrich. Da brauchst du gar nicht zu fragen.« Das war bis hierher wahrheitsgemäß. Jetzt aber verließ Paula Steiner den Pfad der Aufrichtigkeit, abrupt und unwiderruflich. »Fleischmann sieht das allerdings anders. Er würde dich gern versetzen. In eine Abteilung, in der du nicht diesem Stress und der tagtäglichen Belastung ausgesetzt bist.«

»Und das wäre wo?«

Sie ließ sich Zeit für die so wichtige Antwort.

»Er hat da an die Pressestelle gedacht. Die brauchen doch immer Leute.« Sie wusste, dass keine Abteilung bei Heinrich derart in Misskredit stand wie die Pressestelle. Den ganzen Tag nur dieser Papierkram, jeden Scheißdreck muss man sich genehmigen lassen, das hat doch mit Polizeiarbeit nichts zu tun, war seine Meinung. Außerdem war da das Großraumbüro, das den Nägelbeißer und Liebhaber von Computerspielen unter ständige Beobachtung stellen würde.

Nun hatte sie es eilig. Sie verabschiedete sich mit einem Lächeln, einem aufgesetzten Lächeln, so falsch wie die Lüge, so widerlich süß wie ein Kilo Kunsthonig. Als sie im strömenden Regen zur Busstation lief, war sie beschwingt und heiter. Und voller Hoffnung, dass die Saat aus Verrat und Berechnung, die sie in dem kleinen Krankenzimmer ausgestreut hatte, bald aufgehen würde.

Es war kurz vor einundzwanzig Uhr, als sie den Vestnertorgraben erreichte. Sie ging auf direktem Weg in den Keller und holte sich das Beste und Teuerste, was ihr Weinvorrat derzeit zu bieten hatte: die letzte Flasche Le Vele Verdicchio dei Castelli di Jesi aus dem Jahr 2009. Mit ihr und drei köstlichen, fruchtigen, zarten Brombeeromeletts feierte sie diesen Tag, der doch noch eine so überraschend glückliche Wendung genommen hatte.

Als sie am nächsten Morgen die Augen öffnete, trampelte eine Kamelkarawane quer über ihre linke Stirnhälfte. Sie schloss die Augen. Das Trampeln wurde stärker. Sie hatte Kopfweh. Oder eine Migräneattacke im Ansatz. Zu viel Wein, zu viele Zigaretten gestern Abend. Heute Abend, nahm sie sich vor, wird nur Wasser getrunken. Gesundes, harmloses, fades Mineralwasser ohne Nebenwirkungen.

Sie stand auf, ging in die Küche und schaltete die Kaffeemaschine ein. Bedächtig aß sie drei Knäckebrote mit Butter und Honig, trank Kaffee und spürte, wie der Schmerz im Kopf langsam nachließ.

Eine halbe Stunde später betrat sie ihr Büro und war überrascht, dass auf Heinrichs Stuhl bereits eine ausgeschlafene, fröhliche und erwartungsvolle Eva Brunner saß. Heute ohne die obligate Mütze und gewohnte grüne Jacke, dafür in Blue Jeans und dunkelblauer Bluse, die frisch gebügelt aussah.

»Guten Morgen, Frau Steiner. Es ist Ihnen doch recht, wenn ich heute den ganzen Tag bei Ihnen verbringe?«

Sie nickte, während sie den Schirm zum Trocknen aufspannte und die Jacke auf den Bügel hängte.

»Also erstens, der Laster ist bis jetzt noch nicht aufgetaucht. Aber ich habe mich in die Sache schon eingeschaltet. Das war zwar nicht einfach, weil die Kollegen von der Fahndungsstelle dafür unbedingt Ihr Einverständnis haben wollten. Ich habe mich dann an Herrn Fleischmann gewandt, und der hat das für uns beide geregelt. Ich hoffe, das war in Ordnung so?«

Ohne eine Antwort abzuwarten, sprudelte der Redefluss weiter und weiter, wie ein Gebirgsbach nach der Schneeschmelze im Frühjahr. »Auf jeden Fall werden Sie sofort benachrichtigt, sobald der Lkw gefunden wird. Auch die Sicherstellung habe ich schon veranlasst. Die bringen den umgehend zur Spurensicherung, der kommt gar nicht mehr in die Spedition. Da können sich die Freys aufführen, wie sie wollen. Die haben keine Chance. Das wusste ich im Übrigen auch nicht, dass das so streng gehandhabt wird. Jetzt zum Zweiten: Chanim Ostapenko. 1976 in Alma Ata geboren, dort eine Lehre zum Automechaniker abgeschlossen. 1998 nach Deutschland gekommen, seit 2003 mit einer Deutschen verheiratet, Stefanie Vitzthum, die ihren Namen behalten hat, genau wie ihr Mann, seit vier Jahren Vater eines Sohnes, Lukas Vitzthum. Ich denke, die haben sich gedacht, ein Lukas Vitzthum hat es in Deutschland einfacher als ein Lukas Ostapenko. Sowohl in der Schule als auch bei der Berufsbildung. Und dann erst bei der Arbeitssuche. Damit haben sie ja auch sicher recht, oder?«

Aus dem sprudelnden Gebirgsbächlein war nun ein reißender Strom geworden, der in rasantem Tempo ins Tal stürzte. Und es gab nichts, was ihn auf seinem noch langen Weg dorthin hätte aufhalten können, musste Paula Steiner erkennen.

»Das hört sich alles noch sehr harmlos an, aber jetzt kommt es: Ostapenko ist«, Eva Brunner machte eine kurze Pause, um der Information, die nun folgen sollte, die entsprechende Aufmerksamkeit ihrer Interimsvorgesetzten zu sichern, »vorbestraft. Wegen Verstoßes gegen das Betäubungsmittelgesetz. 2001 hat man bei einer Kontrolle an der deutsch-holländischen Grenze 45,5 Gramm Haschisch bei ihm gefunden. Er wurde dann noch im selben Jahr ›wegen Einfuhr von Betäubungsmitteln in nicht geringer Menge‹ zu einem Jahr Freiheitsstrafe verurteilt. Dass er dabei so verhältnismäßig glimpflich davongekommen ist, lag nur daran, dass das Gericht keine Gewerbsmäßigkeit in Ostapenkos Handeln erkennen konnte. Sonst wäre es wesentlich mehr gewesen. Die haben ihm das abgenommen, dass er das Haschisch nur für den Eigenverbrauch gekauft hatte. Fast sechsundvierzig Gramm für den Eigenverbrauch! Das ist doch zumindest fraglich. In Maastricht war das im Übrigen, nicht in Amsterdam. Wobei ich immer geglaubt habe, man kriegt solches Zeug nur in …«

Die Kamelkarawane setzte sich wieder in Gang. So viele Worte zu so früher Stunde war Paula Steiner einfach nicht gewohnt.

»… Amsterdam. Ich habe da auch schon eine Theorie. Wollen Sie sie hören?«

Nein, wollte sie nicht. Weder eine Theorie noch ein einziges weiteres Wort aus dieser unverschämt munteren und fröhlichen Sprechmaschine, die ihr da gegenübersaß.

»Ja, natürlich, gerne«, antwortete sie. »Vorher muss ich aber erstens bei der Spedition Frey anrufen. Und zweitens bei Frau Shengali.« Und drittens, fügte sie in Gedanken hinzu, brauche ich jetzt unbedingt fünf Minuten lang absolute Ruhe.

Sie stand auf, ging in die winzige Teeküche des Kommissariats, schloss die Tür hinter sich, entnahm dem Gemüsefach des Kühlschranks ihr Deponat für den Notfall – eine Schachtel HB –, öffnete das Fenster weit und zündete sich gierig eine Zigarette an. Den Rauch blies sie in großen Schwaden aus dem Fenster. Sie genoss die Stille und das Nikotin.

Zehn Minuten später saß sie wieder auf ihrem Bürostuhl und wählte die Nummer der Spedition. Sie hatte Glück. Joachim Frey meldete sich nach dem ersten Klingelton. Sie stellte sich vor, langsam, Wort für Wort, mit Namen, Rang und Dezernat. Sie wollte ihm Zeit geben zu verstehen, welche Richtung das Gespräch nehmen würde. Zeit, die er nicht nutzte.

»Polizei? Na endlich. Sie haben meinen Lkw.«

»Nein, Herr Frey. Ich bin, wie schon gesagt, von der Mordkommission«, sie betonte die erste Silbe, »ich untersuche in erster Linie den Mord an Ihrem Mitarbeiter. Und dazu habe ich eine Frage: Ihr Vater sagte uns gestern, Sie wissen, wann Herr Shengali vorgestern frühmorgens die Spedition verlassen hat. Sie haben ihn gesehen?«

»Ach so, das. Eine schreckliche Sache. Ja, ich habe ihn am Montag noch gesehen. Kurz nach halb sieben war das. Da ist er vom Hof. Und in punkto Lkw, da hat sich wohl noch nichts getan?«

Sie überhörte seine Frage. »Gegen sechs Uhr dreißig, aha. Herr Shengali hatte eine Tour nach Albanien. Wie fährt man denn dahin für gewöhnlich, welche Route ist die gängigste?«

»Sinnvoll ist nur eine. Erst die A9 bis München, dann die A8 nach Salzburg, dort über die Grenze, Villach, Ljubljana …«

»Danke, das genügt schon.« Gegen acht Uhr erhielt der Fahrer den Schlag mit der Stange, da war er neunzig Minuten unterwegs. »Wann legen Ihre Fahrer in der Regel die erste Pause ein?«

»Nach viereinhalb Stunden. Das ist Vorschrift.« Also hatte Shengali vorher gehalten, aus welchen Gründen auch immer.

»Aber sie müssen diese viereinhalb Stunden nicht bis zur letzten Minute ausnutzen, sie könnten schon vorher halten. Oder?«

»Können schon. Doch wozu? Unsere Fahrer stehen unter enormem Zeitdruck, bei großen genauso wie bei kleinen Touren. Die müssen zusehen, dass sie pünktlich zum Kunden kommen.«

»Und wenn jemand auf die Toilette muss?«

»Hören Sie, wir haben hier nur Berufskraftfahrer«, blaffte er sie an. »Profis. Keine Jüngelchen mit Konfirmandenblase, die sich nicht im Griff haben. Das läuft so nicht, zumindest nicht in meinem Unternehmen. Wissen Sie überhaupt, wie viele Kilometer das bis Tirana sind und was das für eine stauanfällige Strecke ist? Teilweise nur einspurig. Da ist keine Zeit für …«

»Okay«, schnitt sie ihm das Wort ab, »das wäre geklärt. Eine andere Frage: Wie würden Sie sich denn das Verschwinden des Lasters erklären plus den Mord an Ihrem Fahrer?«

»Na, das ist doch sonnenklar. Das war Diebstahl. Da war jemand scharf auf die Ladung und/oder auf das Fahrzeug. Was denn sonst?« Sein Ton hatte eine Schärfe und Lautstärke erreicht, die ihr zunehmend missfielen.

»Wenn es Raubmord war, so wie Sie vermuten, dann hat Shengali auf der Strecke Nürnberg–München aber doch eine Pause gemacht oder zumindest kurz angehalten. Sein Mörder hat ihm nämlich gegen acht Uhr einen Schlag verpasst, an dem er letztendlich auch gestorben ist. Und dass Waren aus einem fahrenden Lkw gestohlen werden, ist eher unwahrscheinlich«, schoss sie zurück. »Oder würden Sie mir da nicht zustimmen, Herr Frey?«

»Dann hat er halt gestoppt. Na und? Was weiß ich. Überhaupt ist das doch Ihre Aufgabe, herauszufinden, wer Shengali umgebracht hat und wo mein Lastzug abgeblieben ist. Ich habe jetzt auch keine Zeit mehr, mit Ihnen so sinnfrei herumzuquatschen. Ich muss nämlich Geld verdienen, ich sitze in keiner Behörde, wo das automatisch zum Fenster reinfließt.«

»Ja, da haben Sie recht, es ist meine Aufgabe, Shengalis Mörder zu finden. Dagegen ist es nicht meine vorrangige Aufgabe, Ihren Lkw zu suchen. Das nur zur Klarstellung. Des Weiteren irren Sie, wenn Sie glauben, dass ich mit Ihnen herumquatsche. Ich führe im Augenblick eine telefonische Vernehmung mit Ihnen. Sollten Sie dazu außerstande oder nicht gewillt sein, dann sagen Sie es mir lieber gleich. Dann lade ich Sie nämlich ins Präsidium vor, zu einem Zeitpunkt, der«, sie machte eine kleine Pause, um dem Personalpronomen, das nun folgen sollte, die entsprechende Aufmerksamkeit ihres Gesprächspartners zu sichern, »mir angemessen erscheint. Und der kann in einer Viertelstunde sein.«

Frey junior lenkte sofort ein. »Ja, entschuldigen Sie. Ich bin derzeit ein wenig neben der Spur. Es war nicht so gemeint. Erst der Lastzug weg, dann einer meiner Fahrer tot, da liegen die Nerven eben blank.«

»Gut, dann können wir ja weiterreden. Also, bleiben wir bei Ihrer Theorie. Shengali hat angehalten aus Gründen, die wir noch nicht kennen. Der oder die Täter haben ihn überwältigt. Wie aber erhalten sie Zugriff auf die Ladung und das Fahrzeug? Lastwagenfahrer sind doch angehalten, bei jeder Rast, und sei sie noch so kurz, die elektronische Diebstahlsicherung einzuschalten.«

»Vielleicht hat er es vergessen. Kann doch mal passieren. Passiert mir auch, nicht oft, aber hin und wieder. Oder er hat kurz angehalten, um hinterm Steuer ein wenig zu dösen oder mit dem Handy seine Frau anzurufen. Und da hat man ihn dann mit Narkosegas außer Gefecht gesetzt. Das kommt oft vor. Gas ist die häufigste Methode, sich Zugang zum Fahrerhaus zu verschaffen beziehungsweise den Fahrer schachmatt zu setzen.«

Siegfried Freys bester Fahrer, der die Regel Nummer eins beim Rastvorgang vergisst? Die Zuverlässigkeit in Person, der nach eineinhalb Stunden Fahrt mal eben so ein Schläfchen hält? Das konnte sie sich nicht vorstellen.

»Wie kommt das Narkosegas ins Fahrerhaus? Die Türen kann man doch von innen verriegeln.«

»Schon, das hilft in diesem Fall aber nichts. Es gibt richtige Banden, die spritzen das Gas durch die Lüftungsschlitze der Türen in die Fahrerkabine. Das geht ratzfatz, schon ist man hinüber. Dann ein Brecheisen an der richtigen Stelle angesetzt, und die Tür ist auf.«

»Hm. Dann wäre es das vorerst. Ach ja, noch eine letzte Frage, Herr Frey: Wo waren Sie eigentlich zur Tatzeit, also am Montag um acht Uhr?«

Die Antwort kam umgehend, was sie überraschte. Sie hätte nicht aus dem Stegreif sagen können, wo sie vorgestern zu einem bestimmten Zeitpunkt war.

»Am Montagvormittag war ich in Ansbach. Auf Kundenakquise.«

Sie notierte sich den Namen des Kunden und legte auf.

»Dem haben Sie es aber gegeben!«, kommentierte Eva Brunner, die sie aufmerksam beobachtet hatte, den Gesprächsverlauf. »Der hat sich wohl am Telefon recht aufgemandelt?«

»Ich mache so was nicht gerne, Frau Brunner. Die Leute werden dadurch noch vorsichtiger, zurückhaltender, als sie im Umgang mit der Polizei eh schon sind. Aufgemandelt? Nein. Eher unwillig. So, jetzt noch Frau Shengali, und dann möchte ich aber unbedingt Ihre Theorie hören.«

Sie schenkte der Anwärterin dafür, dass sie sie ein weiteres Mal auf später vertröstet hatte, ein kurzes Lächeln.

Bei Familie Shengali hatte sie kein Glück. Es war belegt. Da aber Geduld nicht zu den Stärken Paula Steiners gehörte, versuchte sie es wieder und wieder. Nach zwanzig Minuten endlich das Freizeichen. Eine männliche Stimme meldete sich. Sie verlangte Solin Shengali. Oder deren Schwester.

»Solin und ihre Schwester sind nicht da. Aber ich kann Ihnen sicher weiterhelfen, Frau … Steiner war Ihr Name, ja?«

»Ja, Steiner. Mordkommission. Und Sie sind?«

»Bassim Eshaya. Ich bin der Neffe, Frau Shengali ist meine Tante. Was kann ich für Sie tun?« Da hatte aber jemand gute Manieren! Ganz im Gegensatz zu seiner Cousine Solin. Und dann dieser flötende Singsang, der wie ein Gedicht aus Tausendundeine Nacht klang – unendlich weich, einladend nachgiebig – und der ihr so bekannt vorkam. Gerhards Bekannter redete genauso. Wenn er sich nicht gerade über Frauen, die es den Raben gleichtun sollten, ausließ. Dann dröhnte dieser Akzent mit seinen kurz intonierten Silben und den grollenden Rs eher wie ein Maschinengewehr. Trotzdem, sie hörte diese Sprachmelodie gern, diese eigentümliche Symbiose aus seelenvollem Säuseln und herbem Rumoren.

»Bitte fragen Sie Frau Shengali, ob sie am Freitagvormittag ins Polizeipräsidium kommen kann. Es gibt noch einiges zu klären.«

Sie hörte, wie er die Frage weitergab. Und sie hörte die Antwort, eine lange und stellenweise aufgeregt klingende Antwort. Dazwischen immer wieder der beruhigende Singsang Eshayas.

»Natürlich, Frau Steiner, wir werden kommen. Wann ist es Ihnen recht?«

»Wer ist wir?«

»Meine Tante und ich, ich werde sie begleiten. Wie Sie wissen, spricht Tante Ghofram kein Wort Deutsch. Ich werde für sie übersetzen. Das ist doch auch in Ihrem Sinn.« Das war keine Frage, das war eine Feststellung.

Nein, das war nicht in ihrem Sinn. Dennoch widersprach sie nicht. Sie war neugierig geworden. Sie wollte das neue Familienoberhaupt selbst in Augenschein nehmen. Außerdem wusste sie, dass es keinen Sinn hatte, sein Angebot und damit vor allem ihn selbst jetzt am Telefon abzuweisen – denn dann würde auch Tante Ghofram nicht erscheinen.

»Wenn Sie es einrichten könnten, wäre mir neun Uhr dreißig sehr angenehm.«

»Natürlich, gerne, wir werden pünktlich da sein. Noch einen schönen Tag für Sie.«

Sie würde die Übersetzungsdienste des Herrn Eshaya nicht in Anspruch nehmen. Also bestellte sie eine Dolmetscherin, die ihr schon ein paarmal bei Vernehmungen mit Arabern assistiert hatte, für Freitagmorgen ins Präsidium ein. Eine ältere Frau, gut über die sechzig, warmherzig und, wenn es darauf ankam, mit Witz und Charme.

»Wie stellen Sie sich meinen Auftritt vor? Als voll integrierte Deutschmuslimin mit kniekurzem Rock oder als teilintegrierte Kopftuchmuslimin in den neuesten Schlammfarben?«

Sie lachte. »Wie Sie möchten. Das überlasse ich Ihnen. Mir ist nur wichtig, dass sich Frau Shengali bei dem Gespräch sicher und wohlfühlt.«

Sie lehnte sich zurück, verschränkte die Arme hinter dem Kopf und nickte Eva Brunner auffordernd zu. Die schien darauf nur gewartet zu haben.

»Nach allem, was ich ... äh, wir über Shengalis Freund Ostapenko herausgefunden haben, glaube ich, dass der Mord was mit Drogenschmuggel zu tun hat. Der Ostapenko ist ja deswegen vorbestraft. Also wegen Drogenbesitz. Wobei mich wundert, dass die Spedition ihn eingestellt hat. Trotz seiner Vorstrafe! Die müssen das doch gewusst haben. Na egal. Ich glaube auch, der Ostapenko hat damals vor Gericht gelogen. Das war kein Haschisch für den Eigenbedarf, der hat damit gehandelt. Über fünfundvierzig Gramm für den Eigenbedarf! Das ist doch viel zu viel. Oder was denken Sie?«

Paula Steiner zuckte lächelnd mit den Schultern und legte die Hände ganz langsam auf den Schreibtisch. Sie ahnte, worauf Eva Brunners Theorie hinauslaufen würde, zwang sich aber zu Geduld und Freundlichkeit. Eine angestrengte Freundlichkeit, die noch eine Weile vorhalten würde, aber nicht über Gebühr zu strapazieren war.

»Also, ich nehme ihm das nicht ab. Der hat damals illegal mit Drogen gehandelt, und der handelt heute noch damit. Wahrscheinlich sogar mit härteren Sachen wie Kokain oder Heroin. Das ist doch für einen Lkw-Fahrer ziemlich einfach, Drogen über die Grenze zu schmuggeln. Die Sattelzüge sind, wie ich gelesen habe, alle verplombt und werden so gut wie nie kontrolliert. Und genau das wird er seinem Freund erzählt haben: Schau, das ist viel und leicht verdientes Geld, fast ohne Risiko. Mach doch mit, ich führe dich auch in die Szene ein. Vielleicht hat Shengali erst mal gezögert, sich dann aber doch überreden lassen. Der brauchte doch auch Geld. Dann aber gab es Zoff zwischen den beiden. Vielleicht haben die Aufträge nicht mehr für beide gereicht, und Shengali bestand weiterhin auf seinem Anteil. Oder er, also Shengali, hat kalte Füße bekommen. Das Ganze ist ihm dann mit der Zeit zu riskant geworden.«

Jetzt endlich legte Eva Brunner eine Pause ein. Eine zu kurze allerdings, um ihr ins Wort fallen zu können. Es dauerte nur den Bruchteil einer Sekunde, dann nahm der Gebirgsbach wieder Fahrt auf.

»Er hat Ostapenko entweder gedroht, er würde damit zur Polizei gehen und alles gestehen. Oder Shengali hat seinen Freund erpresst, wollte nur noch das Geld von ihm haben und sich nicht mehr die Hände schmutzig machen. Da ist alles möglich. Genau weiß ich es natürlich nicht. Auf jeden Fall war Ostapenko dann dermaßen in der Klemme, dass er sich keinen anderen Ausweg mehr wusste und – Shengali erschlagen hat. Und auch die Botschaft, von der Sie gesprochen haben, passt dazu wie die Faust aufs Auge. Die betenden Hände sind eine Warnung: Schau, wir machen sogar einen Moslem katholisch, wenn er nicht spurt. Das passiert jedem, soll das heißen, der aus diesem Drogenring auszusteigen versucht.«

Nachdem sie ihre Theorie, die sich aus einem großen Fundus an Phantasie speiste, vorgetragen hatte, blickte Eva Brunner sie an.

Paula Steiner wusste, was ihr Gegenüber jetzt von ihr erwartete: einen kleinen verbalen Applaus, der zudem glaubhaft sein musste. Sie war bereit, ihr diese Art Beifall zu zollen. Aber sie würde ihm ein paar Bedenken beimischen. Vor allem den Gedanken, dass noch andere Theorien neben der Brunner'schen existierten.

»Das wäre möglich, natürlich, mit Abstrichen. Mit Ihrer Theorie haben Sie Phantasie bewiesen, Frau Brunner. Und Phantasie ist das A und O bei der Mordkommission. Rein lineares Denken hilft bei der Ermittlung nicht immer weiter. So, und nun werden wir Ihre Theorie kritisch hinterfragen, das heißt: auf ihre exklusive Gültigkeit abklopfen. Das mache ich auch immer bei meinen Vermutungen. Erste Frage: Wenn es so ist, wie Sie denken, dann hätte Shengali zumindest eine Zeit lang einen guten Zuverdienst gehabt. Er hätte sich den Opel schon längst leisten können, denn er führt nach dem, was wir gesehen haben, kein aufwendiges Leben. Dann wäre er nicht mehr auf öffentliche Verkehrsmittel angewiesen gewesen. Oder auf die Fahrdienste seines Freundes Ostapenko. Wie erklären Sie sich das?«

Eva Brunner überlegte. Nach einer langen Weile stimmte sie der Kommissarin zu. »Sie haben recht. Den Opel hatte ich vergessen.« Die Enttäuschung war ihr anzuhören.

»Aber Frau Brunner, so schnell sollten Sie Ihre Theorie nicht fallen lassen. Ihre Theorie ist eine Möglichkeit. Eine Möglichkeit von vielen. Vielleicht hatte Shengali Schulden, die er zuerst bedienen wollte oder musste. Anschließend, wenn das aus der Welt geschafft war, hätte er sich den Wagen gekauft. Oder er überwies seiner Verwandtschaft daheim im Irak regelmäßig Geld. Auch das würde erklären, warum er sich den Opel nicht auf die Schnelle hat leisten können, sondern sich vom Mund absparen musste. Alles ist möglich.«

Die Anwärterin sah sie fragend an. »Was glauben Sie denn, Frau Steiner, wer der Mörder war? Haben Sie auch eine Theorie?«

»Ich glaube – noch – gar nichts. Und noch viel weniger habe ich eine Theorie. Aber wir haben die betenden Hände. Die gehen mir im Kopf herum. Und selbst dafür kann es eine harmlose Erklärung geben.«

Das war jetzt wie aus dem Lehrbuch zitiert, wonach man sich am Beginn der Ermittlungen nicht auf ein nebensächliches Detail festlegen soll, aber nicht aufrichtig. Denn sie glaubte nicht an diese »harmlose Erklärung«. Sie war vielmehr, heute mehr als gestern, überzeugt, in Shengalis Händen eine erste Spur zu sehen, die in die richtige Richtung wies. Sie glaubte zudem, oder besser: sie hatte sich bereits darauf festgelegt, dass wer auch immer den Toten da am Wasserwerk so drapiert hatte, damit ein Signal, eine Warnung verbinden wollte. Aber an wen? Und dann: Welche Art Botschaft konnte ein Lkw-Fahrer mit neunzehnhundert Euro brutto im Monat transportieren? Sie schickte ihre Gedanken auf Wanderschaft. Bevor diese allerdings die erste Weggabelung erreicht hatten, wurden sie vom Tatendurst einer eifrigen Anwärterin ausgebremst.

»Was unternehmen wir als Nächstes, Frau Steiner?«

Sie merkte, wie sich ihr Wohlwollen gegenüber dem »würdigen Ersatz« für Heinrich langsam erschöpfte. »Was würden Sie denn machen?«

»Ich würde den Ostapenko vernehmen.«

Sie sah auf die Uhr. Kurz vor eins. »Wenn er schon daheim ist, machen wir das. Ich fürchte jedoch, der ist noch unterwegs.« Sie überlegte. »Am besten, Sie rufen in der Spedition an und lassen sich seine Handynummer geben. Und fragen ihn dann selbst, wann wir ihn sprechen können. Ich bin gleich wieder da.«

Sie musste jetzt auf der Stelle allein sein. Eine Viertelstunde lang allein sein. Fernab der Beobachtung und Kontrolle von Eva Brunner.

Sie marschierte zu ihrem Rückzugsdomizil. Doch die Teeküche war von drei Mitarbeitern Trommens belegt, die vor der Mikrowelle anstanden. Sie fuhr mit dem Aufzug ins Erdgeschoss, ging über den weitläufigen Hof bis zur Polizeistation Nürnberg Mitte, grüßte die verdutzten Kollegen, drehte um und kehrte langsam zu ihrem Arbeitsplatz zurück, wobei sie immer wieder tief ein- und ausatmete.

»Also, der Ostapenko ist tatsächlich noch unterwegs. Wie Sie vermutet hatten. Der war in der Schweiz, ist gerade beim Ausladen am Stadtrand von Nürnberg und wird so in einer, spätestens zwei Stunden daheim sein.« Wieder dieser erwartungsvolle Blick.

»Gut. Dann passt es ja. Wir fahren um fünfzehn Uhr hier weg.«

»Kann ich jetzt in die Mittagspause gehen, oder brauchen Sie mich noch?«

»Natürlich, gerne, Frau Brunner. Und lassen Sie sich ruhig Zeit. Uns läuft hier niemand davon.« Wenn überhaupt, ergänzte sie in Gedanken, dann nur ich.

Nachdem sie die Bürotür geschlossen hatte, lehnte sie sich in ihrem Stuhl zurück, legte die Füße auf die Heizung und schloss die Augen. Sie genoss diese himmlische Stille und das Alleinsein. So sehr, dass sie dafür sogar ihren wachsenden Hunger in Kauf nahm. Und doch, ein wenig übel nahm sie es Eva Brunner schon, sie um ihr heutiges Mittagessen gebracht zu haben, auf das sie sich bereits beim Frühstück gefreut hatte. Mittwochs gab es in der Kantine immer Grießnockerlsuppe, Leberkäse mit Ei und Bratkartoffeln – und als Nachtisch Himbeerquark.

Zwei Stunden später machten sich eine hungrige Kommissarin und ihre satte Assistentin auf den Weg zu Shengalis Freund. Chanim Ostapenko wohnte in der Rankestraße im Stadtteil Gleishammer. Ein Kleinbürgerviertel mit billigen Zwei- und Dreizimmerwohnungen, Robinien und Rainweiden in den Vorgärten, die jetzt verblüht und trist im Nieselregen standen. Kleinwagen an Kleinwagen, sauber gepflegt, viele mit Aufklebern des 1. FCN am Heck.

Es war Stefanie Vitzthum, die ihnen die Tür öffnete. Eine hübsche schlanke Frau Mitte dreißig, schwarze Leggins, darüber ein geblümter Ballerinenrock. Ein Headset auf dem Kopf mit einem haselnussgroßen Mikrofon an einem Bügel, was auf eine Arbeit für ein Callcenter schließen ließ. Sie führte die beiden Polizistinnen ins Wohnzimmer. Ein großer, lichtdurchfluteter Raum. In der Mitte stand ein Glastisch, außerordentlich modern, mit einem Computer darauf. Zwei Sessel und ein Sofa von der Sorte, wie man sie nur in Architekturzeitschriften findet.

»Mein Mann kommt gleich. Er ist noch kurz unter der Dusche.«

»Kannten Sie Herrn Shengali, Frau Vitzthum?«

»Ja. Drei- oder viermal hab ich ihn gesehen. Häufiger sicher nicht. Aber am Telefon habe ich oft mit ihm gesprochen, wenn er mit Chanim reden wollte. Was man halt so spricht, bis man den Hörer weiterreicht. Und Abdu war ein gut erzogener, ein ganz lieber Mensch, der sich immer nach mir erkundigt hat. Wie es mir geht, was Lukas macht, solche Sachen eben. Ich hatte auch den Eindruck, es interessiert ihn wirklich. Er fragte nicht bloß aus Höflichkeit, weil sich das so gehört.«

Als sich ihre Blicke trafen, ergänzte Stefanie Vitzthum: »Ich habe ihn richtig gern gehabt. Das ist schon eine ganz schlimme

Sache. Und für meinen Mann erst! Dem geht das furchtbar an die Nieren. Hoffentlich finden Sie den, der das getan hat.«

»Das hoffen wir auch. Ich möchte Sie aber nicht bei Ihrer Arbeit stören«, sie deutete auf das Headset, »Sie arbeiten sicher für ein Callcenter und müssen immer ansprechbar sein.«

»Ja, schon, aber ich mache das nur nebenbei, stundenweise, nicht hauptberuflich. Und wenn ich nicht rangehe, übernimmt das Gespräch jemand anders. Das ist nicht weiter tragisch. Chanim, kommst du? Die beiden Damen von der Polizei sind da.«

Sie hörte eine tiefe Männerstimme laut rufen: »Sofort. Noch zwei Minuten Geduld, dann bin ich da.«

»Möchten Sie einen Kaffee? Die Zeit dafür wäre ja jetzt ideal«, fragte Stefanie Vitzthum mit einem Lächeln. »Oder vielleicht einen Cappuccino, Latte macchiato, Espresso?«

»Gern. Aber nur, wenn es keine Umstände macht.«

»Mir nicht. Höchstens der Espressomaschine. Und die wird nicht gefragt. Also Kaffee oder was anderes?«

»Gern einen Cappuccino. Daheim habe ich nur eine ganz stinknormale Kaffeemaschine, die so was Exklusives nicht zustande bringt.« Sie sah fragend zu Eva Brunner, die verneinend den Kopf schüttelte.

Kurz nachdem Stefanie Vitzthum das Zimmer verlassen hatte, war in der Diele eine Tür zu hören. Dann vernahm man Schritte. Chanim Ostapenko kam herein, ein kleiner, kompakter, muskulöser Mann mit einem kreisrunden Kopf, auf dem die blonden stoppelkurzen Haare noch feucht vom Duschen glänzten. Er trug modische Flipflops, eine ausgewaschene gebügelte Jeans, darüber ein enges weißes T-Shirt, worunter sich seine Brustmuskeln eindrucksvoll abzeichneten. Er begrüßte seine beiden Gäste mit festem Händedruck, bevor er sich aufrecht auf das cremefarbene Sofa setzte. Dann wartete er ruhig ab, welche Fragen man ihm stellen würde.

»Herr Ostapenko, man sagte uns, Sie und Herr Shengali seien befreundet gewesen. Stimmt das?«

»Ja, das stimmt. Abdu war mein Freund. Ein sehr guter, mein bester Freund, den ich hier in Deutschland hatte.«

»Von wem haben Sie es erfahren? Dass er tot ist, ermordet wurde, meine ich.«

»Vom Chef selber.«

»Von welchem Chef? Vom Junior oder vom Senior?«

»Vom Senior. Das ist der Chef für uns. Er hat alle Fahrer angerufen. Kurz zuvor waren Sie in der Firma und haben es ihm gesagt. Das ist doch richtig, Frau Steiner?«

»Ja, das ist richtig. Wann haben Sie Herrn Shengali das letzte Mal gesehen?«

»Am Montag, ganz in der Früh. Da habe ich ihn von daheim abgeholt und mit zum Hafen genommen. Wenn es geht, mache ich das immer. Dann braucht Abdu nicht mit der U-Bahn und dem Bus zu fahren. Da ist er ja so lang unterwegs. Und mit dem Auto ist man von der Pillenreuther Straße in fünfzehn, spätestens zwanzig Minuten in der Donaustraße.«

»Seine Tochter sagte, ihr Vater wollte sich bald selbst ein Auto kaufen. Einen Opel.«

»Hm«, brummte Ostapenko zustimmend. »Einen Opel Astra. Keinen gebrauchten, neu musste er sein. Ich hab ihn damit immer aufgezogen. ›Was‹, hab ich gesagt, ›so ein kleines Auto für so eine große Familie? Und wenn jemand aus der Heimat kommt, wo willst du den dann hinsetzen? In den Kofferraum?‹ Doch er war davon nicht abzubringen. Für Abdu war Opel das typischste deutsche Auto. Und damit das beste. Der wollte gar keinen Mercedes oder BMW. Oder Audi.«

Stefanie Vitzthum, die in dem Moment mit einem kleinen Tablett, auf dem drei dampfende Becher und eine Schale Kekse standen, hereinkam, korrigierte ihren Mann: »Chanim, hast du schon mal dran gedacht, dass Abdu sich einen teuren Mercedes oder Audi gar nicht hätte leisten können? Der wäre doch froh gewesen, wenn es irgendwann überhaupt einmal zu einem Auto gereicht hätte. Und wenn es ein Opel ist.«

Paula Steiner griff zu ihrem Becher und löffelte die weiße obere Schicht vorsichtig ab. Der Schaum war für sie das Beste, und dieser Cappuccino schmeckte einfach köstlich. Sie langte in die Keksschale und legte drei Miniflorentiner auf die Serviette, die ihre Gastgeberin neben ihren Becher platziert hatte. »Welche Marke fahren Sie denn, Herr Ostapenko?«

»Bis jetzt noch einen 3er BMW, aber wir sparen schon auf einen neuen 5er. Vierzylinder, Stereoanlage, Ledersitze, dunkelblau metallic und Turbolader.«

Und das alles von neunzehnhundert Euro brutto? »Was kostet denn so ein Geschoss?«

»Sechsunddreißigtausend Euro. Das ist deswegen so billig, weil die meinen alten BMW in Zahlung nehmen. Für wirklich viel Geld.«

Stefanie Vitzthum sah wohl die Fragezeichen und Skepsis im Gesicht der Kommissarin. Denn sie fügte schmunzelnd hinzu: »Weil die *unseren*«, betonte sie, »alten BMW in Zahlung nehmen, gell, Chanim? Und sechsunddreißigtausend Euro ist nur für jemanden billig, dessen Frau mehr als die Hälfte dazu beisteuert. Das hast du wohl in deiner Begeisterung vergessen.«

»Ja, Steffi, ja«, nickte Ostapenko. »Vergessen habe ich es nicht, nur für einen Moment verdrängt.« Er schenkte seiner Frau ein warmes pfiffiges Lächeln. »Wissen Sie, meine Frau verdient viel mehr als ich. Sie ist Physiotherapeutin. Ohne ihr Gehalt könnten wir uns das alles hier«, er zeigte mit der rechten Hand auf den Materie gewordenen Lifestyle seines Wohnzimmers, »nicht leisten. Dann hätte ich auch keinen 3er BMW, sondern würde wie Abdu von einem kleinen Opel träumen.« Bei dem Namen seines Freundes erstarb das Lächeln. »Darf ich Sie auch was fragen, Frau Steiner?«

»Ja, natürlich.«

»Das geht mir die ganze Zeit im Kopf rum. Abdu hatte doch eine Fuhre nach Albanien. Der Chef sagte, er wurde vor dem Wasserwerk in Erlenstegen gefunden. Das liegt genau entgegengesetzt zu seiner Tour. Und Abdu war absolut zuverlässig. Ich frage mich, warum ist er in den Osten gefahren, wenn er doch in den Südwesten musste.«

Das konnte eine Finte sein, trotzdem antwortete sie offen und wahrheitsgemäß: »Herr Shengali wurde nicht am Wasserwerk ermordet. Als man ihn dort aufgefunden hat, war er schon seit etlichen Stunden tot.«

Ostapenko nickte ernst. »Wissen Sie, wie man ihn umgebracht hat, woran er gestorben ist?«

»Er wurde erschlagen. Mit einer runden, vier bis fünf Zentimeter dicken Eisenstange, an der Flugrost haftete.«

»Mit einer Eisenstange? Hm.« Es war Ostapenko anzusehen, dass er den beiden Polizistinnen helfen wollte. Er dachte nach. »Vielleicht war das ein mechanischer Wagenheber.«

»Ein Wagenheber? Wie kommen Sie darauf?«

»Ist mir halt so eingefallen. Alte Wagenheber sind aus Eisen. Und da ist immer Rost dran. Sie werden ja so selten benutzt. Vier bis fünf Zentimeter Durchmesser? Dann ist er sicher aus den sechziger Jahren. So einfache Stangenwagenheber waren damals serienmäßiges Zubehör zum Beispiel für jeden VW Käfer, den Strich-Achter von Mercedes und auch den Spider, Bertone oder Giulia von Alfa Romeo.«

»Sie kennen sich aber gut aus. Alle Achtung.«

»Ich bin gelernter Kfz-Mechaniker, Frau Steiner«, sagte er nicht ohne Stolz. »Die erste Zeit in Deutschland habe ich ab und zu in einer Werkstatt ausgeholfen, die sich auf Reparaturen von Oldtimern spezialisiert hatte.«

»Ach so. Auf jeden Fall ist das ein wertvoller Hinweis, dem wir nachgehen werden. Danke für den Tipp. Zwei Fragen habe ich noch an Sie, Herr Ostapenko. Wo waren Sie am vergangenen Montagmorgen, so gegen acht Uhr?«

»Auf dem Weg in die Schweiz. Ich hatte eine Fahrt nach Bern. Hin mit Glasgranulat, zurück mit Transformatoren für Umspannwerke. Montagfrüh bin ich losgefahren, zusammen mit Abdu, auf dem Rastplatz Aarau-West habe ich übernachtet, Dienstag ab- und aufladen, dann ging es wieder retour. Aber wo genau war ich am Montag um acht? Auf jeden Fall schon auf der A 7, irgendwo zwischen den Abfahrten Aalen und Heidenheim. Und was wollen Sie noch wissen?« Shengalis Freund schien nicht gekränkt von ihrer ersten Frage. Im Gegenteil, es klang, als hätte er sie erwartet.

»Sie wurden 2001 wegen eines Verstoßes gegen das Betäubungsmittelgesetz verurteilt.«

Stefanie Vitzthum schnappte empört nach Luft. »Das ist doch schon Jahre her, also wirklich …«

Ihr Mann legte ihr beruhigend die Hand auf den Unterarm und sagte lapidar: »Ja. Stimmt.«

»War die Vorstrafe bei Ihrem Einstellungsgespräch ein Thema?

Und wenn ja, war das für die Freys ein Problem? Oder wissen Ihre Arbeitgeber nichts davon?«

»Doch, die wissen das. Joachim hat danach gefragt. Ich habe ihm ehrlich geantwortet. Ich hab beiden gesagt, was ich jetzt auch Ihnen sage: Das war eine Jugendsünde, die sich nicht wiederholen wird. Ich habe zu dieser Zeit viel geraucht, aber nie harte Drogen genommen wie Kokain zum Beispiel. Also nix, was abhängig macht. Als ich die Steffi kennenlernte, war sofort Schluss damit. Ich brauche das Zeug nicht mehr. Mein Leben ist jetzt auch so schön.«

Bei diesen Worten entspannte sich Stefanie Vitzthum zusehends. »Das hast du jetzt wunderbar gesagt, mein Schatz.«

Auch Paula Steiner glaubte ihm, selbst wenn fünfundzwanzig Jahre ein stolzes Alter für jemanden waren, der eine Jugendsünde beging.

Wer Ostapenko seine Version allerdings offensichtlich nicht abnahm, war Eva Brunner. Die Kommissaranwärterin, die bis jetzt geschwiegen hatte, fragte: »Sind Sie katholisch, Herr Ostapenko?«

Bevor er antworten konnte, lachte seine Frau hell auf. »Ha, mein Mann und katholisch. Mein Mann ist nichts, gar nichts. Ich habe damals einen absoluten Heiden geheiratet. Religion ist für den so notwendig wie ein Kropf. Kirchen sind für Chanim nur vergeudeter Wohnraum.«

Paula Steiner griff nach der Keksschale, die zu ihrem Erstaunen leer war. »Habe ich jetzt die ganzen Kekse gegessen?«

Stefanie Vitzthum nickte lächelnd. »Dafür sind sie ja da. Ich kenne das, ich kann bei Nüssen nicht widerstehen. Egal, bei welchen.«

Blieb nur noch eine Frage, die Standardeingangs- oder -abschlussfrage aller Kommissare, der echten wie der aus den Filmen. »Hatte Herr Shengali Feinde? Oder kennen Sie jemanden, der ihm nicht so wohlgesonnen war wie Ihr Chef und Sie?«

Ostapenko dachte nach. Man sah förmlich, wie er in seinem Gedächtnis nach Personen wühlte, die dafür in Frage kamen. Als er bei den Grabarbeiten fündig geworden war, hellte sich seine Miene auf. »Ja. Es gibt zwei Fahrer bei Frey-Trans, die uns nicht in der Spedition haben wollen. Für die sind wir nur die Ausländer. Dabei ist Abdu schon seit über zwölf Jahren in Nürnberg. Und ich bin mit einer deutschen Lady«, er sagte tatsächlich Lady, »verheiratet. Auch schon sieben Jahre lang. Wir zahlen hier unsere Steuern, schicken unsere Kinder auf deutsche Schulen oder in deutsche Kindergärten. Zahlen an deutsche Hausbesitzer unsere …«

Als sie merkte, wie er sich in Rage redete, unterbrach sie ihn. »Wie äußerte sich diese Ablehnung der beiden Fahrer?«

»In solchen blöden Bemerkungen wie ›Na, am Sonntag wieder einen Schweinsbraten gegessen und eine Halbe dazu getrunken?‹. Dabei wissen die genau, dass Abdu Moslem ist und kein Schweinefleisch essen oder Alkohol trinken darf. Außerdem hat der Rüttler auf der letzten Weihnachtsfeier ganz laut gesagt, sodass es jeder hören musste: ›In einem Nürnberger Transportunternehmen haben Mongolenschädel nichts verloren, die sollen doch wieder in ihre Steppe zurückgehen, zu ihren Zelten und Kamelen.‹ Damit hat er bestimmt mich gemeint.«

Das lag nahe. »Wie haben die beiden Chefs darauf reagiert? Haben die etwas dazu gesagt?«

»Joachim natürlich nicht. Der meint ja im Grunde, es ist eine Gnade, dass wir bei Frey-Trans arbeiten dürfen. Ich mit meiner Vorstrafe und Abdu, weil er das Freitagsgebet einhalten will. Für den sind wir auch nur die Ausländer. Und werden es immer bleiben. Aber dem Senior war das gar nicht recht. Der hat zu Rüttler gesagt, er will keine schlechte Stimmung auf der Weihnachtsfeier. Er soll das sein lassen. Wir in der Firma sind eine Mannschaft, ein Team, wir müssten doch alle zusammenhalten.«

»Chanim, erzähl auch das mit den Anzeigen und den Gutscheinen. Das passt doch genau zu diesem Thema«, forderte ihn Stefanie Vitzthum auf, die soeben mit einer frisch gefüllten Keksschale das Zimmer betrat.

Paula Steiner sah zu Ostapenko, der seiner Frau ein fast unmerkliches Zeichen in Form eines angedeuteten Kopfschüttelns gab.

»Was ist mit diesen Anzeigen, Herr Ostapenko? Das würde mich interessieren.«

»Nichts, meine Frau verwechselt da was. Das hat mit uns, mit Abdu und mir, nichts zu tun. Das betrifft alle Fahrer. Das Problem gibt es in jeder Spedition.«

Sie glaubte ihm nicht, wusste aber, dass es sinnlos war, ihn jetzt und hier dazu zu befragen. Diese Quelle, an die seine Frau sie arglos führen wollte, durfte von seiner Seite aus anscheinend nicht preisgegeben werden. Warum nicht? Wovor hatte er Angst?

Sie stand auf, aber erst nachdem sie sich nochmals aus der Schale bedient hatte, und verabschiedete sich. Mit vollem Mund und zwei Miniflorentinern in der linken Hand.

Auf der Straße vor dem Haus fragte Eva Brunner: »Glauben Sie ihm?«

»Ja. Ich glaube, was er gesagt hat. Aber ich würde auch gerne erfahren, was er uns nicht gesagt, was er uns vorenthalten hat.«

»Die Sache mit den Anzeigen und Gutscheinen?«

»Ja. Aber darum kümmern wir uns ein anderes Mal. Für heute ist Feierabend. Am Donnerstag haben doch unsere Praktikanten und Anwärter ihren freien Tag. Oder hat sich das in der Zwischenzeit geändert?«

»Nein, das ist immer noch so.«

»Dann sehen wir uns also am Freitag wieder, Frau Brunner.«

»Ich kann auch gern morgen kommen. Mir macht das nichts aus. Im Gegenteil. Jetzt, wo die Ermittlungen so richtig angelaufen sind, brauchen Sie mich vielleicht?«

»Brauchen schon. Aber das geht nicht. Denn dafür müsste ich für Sie eine Sondergenehmigung beantragen. Und das ist der Aufwand nicht wert. Wenn Sie am Freitag da sind, ist mir schon viel geholfen.«

»Frau Steiner, kommt denn jetzt Herr Bartels wieder? Brauchen Sie mich nächste Woche noch oder nicht?« Zwei simple Fragen, betont lässig und teilnahmslos vorgebracht. Doch sie hörte hinter der Gleichgültigkeit den drängenden Wunsch heraus, auf beide Fragen die richtige Antwort zu bekommen. Sie gab sie ihr gern.

»So, wie es derzeit aussieht, kommt Herr Bartels nächste Woche noch nicht. Ich hatte seinen Zustand wohl zu positiv eingeschätzt. Und selbst wenn er käme, bräuchte ich Sie auch weiterhin. Wir, Sie und ich, ziehen diesen Fall jetzt gemeinsam durch. So lange müssen Sie es schon bei mir aushalten.«

Eva Brunner bedankte sich mit einem strahlenden Lächeln. »Dann kann ich den Kollegen Bartels doch heute Abend mal im Krankenhaus besuchen. Im Krankenhaus ist es immer langweilig, ich denke, da freut sich jeder über Besuch. Man kommt auf andere Gedanken, die Zeit vergeht schneller. Oder soll ich das nicht machen?«

»Nein, nein. Machen Sie das ruhig. Das ist eine gute Idee.«

Bei der Vorstellung, wie Heinrichs »würdiger Ersatz« in wenigen Stunden an dessen Krankenbett sitzen und ihm von diesem »wahnsinnig interessanten, spannenden, aufregenden Mordfall« erzählen würde, musste sie grinsen. Was hieß hier gute Idee? Das war eine Jahrhundertidee! Besser und wirksamer als alles, was Frau Dr. Leipold oder ihr selbst hätte einfallen können.

Als sie in die Regensburger Straße einbogen, summte sie den Beatles-Song, der in den kleinen Glücksmomenten ihres Lebens immer herhalten musste – »From Me To You«.

4

Am Donnerstagmorgen um sieben Uhr wurde sie durch das hartnäckige Klingeln ihres Telefons aus einem wilden Traum gerissen: Sie lebte in Bagdad, in einem Hochhaus, bei einer Großfamilie, und war auf dem Weg in die Oper. Doch keine von den Frauen war bereit, ihr für diesen Gang außer Haus ein Kopftuch zu leihen, und es wurde immer später. Die Zeit drängte. Noch beim Aufwachen spürte sie ihre Angst, die Aufführung zu verpassen.

Es war Matthias Breitkopf vom Kriminaldauerdienst. »Dein Lkw ist da.«

»Wo?«

»Zwischen Kinding und Pfraundorf, Abfahrt Altmühltal. Richtung Pfraundorf rechter Hand. Es gibt auf der Strecke nur eine Parkbucht. Du kannst sie nicht verfehlen.«

»Ich bin schon unterwegs.«

Fluchend stieg sie aus dem Bett, zog sich die Sachen über, die im Badezimmer auf der Waschmaschine lagen, und verließ die Wohnung. Mit jedem Kilometer, den sie auf der A9 zurücklegte, wuchs ihr Appetit auf einen Kaffee und die Gier nach einer Zigarette. An der Raststätte Greding hielt sie an und kaufte sich einen Becher Kaffee. Es nieselte. Sie setzte sich auf den Beifahrersitz, öffnete die Wagentür weit und zündete sich eine Zigarette an. Dazu schlürfte sie den brühheißen Kaffee.

Sie sah hinüber auf den Ortskern von Greding, der von feuchten Wiesen und schwarzgrünen Bäumen eingerahmt war. Darüber die Sonne, unscharf wie zerlaufener Dotter. Für den Bruchteil einer Sekunde durchströmte sie ein warmes Glücksgefühl. Wie gut es ihr doch ging! Der Druck der Hetzerei und der Ärger, der während der Fahrt in einen Wutausbruch umzuschlagen drohte, war vergessen. Jetzt freute sie sich auf ihren Einsatz. Auf die Arbeit, die vor ihr lag, und vor allem darauf, an diesem frühen Morgen gebraucht zu werden. Das erschien ihr als ein großes Privileg, das sie von den anderen Besuchern der Raststätte unterschied. Diese mussten vielleicht kilometerlange Staus und Umleitungen in Kauf nehmen und würden dabei Gift und Galle spucken. Während sie schon fast am Ziel war.

Eine Viertelstunde später hielt sie an der kleinen Parkbucht an. Hinter den Sperrbändern drängten sich auf engem Raum Menschen, die meisten in Uniform, und Autos. Als Erstes erkannte sie Klaus und Klaus von der Spurensicherung, die in ihren weißen Overalls und Handschuhen aus der Menge hervorleuchteten.

Klaus Dennerleins Gesicht hellte sich auf, als er sie sah. Er eilte auf sie zu.

»Na endlich, Paula. Also, der Laster ist noch verplombt. Es sieht nicht so aus, als ob von der Ladung etwas fehlen würde. Klaus und ich sind mit den Fingerabdrücken außen am Wagen schon fast fertig. Was meinst du, sollen wir den Lkw nach Nürnberg überführen lassen? Du weißt ja, das ist oben nicht so gern gesehen, wegen der Kosten.«

Ja, das wusste sie. Aber die Kosten waren ihr egal. Schon immer egal gewesen. Doch in diesem Fall konnte sie dem Steuerzahler diese kostspielige Fahrzeugüberführung ersparen. Bevor Dennerlein ausgeredet hatte, war ihre Entscheidung gefallen.

»Darauf können wir verzichten. Wobei ich auch jede Wette eingehe, dass ihr am oder im Wagen einschließlich Fahrerhaus nichts finden werdet. Das war kein Raubmord.« Dennerlein nickte zustimmend. »Du kannst dich erinnern, selbst sein ganzes Bargeld hat man ihm gelassen. Da geht es um etwas anderes.«

Man hatte Shengali bewusst auf diesen abgelegenen Parkplatz gelockt. Um allein und ungestört zu sein. Vor Zeugen sicher. Obwohl … dafür gab es verschwiegenere Plätze als diese idyllische Fahrstraße, die von den Bewohnern der umliegenden Dörfer sicher für gelegentliche Einkaufstouren oder jetzt im September für Ernteeinsätze genutzt wurde. Das hier eignete sich eher als Bühne für eine dramatische Verabredung, für eine ernste Aussprache, für ein klärendes Wort. Und dennoch war es für Paula Steiner der Ort, wo ein in Basra aufgewachsener Iraker sein Leben verlor. Nach dieser Verabredung, die seine letzte, eine todbringende werden sollte. Ein sanfter Mann, der Frau und Tochter gleichermaßen ihren Willen ließ, der auf Spitzen und Anwürfe lieber mit Schweigen als mit Streit reagierte. Der Lieblingsfahrer von Siegfried Frey, zuverlässig, korrekt, freundlich. Und ein Mann mit dunklen Locken und diesem eigenartig schönen markanten männlichen Mund.

»Frieder meint, der Tote ist mit einer Eisenstange von vorn erschlagen worden.« Klaus Dennerlein nickte wieder. »Das könnte ein alter mechanischer Wagenheber aus einem Oldtimer sein, habe ich mir sagen lassen. Aber ich glaube nicht, dass ihr da fündig werdet. Der ist sicher längst entsorgt. Sag mal, Klaus, was anderes, habt ihr eigentlich bei der Leiche am Wasserwerk ein Handy gefunden?«

»Aber Paula, das hätte ich dir doch schon längst gesagt. Nein, haben wir bis jetzt nicht gefunden.«

»Hm. Dann wird es auch nicht mehr auftauchen. Genauso wenig wie die Tötungswaffe. Aber vielleicht gibt es ja irgendwelche verwertbaren Reifenspuren?«

Jetzt schüttelte Dennerlein erstmals entschieden den Kopf. »Paula, das war am Montag. Heute haben wir Donnerstag. Drei Tage, in denen es pausenlos geregnet hat. Proben nehmen wir auf jeden Fall, doch Hoffnungen solltest du dir in diesem Punkt nicht machen.«

Sie winkte den Nächstbesten der herumstehenden Landgendarmen zu sich, einen großen Mann mittleren Alters mit einem ungeheuer feisten, rosafarbenen Gesicht und einem ungeheuer liebenswürdigen Lächeln, das aus dieser prallen Oberfläche sogar zwei Grübchen hervorzaubern konnte.

»Hat es in Kinding und Umgebung die letzten Tage geregnet?«

»Geregnet ist der falsche Ausdruck. Geschüttet trifft es eher. Wie schon den ganzen August über. Unsere Bauern hoffen immer noch auf ein paar warme Tage, wegen der Ernte. Bis jetzt aber vergebens. Auch im September hat es jeden Tag …«

»Danke.« Sie wandte sich wieder Dennerlein zu. »Dann können wir das vorläufig also abhaken. Aber eins ist hier oder da hinten«, sie machte eine ausladende Handbewegung auf das rechts vor ihr liegende Waldstück, »mit Sicherheit: Shengalis Blut.«

»Du bist also überzeugt, er wurde hier umgebracht?«

»Ja. Du nicht?«

»Doch. Ich auch. Sieh dir mal das Fundament an.«

Sie blickte fragend zu ihm auf.

»Erinnerst du dich nicht an den Sand auf Shengalis Sakko? Und das hier«, wieder diese typische Handbewegung nach unten, »ist Eins-a-Ware. Beste Rundsande aus Quarz, wie sie für das Altmühltal so kennzeichnend sind. Bodenproben habe ich schon genommen. Ich bin mir sehr sicher, dass sie mit den Sandkörnern auf der Jacke identisch sind. Das hier war der Tatort. Auch wenn unsere Hunde bis jetzt nichts gefunden haben. Noch«, betonte er, »nichts gefunden haben. Jetzt sind sie dort«, er drehte sich um und zeigte auf eine Baumgruppe links, hinter der eine Wiese oder ein Acker grün hervorleuchtete. »Hast du die Spedition eigentlich schon benachrichtigt?«

»Nein, ich wollte euch einen zeitlichen Vorsprung geben, damit ihr in Ruhe arbeiten könnt.« Das war gelogen. Sie hatte die Freys schlicht vergessen. Eine Vergesslichkeit, die sie beizubehalten dachte. Als Kommissarin, die diesen Einsatz hier beaufsichtigte, durfte sie sich diese Freiheit leisten. Den Anruf könnte sie genauso gut später erledigen. Morgen ist schließlich auch noch ein Tag, schoss ihr eine wohlbekannte Sentenz durch den Kopf. Da erschrak sie. Sie war auf dem besten Weg, sich Heinrichs Gleichgültigkeit zu eigen zu machen. Das wollte sie nicht.

»Also, dann mache ich mich jetzt an das Führerhaus.«

»Gut. Und ich rufe bei der Spedition an. Die müssen schließlich auch Bescheid wissen.«

Sie ging zu ihrem Wagen zurück. Die Telefonnummer hatte sie in ihrem Block notiert. Schon beim zweiten Klingeln meldete sich Joachim Frey. Sie sagte ihm, man habe seinen Lastwagen gefunden.

»Prima. Dann hole ich ihn mir. Wo steht er denn?«

Augenblicklich bereute sie, ihn angerufen zu haben. In manchen Situationen war Heinrichs Gleichgültigkeit besser als ihr Pflichtbewusstsein.

»Er steht auf einem Parkplatz nahe Kinding. Und da bleibt er auch noch stehen. So lange, bis der Erkennungsdienst mit ihm fertig ist. Wir geben Ihnen Nachricht, sobald er freigegeben ist.«

Sie beendete das Gespräch grußlos. Als sie die Wagentür verschloss, spürte sie ein flaues, leeres Gefühl in der Magengrube. Sie hatte Hunger. Dagegen gab es in dieser Naturidylle nur ein Gegenmittel – sie griff in die Brusttasche ihrer Jacke, worin sie auf der Raststätte Zigarettenschachtel und Feuerzeug verstaut hatte.

Rauchend stellte sie sich neben ihr Auto und blickte in den angrenzenden Waldstreifen. Sie hörte das verschwiegene Rauschen der Bäume. Die Großstädterin Steiner spürte die Einsamkeit dieses Ortes. Lauscher waren fern, mit Glück gab es sogar ein Funkloch. Im Wald, kam ihr in den Sinn, hat Hagen von Tronje den Helden Siegfried umgebracht, als Auftragsmörder. Seitdem trägt das Wort Männerfreundschaft einen doppeldeutigen Sinn. Den von Treue und Verrat. Wieder fiel ihr Heinrich ein, der bekennende Wagnerianer. In diesem Moment fehlte er ihr. Er hätte ein Auge für die opernhafte Szenerie hier zwischen Kinding und Pfraundorf gehabt, für die mythische Anmutung dieser Parkbucht mit dem dichten, dunklen Wald und der ringförmigen Anordnung. Eine mustergültige Thingstätte, wie geschaffen für solch heidnische Feste wie Sonnwendfeiern. Mit ihm hätte sie auch diesen doppelsinnigen Gedanken der Männerfreundschaft weiterspinnen können. Sie fühlte sich auf einmal sehr allein. Und bedauerte ihr Ränkespiel – dem zwar der gewünschte Erfolg versagt geblieben war, aber in dem Moment zählte für sie nur ihre ursprüngliche eindeutig niederträchtige Absicht – gegenüber dem treuen Kollegen. Der Ohne-Wenn-und-Aber-Plan gewann wieder an Gewicht.

Sie ging auf den lächelnden Polizisten zu, der erfreut schien, von ihr erneut angesprochen zu werden. »Wer von diesen Leuten ist denn Ihr Vorgesetzter?«

»Das bin ich selber. Hermann Tischler, Hauptwachtmeister von der Polizeiinspektion Beilngries.«

»Herr Tischler, mein Name ist Steiner und ich bin …«

»… die Einsatzleiterin aus Nürnberg«, unterbrach er sie. »Wissen wir doch alles schon.«

»Dann darf ich Sie in diesem Fall um Amtshilfe ersuchen, Herr Kollege?«

Wieder dieses ansteckende Grübchen-Lächeln. »Aber gern. Dafür sind wir ja da. Womit können wir helfen?«

»Mit einer Befragung der Anwohner. Wer hat am Montag in der Früh oder am Vormittag hier auf dieser Strecke etwas Auffälliges, Ungewöhnliches bemerkt? Jede Kleinigkeit zählt, doch wem erzähle ich das. Das wissen Sie ja als Hauptwachtmeister genauso gut wie ich. Aber Sie kennen die Bewohner in den umliegenden Ortschaften viel besser als ich beziehungsweise wir vom Polizeipräsidium Mittelfranken.«

»Das machen wir. Wir gehen von Haus zu Haus, auf breiter Front. Ich hätte da zusätzlich einen Vorschlag zu machen, Frau Steiner. Was halten Sie davon, wenn wir die Geschichte in die hiesige Zeitung bringen? Damit hätten wir auf einen Schlag den ganzen Landkreis Eichstätt erfasst und abgedeckt. Sichern so die mündliche Befragung nochmals ab. Und unsere Leute hier sind sehr kooperativ. Wenn die was wissen oder gesehen haben, dann melden die das auch.«

»Davon halte ich sehr viel. Gerne.«

»Unser Redaktionsleiter ist schon da.« Tischler deutete auf einen weißhaarigen Mann mit zwei Kameras und einem Teleobjektiv vor der Brust, der hinter der Absperrung stand und jetzt lebhaft zu ihnen herüberwinkte. »Wir können das gleich an Ort und Stelle machen. Wenn Sie einverstanden sind.«

Er nickte dem Redakteur zu, der auf diese Aufforderung nur gewartet zu haben schien. Er rannte behände auf sie zu, sodass die Kameras und das Objektiv vor seiner Brust auf und ab hüpften. Tischler stellte sie als die Einsatzleiterin aus Nürnberg, KHK Steiner, Mordkommission, Polizeipräsidium Mittelfranken, vor. Der Redakteur reagierte auf diese Titelaufzählung wie beabsichtigt – mit Respekt. Er fragte die »Frau Kriminalhauptkommissarin Steiner«, was sie in dem Zeitungsbericht haben wolle.

»Das überlasse ich natürlich Ihnen.« Sie nannte ihm die wichtigsten Eckdaten zum Fall Shengali. »Wir gehen davon aus, dass der Mord hier auf diesem Parkplatz passiert ist. Wenn also jemand von Ihren Lesern auf dem Parkplatz selbst oder in der näheren Umgebung etwas beobachtet hat, soll er sich bitte bei der Polizeiinspektion Beilngries melden.«

Hauptwachtmeister Tischler nickte zustimmend. »Jawohl. Bei uns melden. Und ich gebe die eingehenden Zeugenbeobachtungen nach Nürnberg weiter. Frau Steiner und ich stehen bei diesem Mordfall in ständigem Kontakt.«

Sie bezog wieder ihren Posten direkt an der Einfahrt der Parkbucht. Zum einen war sie sorgsam darauf bedacht, nicht im Weg zu stehen. Zum anderen konnte sie so am besten die Szenerie übersehen. Und darüber hinaus dem Anspruch gerecht werden, jederzeit auf Fragen zu antworten sowie alle Entscheidungen zu treffen, die nötig waren, damit die Untersuchungen hier vor Ort abgeschlossen werden konnten.

Doch da kamen keine Fragen, und Entscheidungen waren auch nicht zu treffen. Das Einzige, was kam, waren ein paar Schaulustige. Eine Handvoll sehr junger und sehr alter Männer, die von Tischlers Leuten sofort wieder heimgeschickt wurden. Freundlich, aber bestimmt. Und die sich diesen Anweisungen auch anstandslos fügten, was durchaus die von Hauptwachtmeister Tischler gelobte Kooperationsbereitschaft erkennen ließ.

Im Gegensatz zur Beilngrieser Bevölkerung war Paula Steiners Kooperationsbereitschaft schnell erschöpft. Nämlich genau in dem Moment, als der Redaktionsleiter ein Foto von ihr machen wollte.

»Also bitte, das geht nicht.«

Der Pressemann zeigte sich enttäuscht. »Das würde die Story aber erst so richtig abrunden.«

»Ich bin überzeugt, die wird auch so rund genug.«

Nach dieser Abfuhr entfernte sich der Redakteur. Sie sah schon die Schlagzeile in der Regionalausgabe der Zeitung vor sich: »Der Parkplatzmörder von Kinding. Wer hat ihn gesehen? Sachdienliche Hinweise an …« Vielleicht hatten sie ja Glück, und der Artikel würde sie über ein Nummernschild oder eine genaue Personenbeschreibung auf direktem Weg zum Mörder führen. Obwohl, sie blieb skeptisch. Wer einen so abgelegenen Ort als Treffpunkt wählt, hat gut vorgesorgt, unentdeckt zu bleiben. Außerdem überschätzte man ihrer Meinung nach die Wirkung solcher Artikel gehörig.

Sie sah noch eine Weile zu, wie die Arbeit voranging. Wie diszipliniert und professionell die Beilngrieser Polizei den Parkplatz vor weiteren Schaulustigen sicherte, wie routiniert und genau die Kriminaltechniker den nassen Boden absuchten und sich jetzt das angrenzende Waldstück vornahmen. Es war so still, dass man den Nieselregen auf die Blätter tropfen hörte. In der Ferne flötete süß und laut eine Amsel. Dann schlug ein Hund an. Das Bellen wurde stärker, erregter. Endlich. Die erste Spur. Dennerlein kroch aus dem Unterholz hervor und lauschte in Richtung Gebell. Dabei trafen sich ihre Blicke, aber es war, als sähe er sie eigentlich gar nicht. Er rief nach seinem Mitarbeiter und stapfte los.

Auch sie verließ eilig ihren Posten und ging zu ihrem Wagen. Ihr war nämlich mittlerweile eingefallen, dass sie etwas Entscheidendes zu fragen vergessen hatte. Über den Polizeifunk wählte sie die Nummer des Kriminaldauerdienstes. In der Zwischenzeit war Breitkopf abgelöst worden. Sein Kollege sagte ihr, was sie wissen wollte.

»Nein, den Namen haben wir nicht. Der Anruf war anonym. Und Matthias konnte die Nummer auch nicht zurückverfolgen.«

Seltsam, dachte sie, wer so einen Fund bei der Polizei meldet, möchte in der Regel für seine Aufmerksamkeit und kleine Mühe auch eine Anerkennung in Form eines Lobs hören. Wieder fehlte ihr Heinrich. Sie wurde ungeduldig. Klaus könnte ihr jetzt doch auch mal Bescheid geben, ob die Hunde etwas gefunden hatten. Schließlich war sie die Leiterin dieses Einsatzes und sollte den Überblick behalten.

Fünf Minuten später stand er vor ihr. »Shengali muss da hinten unter den Tannen gewesen sein. Die Hunde haben auf den Duft seines Jacketts angeschlagen. Blutspuren konnten Klaus und ich noch nicht entdecken. Aber wir nehmen Bodenproben mit nach Nürnberg. Ich sag dir jetzt mal, was wir alles haben. Wir haben den Sand, den Parkplatz untersucht, dann den Wagen außen wie innen. Das Führerhaus ist auch durch, die Auswertung wie immer in Nürnberg, fehlt bloß noch das ganze Gestrüpp hier. Mehr macht keinen Sinn. Oder was meinst du?«

»Ich bin deiner Meinung. Reicht dir dafür der heutige Tag oder müsst ihr morgen noch mal her?«

»Das kann ich dir noch nicht sagen. Die Beilngrieser sollen auf jeden Fall die Absperrung heute Nacht sichern. Für die Landeier ist das sicher mal eine nette Abwechslung. Hier passiert doch sonst nichts.«

»Klaus, nicht so laut, wenn die das hören. Dann kann ich mich ja auch trollen. Oder brauchst du mich noch?«

»Genauso wenig wie diese Gaffer.« Er deutete auf ein altes Ehepaar, das sich anscheinend zu Fuß, mit zwei Regenschirmen bewaffnet, auf den Weg zu diesem schaurigen Ort gemacht hatte und jetzt so scham- wie regungslos zu ihr und Dennerlein hinüberstarrte. Nicht lange, dann verscheuchte Hauptwachtmeister Tischler die beiden mit seinem unwiderstehlichen Grübchen-Lächeln.

Sie stieg in ihr Auto, und eine Minute später war sie auf der Landstraße. Betont freundlich winkte sie dem alten Pärchen zu, das mit ausgestrecktem Daumen versuchte, sich den Heimweg mit Hilfe dieser Polizistin aus Nürnberg weniger beschwerlich zu gestalten. Ohne Erfolg. Im Innenspiegel sah sie, wie der Alte ihr wütend mit der geballten Faust drohte.

Nach einer Dreiviertelstunde hatte sie die östliche Stadtgrenze von Nürnberg erreicht. Instinktiv bog sie am Wasserwerk links ab. Sie wollte der Stelle, an der man Shengali abgelegt hatte, ihre Aufwartung machen. Versuchen, ob sich das Kindinger Gefühl einstellen würde. Ob sie der vage Hauch von Verrat und Männerfreundschaft auch hier anwehen würde.

Sie sah auf die menschenleeren Wiesen und Pegnitzauen. Die Sperrbänder waren verschwunden, nur die weißen verblassenden Linien, mit denen man die Konturen des Leichnams nachgezeichnet hatte, kündeten von Shengalis Tod. Nein, das Gefühl meldete sich nicht wieder. Sie schloss die Augen. Jetzt sah sie die Leiche in allen Details vor sich. Den Mund, die blutverkrusteten Haare, die betenden Hände. Und da war sie wieder, die Ahnung des Übersinnlichen, die diesen Mord umgab. Inszeniert von außen, vom Mörder selbst. Sie spürte die Einsamkeit, hörte das Rauschen der Bäume, sah die zusammengefalteten Hände, fühlte geradezu das Gespinst aus Kameradschaft, Abtrünnigkeit und Strafe für jene tödliche Treulosigkeit.

Da meldete sich ihr Langzeitgedächtnis. Verse des fränkischen Dichters Friedrich Schnack über einen Lindenbaum gingen ihr durch den Kopf. »Unter deinem mächtigen Gestühle / überfällt mich ahnungslose Kühle, / und ich spüre aus der Blätter Wehen / fremden Lebens heimliches Geschehen.« Das hatte sie damals im Heimatunterricht auswendig lernen müssen. Als Kind war ihr dieses Gedicht fremd geblieben. Zu düster und bedrohlich, zu geheimnisumwoben und so gar nicht konkret. Ihre Heimatkundelehrerin hatte ein Faible für die dunkle nordische Seele gehabt, für alles, was tief und ungreifbar daherkam. Doch, ja, beide Szenerien, die der ländlichen Parkbucht genauso wie die des städtischen Wasserwerks, hatten ihre besondere mythische Anmutung. Zwei Orte, die sich zum Beschwören der Geister – der guten wie der bösen – geradezu anboten, die an Naturerscheinungen und archaische Bräuche aus der Vor- oder Frühzeit erinnerten. Oder daran erinnern sollten. Vielleicht war das bewusst so in Szene gesetzt?

In einem war sie sich allerdings sicher: Der Mörder hatte sich seinem Opfer verbunden gefühlt, seine Beziehung zu Shengali sah er als Gemeinschaft, beide waren aus irgendeinem Grund darauf angewiesen, sich aufeinander verlassen zu können. Dann aber hatte der Iraker den Bund gebrochen und diesen Bruch mit dem Leben bezahlt. Genau so war es: Hier hatte jemand eine Schlacht auf dem weiten Feld der Ehre geschlagen. Und anschließend wollte dieser Jemand mit seinem Arrangement dafür sorgen, dass das von außen auch so wahrgenommen werden würde.

Paula Steiner, die bekennende Realistin, hatte sich mit diesen Gedankenketten auf ein Terrain begeben, das ihr sonst fremd war. In das Gebiet der Spekulation, der Einbildung, ja, auch der Absurdität. Als sie erkannte, wie tief sie in diesen verminten Bereich, der sonst in Heinrichs Hoheitsgebiet lag, vorgedrungen war, zog sie sich sofort daraus zurück.

»Dann kann ich ja gleich an Ufos und grüne Männchen vom Mars glauben«, sagte sie halblaut und ging zu ihrem Wagen zurück. Ihr war auf einmal kalt, und sie spürte ihren Hunger. Den Bereitschaftsdienst dieses Donnerstags, der unter anderem strikte Alkoholabstinenz erforderte, erklärte sie hiermit vorzeitig für beendet. Zu sehr freute sie sich auf ihre Wohnung und den Blick vom Küchenfenster, auf ein warmes Essen und – auf ihren Weinvorrat.

Am Vestnertorgraben angelangt, marschierte sie zielsicher in den Keller. Heute wollte sie das Wagnis eingehen und einen ihr bis dahin völlig unbekannten Wein verkosten. Einen Côtes du Jura a.c. Cuvée de Garde von 2005 aus dem Château Chalon, dessen »kraftvollen Körper«, »extreme Heftigkeit« und »zeitlose Eleganz« die Fachzeitschriften überschwänglich lobten.

Nachdem sie die Flasche mit dem für ihren Geschmack viel zu modernen Etikett entkorkt und von dem Wein ein halbes Glas geleert hatte, stellte sie sich an die Spüle. Wusch und schnitt die grünen Bohnen, die aus dem Vorgarten ihrer Mutter stammten und garantiert jedes noch so strenge biodynamische Unbedenklichkeitszertifikat verdient hätten, in kleine Rauten. Schälte Kartoffeln und eine Zwiebel, briet Speckwürfel kross und fügte dann, nachdem es in der Küche so ungemein behaglich nach altmodischem Familienessen roch, das klein geschnittene Gemüse dazu. Die Wartezeit von einer halben Stunde vertrieb sie sich mit dem ersten Gang, der ausgiebigen Weinverkostung. Ein wirklich phantastischer Savagnin, auch wenn er für ihren Geschmack mehr heftig als zeitlos schmeckte. Um der wachsenden Gemütlichkeit die Krone aufzusetzen, stellte sie sich noch kurz unter die Dusche und zog anschließend den Schlafanzug an, darüber den alten moosgrünen Bademantel, ein Erbstück ihres Vaters. Dieser Bademantel war für sie die stilvollste und zugleich bequemste Art, das Zu-Hause-Sein zu zelebrieren.

Nach dem Hauptgang, dem Bohneneintopf, folgte das übliche Dessert. Der Blick aus dem Küchenfenster. In der Dämmerung und nach dem Dauerregen der letzten Tage glich die Kaiserstallung mit ihren winzigen matt glänzenden Fensteröffnungen an diesem frühen Donnerstagabend einem reich mit Edelsteinen verzierten Tabernakel. Noch bevor sie sich ganz und gar satt gesehen hatte, riss sie ein dreimaliges Klingeln – kurz, kurz, lang – aus ihrem Dessert. Herrschaftszeiten, das war Paul, den hatte sie ganz vergessen. Sie sah an sich herunter, an ihrem Bademantel, unter dem unten die nackten Füße hervorlugten, dann auf den leeren Teller, das halb volle Glas. Zu spät, um diese Vergesslichkeit einigermaßen glaubwürdig zu kaschieren. Da half nur die Flucht nach vorn – die Wahrheit. Wieder dieses fordernde Klingeln. Sie ging in die Diele und drückte auf den Türöffner.

Als er zwei Minuten später vor der Wohnungstür stand, küsste er sie achtlos auf die linke Wange und schob sie sanft zur Seite. Er eilte in ihr Wohnzimmer, griff nach der Fernbedienung und ließ sich entspannt auf das Sofa fallen. Langsam schloss sie die Wohnungstür und stellte sich in den Rahmen der Wohnzimmertür. Starrte wortlos auf ihren späten Gast, der in der Zwischenzeit die Schuhe abgestreift und die Füße auf dem Couchtisch deponiert hatte und jetzt gebannt auf den Bildschirm mit dem leuchtenden grünen Rasen schaute. Eine Flucht nach vorn war hier überflüssig.

»Paula, ich weiß, ich bin spät dran. Aber die in Kallmünz haben mich nicht eher fortgelassen.«

»Ich hab gedacht, die Bundesliga fängt erst ganz spät im September an.«

»Das ist kein Bundesliga-Spiel, das ist Champions League. Da geht es um was. Knock-out-Verfahren, hopp oder top. Ich will auch nur kurz reinschauen, dann bin ich ganz für dich da.«

»Möchtest du einen Bohneneintopf? Einen Teller voll hätte ich noch.«

»Nein danke. Bei meiner Schwester gab es heute einen Schweinsbraten mit selber geriebenen Erdäpfelknödeln. Einfach saugut.«

»Ich dachte, du isst kein Fleisch.«

»Ja, normalerweise nicht. Aber heute war mein Tag der Sünde. So, und jetzt bitte, Paula, jetzt brauch ich mal für eine Weile meine Ruhe.«

Sie trabte in die Küche zurück, holte tief Luft und konzentrierte sich auf ihr Allheilmittel gegen aufkommende schlechte Laune. Doch die Burg versagte ihr heute die heilende Wirkung. Sie setzte sich an den Küchentisch und spielte an ihrem Weinglas herum.

»Paula, wie wär's denn mit einem Bier? Aber nicht so eiskalt wie das letzte Mal. Es darf ruhig zimmerwarm sein«, drang es aus dem Wohnzimmer.

Da saß sie nun, die Kriminalhauptkommissarin Steiner, die Einsatzleiterin, der man den ganzen Tag Achtung und Respekt entgegengebracht hatte – und war schlagartig zur Küchenmagd degradiert. Ein zu abrupter Rollenwechsel. Sie knallte das Glas auf den Holztisch und lief ins Wohnzimmer hinüber. Blickte auf den fläzenden Rüpel da auf ihrem Sofa und versuchte sich zu vergegenwärtigen, was sie an diesem Menschen einst so liebenswert, ja, und auch begehrenswert gefunden hatte.

Paul Zankl, einundfünfzig Jahre alt, gebürtiger Kallmünzer und Altbayer aus Überzeugung, allerdings verkannte die Testsituation, die er momentan durchlief. Er sah kurz zu ihr auf, lächelte und hielt sich eine imaginäre Flasche an den gespitzten Mund. Eine wortlose und für seine Begriffe sicher überaus charmante Erinnerung an die längst fällige Getränkelieferung. Die Küchenmagd Steiner reagierte ebenso wortlos auf diese Anmahnung, wenn auch nicht ganz so charmant. Sie zog den Stecker des Fernsehkabels aus der Steckdose, richtete sich dann würdevoll zu ihrer vollen Größe auf, so weit dies eben barfuß und in einem abgetragenen Männerbademantel möglich war, und wies mit dem Zeigefinger des ausgestreckten rechten Arms auf die Wohnungstür.

Jeder Franke, egal ob Mittel-, Ober- oder Unterfranke, hätte auf diese Steilvorlage angemessen reagiert – er hätte die Wohnung fluchtartig verlassen. Und wäre spätestens an der Haustür unten ein wenig beleidigt gewesen, auch wenn er nicht hätte sagen können, warum. Doch Paul war Oberpfälzer. Also aus einer ganz anderen Sphäre mit ganz anderen Denk- und Handlungsmustern. Er sprang vom Sofa auf, ging langsam und breit grinsend auf sie zu, nahm sie in die Arme und drückte sie so fest wie liebevoll an sich. Anfangs versuchte sie noch, sich aus dieser Umklammerung zu befreien, doch irgendwann gab sie ihren Widerstand auf – nachdem ihr nämlich wieder eingefallen war, was sie an diesem Menschen anfangs so liebenswert gefunden hatte.

Es wurde dann doch noch ein ausgesprochen schöner, erinnerungswürdiger Donnerstagabend auf der Couch im Wohnzimmer. Auch ganz ohne Bier und ganz ohne Fußball.

Als sie am nächsten Morgen die Wohnung verließ, war sie heiter und voller Tatendrang. Sie freute sich auf die anstehende Arbeit und auf die Menschen, mit denen sie heute zu tun haben würde. Vor allem gefiel ihr der Gedanke, in wenigen Minuten auf eine sicher ausgeschlafene und ebenso tatendurstige Eva Brunner zu treffen. Ihr Wohlwollens-Konto gegenüber der redseligen Anwärterin hatte sich wieder aufgefüllt.

Umso enttäuschter war sie, als Eva Brunner sie mit einem etwas verkniffenen, betont kühlen »Guten Morgen, Frau Steiner« begrüßte.

Sie erwiderte den Gruß und fragte: »Ist was?«

»Wie ich gehört habe, waren Sie gestern am Tatort. Ohne mich.«

Ach, das war der Grund für den eisigen Empfang. »Ja, das stimmt. Ich war in Kinding. Soweit ich weiß, hatten Sie gestern Ihren freien Tag. Oder täusche ich mich da?« Sie sah Eva Brunner fragend an.

»Nein, das ist schon richtig. Aber ich wäre halt gern dabei gewesen. Wo ich doch bisher auch bei allem anderen dabei war.«

»Das wusste ich nicht, Frau Brunner. Und ehrlich gesagt fehlt mir auch die Phantasie, mir vorzustellen, dass irgendjemand hier in diesem Haus seine Freizeit gerne auf einer nasskalten Parkbucht mitten in der oberbayerischen Prärie verbringt. Doch jetzt nachdem ich weiß, dass Sie da eine Ausnahme bilden, sind Sie natürlich in Zukunft bei allen Einsätzen dabei. Ist das dann für Sie in Ordnung?«

Eva Brunner nickte zustimmend.

»Gut. Bevor ich es vergesse – haben Sie Herrn Bartels denn am Mittwoch im Krankenhaus besucht?«

»Ich wollte, aber er war nicht mehr da.«

»Wie, er war nicht mehr da?«

»Eine Schwester sagte mir, man habe ihn am Morgen schon entlassen. Daraufhin hatte ich eigentlich damit gerechnet, dass er heute hier im Büro ist, wenn ich komme. Aber vielleicht kommt er ja noch. Wo soll ich dann eigentlich sitzen, wenn Herr Bartels wieder da ist?«

Paula Steiner musste Dr. Leipold bewundern. Die taffe Stationsärztin hatte gegen Heinrichs Eigensinn und seine Hartnäckigkeit obsiegt. Dieses Kunststück würde ihr, war sie überzeugt, nicht gelingen. Heinrich hatte sich mit Sicherheit noch am Mittwochvormittag von seinem Hausarzt den gelben Schein geholt und würde auch die nächsten Wochen verschollen bleiben.

»Jetzt warten wir erst mal ab, wann Herr Bartels hier wieder auftaucht. Bis dahin gehört sein Schreibtisch Ihnen. Und wenn er wieder da ist, dann wird uns schon was einfallen. Nun zu etwas anderem. Heute um halb zehn kommt Frau Shengali, leider in Begleitung ihres Neffen, Herrn Eshaya. Ich möchte mit der Witwe allein sprechen. Also müssen wir Herrn Eshaya in der Zwischenzeit anderweitig sinnvoll beschäftigen. Ich dachte, Sie knöpfen ihn sich währenddessen vor.«

Eva Brunners Gesicht leuchtete für einen kurzen Moment auf, die Freude über das Vertrauen ihrer Vorgesetzten brachte es regelrecht zum Strahlen. Doch dann sah man, wie ihr Zweifel kamen, ob sie dieser großen Verantwortung auch gerecht werden könne. Sie sah Paula Steiner ernst und ängstlich an.

»Ich habe noch nie allein eine Vernehmung geführt. Ich weiß nicht, ob ich das kann.«

»Das können Sie. Da bin ich mir sicher. Schreiben Sie sich ein paar Fragen auf, an denen Sie sich zur Not entlanghangeln. Und lassen Sie Eshaya reden. So wie ich den am Telefon kennengelernt habe, ist das jemand, der gern und viel redet.« Und insofern, fügte sie in Gedanken hinzu, passt ihr zwei hervorragend zusammen. Das wird bestimmt eine angeregte Plauderstunde.

Die nächste halbe Stunde hörte man von Heinrichs Schreibtisch keinen Ton. Diese Ruhe genoss sie. Sie sah zum Fenster und bereitete sich auf das Gespräch mit der Witwe vor. Sie würde sie nach Shengalis Freund Ostapenko fragen müssen, auch danach, was die sicher weit verzweigte Verwandtschaft im Irak von Solin, dem bunten Paradiesvogel, hielt. Doch im Grunde interessierte sie nur eins: die ominösen Anzeigen und Gutscheine. Sie hoffte, Shengali war seiner Frau gegenüber auch so offen gewesen, dass er ihr – wie Ostapenko seiner Frau – davon erzählt hatte.

Um neun Uhr fünfzehn erhielt sie vom Wachdienst an der Pforte einen Anruf. Eine Frau Shengali und ein Herr Eshaya wären jetzt da. Sie sagte zu Eva Brunner, die noch immer stumm über ihre Aufzeichnungen gebeugt saß: »Also, packen wir's. Es ist so weit.«

Während sie gemeinsam die Treppen zum Erdgeschoss hinunterstiegen, hielt ihr Eva Brunner das eng beschriebene Blatt Papier entgegen. »Schauen Sie es sich doch bitte mal an, ob das so für Sie in Ordnung geht.«

Sie überflog die Fragenliste und antwortete: »Das ist sehr gut. Wirklich sehr gut. Lediglich eines haben Sie vergessen: Wo war Eshaya zur Tatzeit? Und hat er dafür ein Alibi?«

Als sie auf dem letzten Treppenabsatz angelangt waren, sah sie neugierig durch die Panzerglasscheibe, die das Präsidium vom Eingangsbereich trennte, und musste lächeln. Die beiden Besucher hatten für ihren Auftritt exakt die Garderobe gewählt, die sie erwartet hatte. Frau Shengali mit schwarzem Kopftuch und knöchellangem dunkelgrauem Mantel; Herr Eshaya, der seine markante überdimensionale Nase soeben in den Aufsteller mit den Polizeiprospekten hielt, in einem taillierten anthrazitfarbenen Anzug aus Schurwolle, blütenweißem modischem Hemd und mit einer rosaroten Krawatte, die seiner Erscheinung hier in diesem schäbigen Vorraum, mit seinen abgewetzten Holzbänken und dem grau gesprenkelten Linoleumboden, etwas Extravagantes verlieh. Es gibt Klischees, dachte sie befriedigt, die einfach stimmen.

Mit diesem selbstzufriedenen Lächeln begrüßte sie ihre Gäste. Eshaya erwiderte den Gruß mit einem ebensolchen Lächeln von ausgesuchter Verbindlichkeit, das aber in dem Moment zum Erliegen kam, als sie ihm die »für Sie, Herr Eshaya, zuständige Vernehmungsbeamtin Brunner« vorstellte.

»Aber ich kann doch bei beiden Gesprächen anwesend sein, sehr verehrte Frau Steiner. Meine Tante und ich haben viel Zeit.«

Sie schüttelte den Kopf. »Aber wir nicht, Herr Eshaya. Wir leider nicht.«

Auf dem Weg zu den Vernehmungszimmern im Keller ein letzter Versuch. »Aber wie werden Sie sich mit meiner Tante verständigen? Sie ist der deutschen Sprache ja in keinster Weise mächtig, wie Sie sicher schon festgestellt haben.«

»Auch dafür haben wir vorgesorgt, lieber Herr Eshaya. Eine Dolmetscherin wird für mich und Ihre Tante übersetzen. Machen Sie sich keine Sorgen.«

Nachdem sie den zwei Plaudertaschen, der deutschen wie der irakischen, ihr Zimmer zugewiesen hatte, ging sie mit Frau Shengali in den nebenan gelegenen Raum, wo Frau Horrlein bereits auf sie wartete. Die Dolmetscherin, ohne Kopftuch, aber mit wadenlangem Rock und einer langärmligen Bluse, gab sich Mühe, die nervöse und fahrig wirkende Witwe zu beruhigen, allerdings ohne Erfolg.

Paula Steiner sagte: »Wir wissen jetzt, dass Ihr Mann auf einer Parkbucht nahe Kinding umgebracht worden ist.« Nach der Übersetzung keine Reaktion, nicht einmal ein Kopfnicken.

»Was für einen Eindruck hatten Sie an dem Montagmorgen, also an dem Tag, an dem er umgebracht wurde? War sein Verhalten irgendwie seltsam oder anders als sonst?« – Nein.

»Hatte Ihr Mann in Nürnberg noch weitere Freunde außer Herrn Ostapenko?« – Nein.

»Vielleicht Landsleute aus der Heimat, aus dem Irak, mit denen er hier in Nürnberg befreundet war?« – Gab es nicht.

»Und Feinde oder jemand, über den er sich mal geärgert hatte, wie sieht es damit aus?« – Nein, niemand.

»Hatte Ihr Mann mit jemandem vor Kurzem Streit?« – Nein.

»Herr Ostapenko hat uns gesagt, dass zwei Kollegen von der Spedition ihn und Ihren Mann abschätzig, respektlos behandelt haben?« – Davon wisse sie nichts.

»Wie war das Verhältnis zu seinem Chef bei Frey-Trans?« – Gut.

»War es auch in seinem Sinn, dass sich Ihre Tochter Solin so hübsch und auch so modern kleidet?« – Ja.

»Und Ihre strenggläubigen Verwandten, was sagen die dazu, dass sich Solin schminkt und auch so ganz anderes kleidet als Sie selbst zum Beispiel, Frau Shengali?« – Nichts.

Paula Steiner sah kurz zu der Dolmetscherin, die bedauernd mit den Achseln zuckte.

»Wer regelt jetzt wichtige Entscheidungen in Ihrer Familie, wer ist dafür verantwortlich?« – Bassim.

Vielleicht war es doch ein Fehler, Eshaya aus diesem Gespräch rauszuhalten. Sie machte eine Pause. Da hörte sie Frau Shengali etwas sagen. Ein ruckartig vorgebrachter Satz, der wie eine Bitte klang. »Sie fragt, ob sie hier rauchen darf.«

»Aber ja, natürlich.« Paula Steiner stand auf und holte für ihren kurz angebundenen Gast einen Aschenbecher, stellte ihn auf den Tisch und zündete sich dann selbst eine Zigarette an. Schweigend und konzentriert rauchten die drei Frauen, denn auch Frau Horrlein hatte ihre im ganzen Haus gefürchteten filterlosen Roth-Händle ausgepackt. Als die Zigarettenpause beendet war und sie den Aschenbecher auf das Sideboard zurückstellte, hörte sie hinter sich Frau Shengali leise sagen:

»Danke schön, Frau Steiner.«

Sie drehte sich um und erwiderte lächelnd: »Bitte schön, Frau Shengali.«

»Frau Horrlein, eine letzte Frage habe ich noch: Was kann mir Frau Shengali über die Anzeigen und Gutscheine erzählen?«

»Welche Anzeigen und welche Gutscheine?«

»Bitte einfach so übersetzen. Das weiß ich nämlich auch nicht so ganz genau.«

Und auf diese Frage folgte eine lange, eine ausführliche Antwort, die immer wieder von Frau Horrleins Nachfragen verlängert wurde und die die Kommissarin allmählich ungeduldig werden ließ.

Dann endlich sagte die Dolmetscherin: »So wie ich das verstanden habe, handelt es sich dabei um eine Arbeitsamt-Geschichte. Die Anzeigen sind wohl in der Regel ganz normale Zeitungsinserate, können aber auch Anzeigen sein, die das zuständige Arbeitsamt selbst schaltet. Die man sich als Arbeitssuchender auf irgendeinem Computer dort anschauen kann. Ich glaube, Firmen, die bestimmte Arbeitnehmer«, sie sah auf ihre handschriftlichen Notizen, »also solche mit besonderen Qualifikationen suchen, geben das an das Arbeitsamt weiter, und die stellen diese Anzeigen in ihre Computer. Aber genau weiß ich es nicht – und ich fürchte, Frau Shengali auch nicht –, dazu hatte ich die letzten Jahre zu wenig mit dem Arbeitsamt oder der Agentur für Arbeit, wie es ja jetzt heißt, zu tun. Gott sei Dank.«

»Aha. Und was hat es mit den Gutscheinen auf sich? Gehören die zu diesen Anzeigen?«

»Ja, irgendwie schon. Arbeitslose bekommen wohl von ihrer Agentur für Arbeit, das heißt von ihrem jeweiligen Betreuer, solche Gutscheine in die Hand gedrückt. Unter bestimmten Bedingungen.«

»Was passiert mit diesen Gutscheinen? Kriegt die der künftige Arbeitgeber?«

Frau Horrlein zuckte mit den Achseln. »Glaube ich nicht. Frau Shengali hat nur gesagt, mit diesen Gutscheinen kommt man irgendwie an einen Job ran. Aber wie das gehen soll? Keine Ahnung.«

»Ihr Mann hatte wohl einen solchen Gutschein bekommen?«

»Ja.«

»Fragen Sie sie bitte, ob auch Shengalis Freund Ostapenko diesen Gutschein erhalten hat.«

»Ja, das hat sie schon erzählt. Ihr Mann und Ostapenko waren davon betroffen. Als Einzige in der Spedition. Und so wie sie das erzählt hat, klang das wie ein Nachteil den anderen deutschen Mitarbeitern von Frey-Trans gegenüber. Wie eine Ungerechtigkeit. Nur die beiden Ausländer, eben Shengali und Ostapenko, hatten damit zu tun.«

Was hatte es mit diesen ominösen Gutscheinen auf sich? Warum wollte Ostapenko verhindern, dass seine Frau sich darüber näher ausließ? »Seit wann arbeitete denn ihr Mann für Frey-Trans?«

»Seit knapp zwei Jahren.«

»Und wann hat er den Gutschein bekommen?«

»Vor zwei Jahren.«

Paula Steiner fehlte jeglicher Ansatzpunkt, um bei dieser Sache auch nur einigermaßen den Durchblick zu erhalten. Das machte sie nervös und ärgerlich. »Was macht man denn mit diesen Gutscheinen, zum Donnerwetter? Wofür braucht man die?«, rief sie ein wenig zu laut aus. Rhetorische Fragen, an sich selbst adressiert.

Doch Frau Horrlein übersetzte sie wortgetreu und erhielt nach einiger Zeit eine Antwort, die den aufziehenden Nebel vollends verdichtete: »Um arbeiten zu können.«

Sie erkannte, dass weitere Fragen und weitere Antworten zu diesem Thema in dieser sehr gemischten Runde nichts bringen würden. So bedankte sie sich bei Frau Shengali. Und fügte diesem Dank ein »Auf Wiederschauen« hinterher. Das aber überstieg die Deutschkenntnisse der Witwe. So erwiderte diese die Abschiedsfloskel nicht, sondern entgegnete daraufhin ihr Passepartout für alle Gelegenheiten, ein freundliches »Danke schön«.

»Eine Frage hätte ich noch, eine rein persönliche allerdings. Frau Shengali muss nicht darauf antworten. Warum hat sie nie Deutsch gelernt? Sie ist doch nun auch schon seit einigen Jahren hier. Und es werden genügend Kurse für Ausländer, auch solche exklusiv für Frauen, angeboten.«

Frau Horrlein übersetzte und sagte dann, nachdem sie eine längere Antwort von Frau Shengali erhalten hatte: »Weil ihr Mann immer gelacht hat, wenn sie es anfangs versucht hat. Dann hat sie es ganz bleiben lassen. Was ich sehr gut verstehen kann.«

Da bekam der markante Mund des Abdulaziz Shengali auf einmal einen Hauch von selbstgefälliger Arroganz und büßte einen Gutteil seiner Schönheit ein.

Zu dritt verließen sie das Zimmer. Sie hatte erwartet, draußen im Flur Eva Brunner und Bassim Eshaya vorzufinden. Doch der Flur war menschenleer. Sie bedeutete den beiden Frauen, einen Moment auf sie zu warten, dann betrat sie, ohne anzuklopfen, das kleine Vernehmungszimmer. Erschreckt sahen die Praktikantin und ihr Befragungsobjekt sie an, so vertieft waren sie in ihr Gespräch. Das Fragenblatt war vollgeschrieben. Ein Zeichen, dass Eshaya viel zu erzählen hatte. Und Eva Brunner vieles notierenswert gefunden hatte. Und das alles würde sie sich anhören müssen – bei dieser Vorstellung stöhnte sie innerlich auf.

Sie fragte: »Dauert es bei Ihnen noch lang?« Beide nickten. Sie stöhnte das zweite Mal auf, diesmal aber laut.

»Na gut, machen Sie so lang, wie Sie brauchen, Frau Brunner. Ich gehe jetzt nach oben.«

Sie verabschiedete sich ein zweites Mal von Frau Shengali, um sie anschließend in den kleinen Raum zu ihrem Neffen zu bringen. Frau Horrlein versprach, das Protokoll so schnell wie möglich zu liefern.

»Ach«, winkte sie ab, »das pressiert nicht. Das gibt ja eh nicht viel her.« Und um das wenige, das diese Befragung erbracht hatte, würde sie sich selbst kümmern müssen.

Als sie ihr Büro betrat, wartete eine Überraschung auf sie: Heinrich Bartels war fast direkt, nur mit einem Tag Verspätung und ohne den Umweg mit dem gelben Verlängerungsschein, aus dem Krankenstand an seinen Arbeitsplatz zurückgekehrt. Er saß auf seinem Stuhl, an seinem Schreibtisch, den er sich mit all seinen Unterlagen, Akten und Schreibmaterialien binnen Kurzem zurückerobert hatte, und sah seine Chefin voller Bitterkeit an. Eva Brunners Hab und Gut lag achtlos aufgestapelt auf dem Fensterbrett.

»Das ist aber toll, dass du wieder da bist. Da freue ich mich, Heinrich, wirklich sehr.« Sie ging auf ihn zu und reichte ihm die Hand als Willkommensgruß.

Statt einer Erwiderung maunzte er nur: »Deine neue Praktikantin hat sich ja ganz schön breitgemacht, die will hier wohl Wurzeln schlagen. Ich finde das ziemlich dreist, einfach so den Schreibtisch eines anderen ...«

»Erstens: *Die* heißt Frau Brunner. Und zweitens hat sich Frau Brunner nicht breitgemacht, sondern einen Schreibtisch gebraucht. Oder hätte ich sie deiner Ansicht nach auf den Aktenschrank setzen oder an die Garderobe hängen sollen? Jetzt, nachdem du wieder da bist, müssen wir eben einen Tisch für sie organisieren. Irgendwie schaffen wir das schon.«

»Da bin ich ja gespannt, wo du den hinstellen willst. In den Gang oder baust du hier einen Wintergarten an?« Er hatte die Arme verschränkt und starrte störrisch auf die Schreibtischplatte.

»Was ist denn los mit dir? Wir, du und ich, haben eine neue Kommissaranwärterin, wie wir schon einige hier im Büro hatten. Und diese Anwärterin wird hierbleiben, bis der Fall Shengali erledigt ist. Von uns allen dreien abgehakt ist.«

»Da gibt man sich Mühe, verlässt das Krankenhaus vorzeitig, verzichtet sogar auf eine weitere Krankschreibung, nur um dir behilflich zu sein. Und du holst dir mir nichts, dir nichts einen

Ersatz. Man kann den Eindruck kriegen, dir liegt gar nichts mehr an mir.« Den letzten Satz sprach Heinrich so leise, dass sie Mühe hatte, ihn zu verstehen. Bis dahin hatte sie mit gespitztem Mund und ironischem Lächeln auf ihn herabgesehen, doch die wehleidige Schlusssentenz rührte sie.

»Was redest du da für einen Bockmist, Heinrich! Hast du vergessen, dass du im ganzen Polizeipräsidium der wichtigste Mensch für mich bist? Und es immer bleiben wirst? Aber allein, nur auf mich gestellt, das wäre bei diesem Fall nicht gegangen. Fleischmann wollte mir schon einen von Trommens Leuten geben. Das wiederum wollte ich …«

In diesem Moment kam eine blendend gelaunte Eva Brunner herein, der anzusehen war, wie sie darauf brannte, die Ergebnisse ihrer ersten Befragung loszuwerden. Und zwar bis ins letzte Detail.

»… nicht«, vollendete Paula Steiner ihren Satz. »Darum habe ich Frau Brunner in unsere kleine Kommission gebeten. Sie kennen sich ja schon, oder?« Beide nickten. Heinrichs Miene hatte sich nach dieser schmeichelhaften Klarstellung deutlich aufgehellt, während die Anwärterin, die fragend auf ihren okkupierten Interims-Schreibtisch blickte, ihre gute Laune schlagartig eingebüßt zu haben schien.

»So, und jetzt suchen wir einen Tisch für Sie, Frau Brunner. Hat jemand eine Idee?«

»Ja«, meldete sich Heinrich, »der kleine Tisch aus der Teeküche wäre doch was. Außerdem kann man den hier«, er deutete an das rechte Ende seines Schreibtischs, »gut unterbringen. Ich hole ihn mal.«

»Wunderbar, dann kann ich mich ja zurückziehen. Ich bin in der Kantine, wenn was sein sollte.«

Sie verließ den Raum eilig Richtung Treppenaufgang, doch sie stieg nicht ganz hinauf bis unters Dach, wo die Kantine untergebracht war, sondern nur bis in den dritten Stock, in die Teppichetage. Vor dem Zimmer der Reußinger blieb sie kurz stehen und zwang sich zu einem entgegenkommenden Lächeln. Dann klopfte sie an die Tür. Nach einer Weile hörte sie ein helles: »Jaha.«

Sie trat ein und sagte: »Grüß Gott, Frau Reußinger. Ich würde gern Herrn Fleischmann sprechen, wenn es von Ihrer Seite aus möglich ist. Ich muss ihm ein kleines Missgeschick meinerseits beichten. Aber wenn nicht, dann komme ich auch gerne später wieder.« Sie hatte das Gesicht der Sekretärin bei dieser einstudierten Rede genau beobachtet und sah darin ihre Strategie mehr als bestätigt – das Wort »Missgeschick« war ihr Türöffner.

»Einen Augenblick bitte, ich sehe mal nach, Frau Steiner.«

Nach kurzer Zeit schon wurde sie mit einem ermunternden Lächeln eingelassen. Wie einfach und harmonisch doch das Miteinander sein konnte, wenn man sich an ein paar Höflichkeitsregeln hielt, die dem anderen wichtig waren! Selbst mit einer Reußinger.

Fleischmann sah sie erstaunt an. »Sie wollen mir etwas beichten?«

»Ja.« Und dann erzählte sie ihm die Wahrheit von der Donnerstags-Razzia in Gostenhof. Von ihrer Schuld, dass Heinrich das Gleichgewicht verloren hatte. Von dem Rempler, der ihn endgültig zu Fall brachte. Und auch von dem Grund für dieses Malheur – von ihrer Angst vor Bartels' Waffe.

Fleischmann, der sie reden ließ, hatte während ihres Berichts immer wieder genickt. So als ob ihn das nicht erstaunen würde. Als sie geendet hatte, fragte er nur: »Aber warum hat Herr Bartels dann damals nicht einfach den Mund gehalten, sondern gesagt, er sei ins Stolpern geraten?« Eine Frage, die er sich selbst nach einer Sekunde beantwortete: »Eine überflüssige Frage bei Ihnen beiden. Denn einer trage des andern Last. Und was erwarten Sie jetzt von mir?«

»Dass Sie das am kommenden Montag, bei unserer Konferenz, vor allen klarstellen. Oder ich mache das selbst.«

»Frau Steiner, das halte ich für eine schlechte Idee. Denn darunter würde Ihr hausinterner Ruf leiden. Das hätten Sie sofort nach dem vergeigten Einsatz machen sollen. Obwohl, auch das wäre momentan nicht in meinem Sinn gewesen. Herrn Bartels, der, wie Sie ja wissen, bei manchen Kollegen nicht die Anerkennung hat, die er verdient, wäre damit nicht gedient gewesen. Ihnen auch nicht. Und am allerwenigsten mir, der ich Sie beide überaus schätze. Es sind nämlich schon seit Längerem Bestrebungen im Gange, Ihre Kommission einer anderen Kommission zuzuschlagen. Das möchte ich verhindern. Denn dadurch würden Ihrer beider Fähigkeiten und besondere Erfahrung vergeudet, die eben in dieser kleinen Zweier-Konstellation am besten zum Tragen kommen.«

Er griff zum Telefon und gab seiner Sekretärin Anweisung, Herrn Bartels *sofort* zu ihm heraufzuschicken. Die Wartezeit überbrückten Paula Steiner und ihr Vorgesetzter mit Schweigen. Als Heinrich hereinkam, sah er sie fragend an.

»So, Herr Bartels, zuallererst möchte ich Ihnen sagen, dass ich mich freue, dass Sie anscheinend wieder so weit hergestellt sind, um an Ihren Arbeitsplatz zurückzukehren. Und zum Zweiten hat mir Frau Steiner soeben berichtet, wie es zu Ihrem Unfall in Gostenhof kam. Ich weiß jetzt, dass Sie keine Schuld an der missglückten Razzia trifft. Und das ist in diesem speziellen Fall auch die Hauptsache. Frau Steiner wird Ihnen das Weitere dazu sagen. Und dennoch, ich verabscheue es, angelogen zu werden. Egal ...«

Als die Hauptkommissarin und ihr Oberkommissar Einspruch zu diesem Vorwurf erheben wollten, bedeutete Fleischmann ihnen mit erhobener rechter Hand zu schweigen und sprach den Satz zu Ende: »... aus welchen Gründen. Ich denke, wir haben uns verstanden.« Das schien das Signal für das Ende ihres Gesprächs zu sein. Sie erhoben sich und verließen das Zimmer. Dankbar, dass ihr Ohne-Wenn-und-Aber-Plan so glimpflich ausgegangen war, schenkte sie Sandra Reußinger zum Abschied sogar noch ein »Danke für Ihr Entgegenkommen«.

Am ersten Treppenabsatz blieb Bartels stehen und sagte, was sie von ihm erwartet hatte: »Das hätte es doch nicht gebraucht, Paula.«

»Doch. Genau das hat es jetzt gebraucht. Ich hätte das schon viel früher machen müssen.«

Er stand immer noch auf der ersten Treppe. »Ich war richtig froh, als der Anruf von der Reußinger kam. Die Brunner ist zwar ganz nett, aber die textet einen ja dermaßen zu, dass man völlig wirr im Kopf wird. Das ist richtig anstrengend.«

Nach einer Weile fügte er ironisch hinzu: »Wo ich doch Schonung brauche, ich bin ja immerhin Rekonvaleszent, frisch aus dem Krankenhaus entlassen.«

»Das sehe ich vollkommen ein, Heinrich. Drum müssen wir jetzt umgehend etwas für deinen Genesungsprozess unternehmen. Ich brauche übrigens auch Schonung. Wir gehen essen, ich lade dich ein, und wir lassen uns ganz viel Zeit dafür. Das können wir auch, weil es sich dabei um ein hochgradig wichtiges Arbeitsessen handelt.«

Sie gingen zum Ausgang, meldeten sich an der Pforte ab und spazierten einträchtig nebeneinanderher Richtung Hauptbahnhof. Eine Regung von Dankbarkeit Heinrich gegenüber machte sich bemerkbar. Fast hätte sie sich bei ihm untergehakt, so vergnügt und heiter war sie. Alles schien ihr an diesem Septembertag mit seinem Nieselregen leicht und schön. Denn endlich war alles, was ihr im Leben wichtig war, so wie früher. Oder schien es zu sein.

5

Beim Gehen hatte sie darüber nachgedacht, was sie Heinrich über den Toten erzählen konnte. Eigentlich hatte sie bislang recht wenig über ihn erfahren. Gut, sie wusste, er war zuverlässig, fleißig und liebenswürdig, er hatte einen spektakulär schönen Mund, und er lachte seine Frau bei ungeschickten Sprechversuchen aus. Das jedoch konnte sie Heinrich nicht ernsthaft als ihren Ermittlungserfolg präsentieren. Also würde sie sich in ihrem Bericht auf die handfesten Dinge konzentrieren müssen. Wovon es nicht allzu viele gab.

In dem vor allem bei Touristen beliebten Wirtshaus in der Königstraße fanden sie einen Tisch für sich allein, direkt gegenüber der Eingangstür. Da es eine lange Weile dauerte, bis der Ober auf sie aufmerksam wurde, konnten sie sich Zeit für die Menüwahl lassen. Heinrich entschied sich für einen Lendenbraten mit Kartoffelbrei, sie selbst für sechs Nürnberger Bratwürste mit Sauerkraut. Diese Wahl hatte den Vorteil, dass ihre Küche heute Abend frei von Bratengestank sein würde. Während sie auf ihr Essen warteten, fiel ihr Eva Brunner ein. Sie kam sich undankbar vor, die Anwärterin, die ihr bis jetzt immer mit Pflichteifer und auch einer sehr seltenen Bereitwilligkeit zur Seite gestanden hatte, einfach so vergessen zu haben. Sie holte ihr Handy aus der Handtasche.

»Frau Brunner, gut, dass ich Sie gleich erwische. Herr Bartels und ich sind bei einem … äh, in einer Besprechung. Das kann länger dauern. An Sie habe ich eine Bitte: Nach dem Mittagessen fahren Sie nach Erlenstegen und fragen die Anwohner des Wasserwerks, ob sie in jener Nacht etwas Ungewöhnliches bemerkt haben. Wenn Sie sich sicherer oder sagen wir: besser damit fühlen, nehmen Sie einen Schutzpolizisten mit.«

»Das würde ich sehr gerne machen, Frau Steiner, aber dann ist ja in unserer Kommission keiner am Telefon. Oder sind Sie beziehungsweise Herr Bartels ab Mittag wieder im Büro?«

»Nein, wahrscheinlich nicht. Wir gehen nach der Besprechung

direkt zur Agentur für Arbeit, das kann dauern. Stellen Sie einfach das Telefon auf die Zentrale um.«

»Wonach soll ich am Wasserwerk fragen?«

»Ob die Anlieger einen Wagen gesehen oder irgendetwas gehört haben. Irgendetwas Auffälliges. Jedes Detail kann wichtig sein.«

»Kann ich dazu einen Dienstwagen nehmen?«

»Ja, natürlich. Sie sind ein vollwertiges Mitglied unserer Kommission.« Dieser Schmeichelei haftete zwar ein Hauch von Wahrheit an, dennoch war sie zum größten Teil ihrem schlechten Gewissen gegenüber der jungen Polizistin geschuldet.

»Und morgen Vormittag erstatte ich dann Bericht?«

»So ist es. Auch darüber, was Sie von Herrn Eshaya erfahren haben und ich von Frau Shengali. Das beides allerdings können wir, denke ich, ganz kurz halten.«

Sie lauschte in ihr Handy, doch es folgte kein Einwand, keine Frage mehr, sondern lediglich ein euphorisches: »Jawohl, Frau Steiner.«

Heinrich sah sie freundlich, aber spöttisch an. »Das war eine klassische Arbeitsbeschaffungsmaßnahme, wie sie im Buche steht. Bei der Befragung kommt doch nichts raus, da hätte sich doch schon längst jemand gemeldet, wenn ihm etwas aufgefallen wäre.«

»Ja und nein. Es stand nicht groß in der Zeitung, Heinrich, da kann eine persönliche Befragung dem einen oder anderen bei der Erinnerung schon auf die Sprünge helfen.«

Und auch deswegen ein klares Nein, weil sie diese grundlegende Routinemaßnahme bislang schlicht – wie so manches andere in diesem Fall – vergessen hatte. Jetzt, nachdem Heinrich wieder da war, würde das anders werden.

Als ihr Teller bereits leer war, hatte Heinrich noch über die Hälfte seines Lendenbratens vor sich. Sie aß zu schnell, eine immerwährende Kritik ihrer Mutter an ihr. Sie beobachtete Heinrich, an ihm hätte Johanna Steiner ihre Freude gehabt: Bedächtig schnitt er ein Stück Braten ab, spießte es auf, schaufelte etwas Gemüse auf die Gabel und legte schließlich noch einen Klecks Kartoffelbrei nach. Der schonungsbedürftige Rekonvaleszent genoss dieses Arbeitsessen still und offenkundig.

Da sie wusste, dass Heinrich gleichzeitig essen und zuhören konnte, begann sie mit ihrem Bericht. Sie erzählte ihm von den so unterschiedlichen Dresscodes von Shengalis Ehefrau und seiner Tochter, von dem Freund mit der Vorstrafe und dessen punktueller Verschwiegenheit, von dem Wasserwerk und der Kindinger Parkbucht, dem verplombten Laster und dem anonymen Anruf, den Anzeigen und Gutscheinen. Das Beste behielt sie sich für den Schluss auf: die betenden Hände.

»Der Mörder spricht bewusst eine eigene Sprache. Er hat keinen Ehrgeiz, diese Tat zu verbergen. Warum faltet er die Hände so? Warum macht er sich diese Mühe?«

Heinrich reagierte, wie sie erhofft hatte. Er biss augenblicklich an, wie ein ausgehungerter Fisch nach einem besonders fetten Wurm schnappt.

»Das ist doch klar, Paula«, rief er aus, »Shengali hat seine, also des Mörders Moralvorstellungen verletzt. Diese betenden Hände kann, nein, die muss man als öffentliche Maßregelung interpretieren. Eine Abmahnung für einen Tabubruch von Shengali, dem jedoch mit diesem Zeichen des Glaubens gleichzeitig wieder vergeben wird. Shengali verlässt diese Welt als gläubiger Mensch, mit diesem Symbol kehrt er zurück in die Gemeinde der Gläubigen. Denn was sind im Gebet zusammengefaltete Hände anderes als das Symbol der Frömmigkeit, des Glaubens? Auf jeden Fall war das ein hochgradiger Spinner, der Shengali umgebracht und ihn dann so vor dem Wasserwerk zurückgelassen hat. Vielleicht sogar mehr, ein Kranker, ein Wahnsinniger.«

»Mag sein, ausschließen können wir es nicht. Dieses Symbol, wie du es nennst, kann aber auch eine Warnung sein. Der Täter wollte damit irgendjemandem etwas sagen. In dem Fall hätte er allerdings Pech gehabt. Die Zeitungen haben über den Mord nur am Rande berichtet. Und über die betenden Hände überhaupt nicht. Ja, ich glaube immer mehr, das war eine kalkulierte Warnung, nicht das Arrangement eines Kranken oder Wahnsinnigen. Eine Drohgebärde, die – wegen der Zurückhaltung der Presse – allerdings verpufft ist. Pech für den Mörder.«

»Auf jeden Fall ist es ein Symbol.«

Sie nickte zustimmend. »Das sehe ich genauso. Aber wofür?

Wen wollte der Täter damit warnen? Welches Tabu des Mörders hat Shengali verletzt?«

»Das ist eigentlich zweitrangig. Ein Symbol stellt eben nicht die Wirklichkeit dar, die sich von uns rational überprüfen lässt. Der wir ermittlungstechnisch nachgehen können. Viel wichtiger ist doch, was dieses Symbol von ihm, dem Täter, preisgibt.«

»Und was gibt es deiner Meinung nach preis?«

»Seine Einstellung, seine innere Haltung. Ich werde in der Richtung recherchieren.«

Sie staunte über Heinrich. Bewunderte ihn sogar ein wenig für seine sehr abgehobenen, aber in sich schlüssigen Gedanken. Es war richtig von ihr gewesen, ihm die betenden Hände auf dem Silbertablett anzubieten. Zum Teil auch berechnend, denn sie wusste, wie sich Heinrich in ein solches Thema hineingraben würde. Nun hatte er die Verantwortung dafür. Und doch, irgendetwas an seiner Theorie störte sie.

»Aber die innere Haltung dieses Täters zu erkennen, stelle ich mir im luftleeren Raum recht schwierig vor. Mit einem Rückbezug zu dem vermuteten Tabubruch, den Shengali begangen haben könnte, würden wir uns leichter tun. Und in der Richtung haben wir bislang noch gar nichts. Kein Motiv, nicht das geringste. Auch keine einzige ernst zu nehmende Spur. Das Einzige, was wir haben, ist die Anzeigen-und-Gutschein-Geschichte. Um die kümmere ich mich jetzt.«

Heinrich bestand darauf, sie zur Agentur für Arbeit am Richard-Wagner-Platz zu begleiten. Ihr war das recht. Sie zahlte. Heinrich bedankte sich für die Einladung. Und sagte dann: »Weißt du, dass das heute eine Premiere ist? Wir sind noch nie irgendwo gemeinsam zum Essen hingegangen, ich meine, nur wir zwei.«

»Ja, stimmt. Das sollten wir öfters machen. Und das nächste Mal nehmen wir Frau Brunner mit.«

»Aber nur wenn sie vorher ein Schweigegelübde für mindestens eine Stunde ablegt.«

Auf dem Weg überlegten sie gemeinsam, was Fleischmann mit diesen »Bestrebungen, Ihre Kommission einer anderen Kommission zuzuschlagen« gemeint haben konnte. Sie waren sich schnell einig: Das war das Werk von Jörg Trommen, der einen guten

Draht zu Bauerreiß hatte und diese Verbindung zum Leitenden Kriminaldirektor auch mit viel Einsatz und Umsicht pflegte. Noch schneller waren sich die Hauptkommissarin und der Oberkommissar einig in ihrem Urteil über den Kollegen.

»Das ist ein solcher Schleimer, das tut ja schon weh«, ereiferte sich Heinrich. »Ein solches Quadratarschloch, der wird immer schlimmer. Warum macht er so was? Der hat doch schon sechs Leute. Reicht ihm das nicht? Kann der den Hals nicht voll genug kriegen?«

»Anscheinend nicht. Wem Macht wichtig ist und wer viel davon hat, will immer mehr.«

Noch bevor sie zu Ende gesprochen hatte, kamen diese »Bestrebungen« Trommens auf seine offene und überfällige Rechnung dazu. Der Kommissionsleiter war darüber hinaus ab sofort auch zur Zahlung von Zins und Zinseszins verpflichtet. Und zwar zu einem Wucherzinsbetrag.

Schließlich hatten sie den Richard-Wagner-Platz erreicht. Ein riesiger unbehaglicher Platz, eine von etlichen stadtarchitektonischen Sünden Nürnbergs. Eine besonders schlimme, wie sie fand. Rechts das opulente Opernhaus im zugeschnörkelten Jugendstil, links ein viergeschossiges Verwaltungsgebäude in seiner Zigarrenkistenanmutung aus den späten dreißiger Jahren, dahinter der postmoderne klobige Kasten der Agentur für Arbeit, beigefarben und abweisend mit seinen schmalen hohen Fenstern, die Schießscharten glichen. Zwischen all diesem Stil-Kuddelmuddel eine freie, mit Platten zugepflasterte Fläche: der Richard-Wagner-Platz, über den sich jetzt auffallend viele sorglos bis schlecht gekleidete Menschen – viele im Trainingsanzug und mit Turnschuhen – bewegten. Ein nur an der Straßenseite durch ein paar Bäume aufgelockerter Platz, ansonsten ein durch keine belaubte Pergola oder gar Brunnen verschönerter Ort, und in ebendieser Unaufgeräumtheit, Unbehaustheit so typisch für vieles, was südlich des Nürnberger Hauptbahnhofs lag. Obwohl sich an diesem frühen verregneten Nachmittag kein Lüftchen regte, hatte man hier den Eindruck, der Wind pfeife aus allen Richtungen.

Sie betraten die Agentur und nahmen Kurs auf die Rezeption,

die links hinten in der Eingangshalle mit ihren vielen Wegweisern und Verwaltungsschildern lag. Dort mussten sie eine Weile warten, bis sie an der Reihe waren.

»Was kann ich für Sie tun?«, wurden sie von einer jungen Frau in bemüht neutralem Ton gefragt.

»Wir sind von der Polizei, Kripo Nürnberg. Wir ermitteln in einem Mordfall«, sagte Paula Steiner in der Hoffnung, durch den Verweis auf ein Kapitalverbrechen in diesem Amtsdschungel schneller ans Ziel zu kommen. »Wir brauchen kompetente Auskunft über Anzeigen und Gutscheine. Und über einen Toten namens Shengali, der bei Ihnen mal gemeldet war.«

»Welche Anzeigen, welche Gutscheine? Wann war der Mann bei uns gemeldet, in welcher Zeit?«

Sie merkte, wie sie ungeduldig wurde. So antwortete sie betont freundlich: »Das wissen wir leider nicht. Da sind wir auf Ihre Hilfe angewiesen.«

»Möchten Sie mit unserer Pressestelle sprechen?«

»Ich fürchte, das bringt uns nicht weiter. Wer hier einmal gemeldet war, hat doch einen zuständigen Arbeitsvermittler? Oder täusche ich mich da?«

»Nein, das ist richtig.«

»Gut, diesen Vermittler, der für Abdulaziz Shengali zuständig war, möchten wir sprechen.«

»Shengali ist der Nachname, richtig? Mit Sh oder Sch?«

Sie buchstabierte den Namen, laut und langsam.

Ohne ein weiteres Wort griff die Rezeptionistin zum Telefonhörer. Anscheinend wurde die junge Frau hausintern mehrere Male verbunden, denn sie erwähnte die beiden Worte Kriminalpolizei und Shengali in dem folgenden Telefonat öfter. Paula Steiner sah auf die Uhr, dann auf Heinrich. Dieser hatte sein spöttischstes Lächeln aufgesetzt und war einen Schritt von ihr abgerückt, um seiner Chefin mehr Raum für ihren großen Auftritt, der seiner Meinung nach bald folgen würde, zu geben. Und wohl auch, um sie dabei aus der Distanz besser beobachten zu können.

Die Rezeptionistin legte den Hörer auf. »Sie sollen Ihre Fragen schriftlich bei uns einreichen. Wir werden uns bemühen, sie möglichst zeitnah zu beantworten. Als Adresse geben Sie bitte …«

»Jetzt hören Sie mal gut zu, Frau …« Paula Steiner suchte vergebens nach einem Namensschild an diesem emotionslosen Behördenwesen mit seinem Behördendeutsch, das so hervorragend zu dem unverbindlichen Beige dieses Amtes passte. »Wir werden hier keine Fragen einreichen. Wir suchen nämlich keine Arbeit, wir haben bereits eine. Und zwar eine, die sich mit der Aufklärung von Mordfällen befasst. Sollte ich nicht innerhalb der nächsten zehn Minuten hier mit jemandem sprechen, der eine absolut zeitnahe Antwort auf alle meine Fragen weiß, dann werde ich bei Ihnen allerdings etwas einreichen. Und das heißt: Dienstaufsichtsbeschwerde wegen fortgesetzter plus vorsätzlicher Zeugnisverweigerung in einem laufenden Ermittlungsverfahren.«

Erneuter Griff zum Telefonhörer. Erregtes Wispern. Dann die Zusage: »Die Leiterin des zuständigen Teams, in dem der Vermittler, den Sie sprechen möchten, arbeitet, erwartet Sie. Dritter Stock, Zimmer 308.«

Als sie die Treppe in die dritte Etage hinaufstiegen, sagte Heinrich: »Darf ich mal fragen, was das ist – fortgesetzte plus vorsätzliche Zeugnisverweigerung?«

»Das, was du gerade da unten im Ansatz erlebt hast. Diesen Amtsmenschen kannst du nur einigermaßen beikommen, wenn du ihre Sprache sprichst und sie dabei noch übertriffst. Ich fürchte, für diese Teamleiterin werden wir uns in der Hinsicht etwas ganz Spezielles einfallen lassen müssen.«

Sie sollte recht behalten. Frau B. Entner/Teamleiterin – kurze rot gefärbte Haare, die wie eine eng anliegende Kappe ihr breites pralles Gesicht umgaben, Perlenohrringe, weinrote Schleifenbluse – war ihr Unmut, von zwei Polizisten so kurz nach der Mittagspause von ihrer Arbeit abgehalten zu werden, deutlich anzumerken. Und anzuhören.

»Das muss ja sehr dringend sein, dass Sie sich nicht an die Gepflogenheiten, die bei Amtshilfe unter Kollegen üblich sind, halten können. Wird man bei Ihnen im Polizeipräsidium auch sofort zu jedem Beamten vorgelassen? Haben Sie bei der Polizei so viel Zeit? Wir nicht.«

Diesen muffigen, abweisenden Ton kannte sie. In genau demselben sprach ihre Intimfeindin Reußinger. Sogar die Augenbrauen zog die Teamleiterin entrüstet hoch, wie es die Chefsekretärin in solchen Fällen zu tun pflegte. Fehlte nur mehr das ungeduldige Stakkato-Getrommel mit den Fingerspitzen auf dem Schreibtisch.

»Erstens, Frau Entner, ersuchen wir nicht um Amtshilfe, sondern befragen Sie in einem laufenden Verfahren, bei dem in der Tat Eile geboten ist. Vielleicht sagt Ihnen der Begriff ›Gefahr in Verzug‹ etwas?«

Erstaunt und entzückt blickte Heinrich bei dieser Frage zu ihr auf.

»Und zweitens, das nur zur Klarstellung, sind Herr Bartels und ich nicht verbeamtet. Drittens, dürfen wir, die wir lediglich Angestellte sind, auch dann Platz nehmen oder sollen wir die Befragung mit Ihnen im Stehen führen?«

Wortlos wies die Teamleiterin auf die beiden Besucherstühle, die vor ihrem mit allerhand Nippes vollgestellten Schreibtisch standen.

Paula Steiner setzte sich und sah nun auf ein Bataillon von Eulen und Uhus in allen möglichen Größen, Farben und Materialien. Irgendwo hatte sie einmal gelesen, dass fliegende Eulen als Glücksbringer galten, sitzende dagegen Unheilverkünder darstellen sollten. Das verstärkte ihre Abneigung gegen die Perlenohrring-Trägerin.

»Meine Fragen betreffen Herrn Abdulaziz Shengali, der in den vergangenen Jahren beim Arbeitsamt gemeldet war und der jetzt ermordet wurde. Dann habe ich noch ein paar Fragen zu den Anzeigen und Gutschei…«

»Ha«, triumphierte Frau B. Entner laut mit leuchtenden Augen, »unsere Kunden unterliegen dem Datenschutz, wir mithin der Verschwiegenheitspflicht. Darüber dürfen wir keine Auskunft erteilen. Dafür werden Sie sicher Verständnis haben. Vielleicht sagt Ihnen der Begriff Zeugnisverweigerungsrecht etwas?«

Das Zeugnisverweigerungsrecht wertete sie als Retourkutsche auf das »Gefahr in Verzug« der Kommissarin. Und jetzt endlich tat die Teamleiterin das, worauf Paula Steiner schon gewartet hatte – sie trommelte mit den Fingerkuppen laut auf der hellgrauen Schreibtischplatte.

»Ja, der Begriff sagt mir etwas. In diesem Fall ist er allerdings von Ihnen falsch gewählt, weil Sie uns gegenüber nicht in der Position sind, Ihr Zeugnis zu verweigern. Und nein, dafür habe ich kein Verständnis.«

Noch bevor sie geendet hatte, war ihr die Lust auf eine weitere Befragung, auf eine Fortsetzung dieses Geplänkels, das zu nichts führte als zu Verdruss auf beiden Seiten, vergangen. Sie verstummte für einen Moment. In dieser Pause meldete sich Heinrich zu Wort. Betont verständnisvoll und entgegenkommend nach beiden Seiten hin. Bemüht, das Gespräch zwischen den Streithennen, das bislang nur auf der Amtsebene geführt worden war und drohte, ebendort bald zum Erliegen zu kommen, auf einer anderen Ebene in Gang zu setzen.

»Natürlich, Frau Entner, hätten wir uns vorher von der zuständigen Staatsanwaltschaft die rechtliche Grundlage dafür einholen können oder auch sollen, dass die Verschwiegenheitspflicht in diesem speziellen Fall nicht greift. Dann wären wir eben eine halbe Stunde später hier zu Ihnen gekommen. Das macht aber, denke ich, keinen großen Unterschied. Sie würden uns bei unserer Arbeit sehr helfen, wenn Sie uns alles sagen, was meine Chefin wissen muss.«

Frau B. Entner überlegte. Nach einer angemessenen Zeit, die klarmachen sollte, dass sie sich aus freiem Willen entschieden hatte zu kooperieren, drückte sie auf eine Taste ihrer Computertastatur. Routiniert und wie beiläufig.

»So, ich habe den Kunden in der ZPDV gefunden. Was wollen Sie denn nun konkret wissen?«

»Welchen Kunden?«

»Herrn Shengali.«

»Ach so. Ja, eben was in diesem Zett-Pe-Dingsbums da steht. Zum Beispiel, ob und wann Shengali arbeitslos war.«

»Aus der Zentralen Personaldatenverwaltung«, entgegnete die Teamleiterin in tadelndem Ton, »geht hervor, dass Herr Shengali bei uns schon mal gemeldet war. Vor knapp drei Jahren.«

»Mehr steht da nicht drin?«, fragte Paula Steiner erstaunt.

»Doch. Aber Sie haben ja nur danach gefragt, ob der Kunde bereits bei uns gemeldet war.«

Frau B. Entner spielte mit ihr Katz und Maus. Ein dummes, überflüssiges, ärgerliches Spiel, das ihr den Part der übertölpelten Katze zuwies und das ihre Geduld schon jetzt überforderte. Nun war sie es, die überlegte. Am besten wäre es, sie würde diese verstockte Person ins Präsidium vorladen, mitsamt ihrem Zett-Pe-De-Vau.

Da griff Heinrich zum zweiten Mal ausgleichend in das Gespräch ein. »Wie lange war Ihr Kunde denn arbeitslos? Und – haben Sie ihn vermitteln können, oder hat er selbst Arbeit gefunden?«

»Herr Shengali war über ein Jahr arbeitslos gemeldet. Das ist eine der Voraussetzungen, um einige der Förderleistungen der Agentur zu erhalten, wie sie dieser Kunde bekommen hat. Diese erhalten unter anderem Schwervermittelbare oder Langzeitarbeitslose wie Herr Shengali.«

»Was sind die anderen Voraussetzungen? Und wie dürfen wir Laien diese Förderleistungen verstehen?«, fragte Paula Steiner und gab sich dabei Mühe, unwissend und liebenswürdig zugleich zu klingen. Sie hatte sich wieder im Griff und umgab sich, wie fast immer in solchen vertrackten Fällen heftiger gegenseitiger Abneigung, mit einem Panzer aus Freundlichkeit.

»Der Kunde galt als hochgradig motiviert. Er hat den Kraftfahrerführerschein aus eigener Tasche bezahlt. Er galt zudem als förderfähig. Das heißt in diesem konkreten Fall«, Frau Entner sah kurz auf den Bildschirm, »er hat von uns zunächst einen Vermittlungsgutschein erhalten.«

»Und damit kann man was tun?«

»Damit versucht man – natürlich parallel zu den Bemühungen der Agentur –, über einen privaten Arbeitsvermittler einen Arbeitsplatz zu finden.«

»Und das hat Shengali gemacht und dabei Erfolg gehabt?«

»Ja. Er wurde bei uns abgemeldet am Tag seiner Arbeitsaufnahme bei dem Transportunternehmen Frey-Trans.«

»Aha. Und was macht der private Arbeitsvermittler mit diesem Vermittlungsgutschein?«

Die Teamleiterin sah sie verblüfft an. Dass jemand so begriffsstutzig sein konnte, und dann noch jemand von der Polizei. »Na, er kriegt das Geld von uns.«

Das endlich war ein Satz, den Paula Steiner verstand. Gutes, einfaches, klares Deutsch.

»Wie viel Geld?«

»Insgesamt zweitausend Euro, die in zwei Stufen ausbezahlt werden. Tausend Euro nach sechs Wochen, den Rest, wenn der Betreffende auch nach sechs Monaten noch in dem Arbeitsverhältnis beschäftigt ist.«

»Hat Herr Chanim Ostapenko ebenfalls einen solchen Vermittlungsgutschein bekommen?«

Erneutes Geklimper auf der Agentur-Tastatur. »Ja.«

»Also hat sich Ihre Agentur das einiges kosten lassen, um die beiden, Shengali und Ostapenko, wieder in Lohn und Brot zu bringen?«

»Natürlich. Das ist unsere Aufgabe. Dafür sind wir da. Außerdem haben beide Kunden noch eine andere Förderleistung von uns bekommen. Nämlich einen«, B. Entner machte eine Pause, um dem, was nun folgen sollte, die ungeteilte Aufmerksamkeit dieses ungleichen Polizistenpärchens da vor ihr zu sichern, »Eingliederungszuschuss.«

»Diesen Zuschuss kriegt dann wohl der Arbeitslose selbst?«, fragte Paula Steiner, die jetzt endlich ihren Block hervorgekramt hatte und begann, sich Notizen zu machen.

»Nein, natürlich nicht. Eingliederungszuschüsse gelten als Lohnzuschuss und werden an die Firma respektive an den Arbeitgeber ausbezahlt, der einen Schwervermittelbaren oder Langzeitarbeitslosen einstellt und damit dessen Arbeitsaufnahme nachhaltig unterstützt.«

»In dem Fall also an die Spedition Frey-Trans?«

Die Teamleiterin nickte erst zustimmend, um sie dann umgehend zu korrigieren: »Frey-Trans ist keine Spedition, sondern ein Transportunternehmen.«

»Was ist da der Unterschied?«

»Eine Spedition hat in der Regel keine eigenen Lkw, ein Transportunternehmen schon.«

Die Kommissarin ignorierte die schulmeisterliche Belehrung. Sie hatte eigentlich genug gehört zum Thema Gutschein. Eigentlich. Doch die Neugier ließ sie weiterfragen. »Um welche Summe handelt es sich denn dabei?«

»Das sind meist fünfzig Prozent vom Bruttolohn über zwölf Monate plus die anteiligen Sozialversicherungsbeiträge. Voraussetzung ist allerdings, dass die Firma Tarif bezahlt und das Vorbeschäftigungsverbot einhält. Und es müssen Vermittlungshemmnisse vorliegen.«

Sie war überrascht und rechnete nach. Knapp achtundzwanzigtausend Euro hatte es sich das Arbeitsamt – beziehungsweise der deutsche Staat – kosten lassen, um diese beiden Männer wieder in Arbeit zu bringen. »Was waren das für Vermittlungshemmnisse?«

»Bei Ostapenko die fehlende Ortskenntnis und bei Shengali«, Frau B. Entner blickte kurz auf ihren Bildschirm, »die mangelnde Fahrpraxis, die unzureichenden Deutschkenntnisse und damit die längere Einarbeitungszeit.«

Blieben nur mehr zwei offene Punkte auf ihrer Fragenliste – einer davon waren die ominösen Anzeigen. Auch dafür hatte die Teamleiterin eine Erklärung.

»Es könnte sein, dass der private Vermittler Stellenangebote in der Zeitung geschaltet oder in unserer Jobbörse veröffentlicht hat, die jedem Arbeitssuchenden zugänglich ist.« Bei den Letzteren, wurden sie freimütig unterrichtet, gebe es die geprüften und die ungeprüften Angebote. »Wir von der Agentur nehmen natürlich nicht alles, was die Privaten da so reinstellen, in Betreuung.«

»So, hm. Dann habe ich nur noch eine Frage an Sie, Frau Entner. Wie heißt der private Vermittler, der die beiden Vermittlungsgutscheine für Shengali und Ostapenko kassiert hat?«

»Da müsste ich im Trägerteam nachfragen lassen.«

»Bitte.«

»Jetzt gleich?«

»Ja, natürlich.«

Frau B. Entner griff zum Telefon. Es folgte eine Reihe von Anrufen, während derer sie gedankenverloren aus dem Fenster sah.

Schließlich richtete die Teamleiterin ihren Blick wieder fest auf die Kommissarin und sagte: »Das war Karsten Kramer von der Agentur Kramer GmbH. Ansässig hier in Nürnberg, Frauentorgraben.«

Paula Steiner bedankte sich artig, und Heinrich und sie erhoben sich. Bevor sie die Tür von außen schloss, drehte sie sich noch einmal um. »Wofür steht eigentlich das B. auf Ihrem Namensschild?«

»Das geht Sie zwar nichts an, aber ich heiße Beatrice.«

Wortlos verließen sie das Amt. Als sie über den noch immer zugigen Richard-Wagner-Platz gingen, sagte sie mehr zu sich als zu Heinrich: »Das passt überhaupt nicht.«

»Was passt überhaupt nicht?«

»So ein anmutiger Name zu so einem Drachen. Berta wäre viel treffender gewesen.«

»Was willst du denn? Sie hat uns doch alles gesagt, was du wissen wolltest. Manchmal bist du schon recht nachtragend.«

»Ja, aber nur höchst widerwillig hat dieser rot gefärbte Zerberus, diese Reußinger vom Arbeitsamt, Auskunft gegeben. Und ich bin überhaupt nicht nachtragend. Ungeduldig ja, aber nicht nachtragend.«

»Paula, mal was anderes: Hast du was dagegen, wenn ich nicht mehr mit ins Präsidium gehe? Ich bin jetzt richtig müde, ich könnte mich auf der Stelle auf die nächste Parkbank legen und schlafen. Aber hier ist ja keine Parkbank.«

»Ich auch, Heinrich, ich auch. Das kommt nur von diesem Amtsdeutsch. Zentrale Personaldatenverwaltung, förderfähig, Vermittlungshemmnisse, Arbeitsaufnahme – da wird man ja schon vom Zuhören mürbe. Sag mal, reden wir auch so verquer daher?«

»Ja, aber anders. Für Außenstehende bestimmt.«

»Auf jeden Fall bin ich froh, dass ich schon eine Arbeit habe.« Sie sah lächelnd zu Heinrich, der an der Einfahrt zur Celtis-Unterführung stehen geblieben war. »Und so einen netten Kollegen wie dich. Das meine ich übrigens ganz ernst. Ich freu mich sehr, dass du wieder da bist. Die Zeit ohne dich war so was von fad. Mir hat die Arbeit gar keinen Spaß mehr gemacht.«

»So? Und was ist dann mit dem ›würdigen Ersatz‹ für mich, was ist mit Frau Brunner?«

»Ach ja, die ist schon in Ordnung, aber sie kann dich halt auch nicht in allen Punkten hundertprozentig ersetzen.«

»Das hat aber vor ein paar Tagen noch ganz anders geklungen.«

»Und du wirfst mir vor, ich sei nachtragend!«, lachte sie, noch immer gut gelaunt. Damit war das Thema auch für Heinrich Bartels abgeschlossen.

Dann verabschiedeten sie sich. Sie hätte hier, vor dem Celtis-Tunnel, inmitten des unaufhörlichen Autoverkehrs, umgeben von stinkenden Abgasen, noch stundenlang stehen bleiben und mit Heinrich über dies und das plaudern können. So aber fragte sie ihn, der sichtlich nach Hause wollte, nur noch: »Sag mal, findest du eigentlich auch, dass vierundzwanzigtausend Euro viel Geld ist für eine Firma, die zwei Fahrer einstellt?«

Er nickte heftig. »Ich finde schon zweitausend Euro viel Geld. Dafür dass jemand wahrscheinlich nur ein paar Anrufe tätigen muss und sonst keinen Handstreich von der eigentlichen Arbeit erledigt.«

»Ja, das finde ich auch.«

In der Königstraße holte sie ihr Handy aus der Handtasche und wählte ihre eigene Büronummer. Bereits beim zweiten Klingeln meldete sich die Zentrale. Sie gab an, für Frau Brunner, sollte diese heute noch einmal ins Präsidium kommen, eine Nachricht hinterlassen zu wollen: Herr Bartels und sie würden erst morgen früh wieder am Jakobsplatz erscheinen.

Auf dem Nachhauseweg legte sie noch einen Stopp in dem großen Kaufhaus unter dem Lorenzer Platz ein. In der Feinkostabteilung im zweiten Untergeschoss erstand sie eine frische Forelle, einen großen reifen Granatapfel und eine Tüte Pekannüsse sowie die erstbeste Flasche fränkischen Riesling in dem gut sortierten Weinregal. Nach den derben Bratwürsten samt deren eindimensionaler Begleitung hatte sie Appetit bekommen auf ein etwas raffinierteres Abendmahl.

Als sie die erworbenen Schätze daheim auspackte, kam sie sich wohlhabend und geschmäcklerisch zugleich vor – gleich zwei warme Mahlzeiten am Tag. Und eine davon sogar mit derart exotischen Erzeugnissen wie Granatapfel und Pekannüssen. Bevor sie sich an das Ausnehmen des Fischs machte, entkorkte sie die Weinflasche und füllte sich ein großes Glas ein. Bereits beim ersten Schluck dachte sie, was sie immer dachte, wenn sie einen Riesling probierte: dass sie im Prinzip doch alle anderen Weißweine daneben vergessen könne. Dass sie es weitaus einfacher und auch kostengünstiger haben würde, wenn sie in Zukunft nur mehr diesen herrlich süffigen Qualitätswein trinken würde.

Als die Forelle mitsamt ihrer Zwiebelfüllung im Backofen schmorte und die Granatapfelkerne in dem Essigsud mit der Petersilie, den Nüssen und dem Kardamon köchelten, war die Hälfte der Flasche leer und die trinkfeste Paula Steiner ein wenig angeheitert, gleichzeitig aber von diesem denkwürdigen Tag dermaßen berauscht, dass sie dasig lächelnd und auch ein bisschen blöde aus dem Küchenfenster hinüber zur Burg starrte. Das Leben, dachte sie, kann manchmal so schön sein.

6

Nach einem friedlichen Wochenende voll ausreichend Schlaf machte sie sich am Montag bereits um halb acht Uhr auf den Weg. Beim Überqueren der Fleischbrücke sah sie hinunter auf die träge dahinfließende grau-mehlige Pegnitz und war begeistert. Selbst das große Café in der alten Fleischbank – einer der zahlreichen Ableger einer US-amerikanischen Kette, über die sie sich sonst aufregte – störte sie heute nicht. Heute registrierte sie nur das Schöne an ihrer Heimatstadt, das, wovor auch die Tagestouristen in der Regel staunend standen. Und da es auf der regulären Route zu ihrem Arbeitsplatz davon nichts Bemerkenswertes mehr gab, wählte sie den Schlenker über den Schleifersteg und Trödelmarkt, der sich in den letzten Jahren zu einem hübschen autofreien Platz mit Bänken, Bäumen und edlen Geschäften gemausert hatte.

Zu ihrer Überraschung war sie nicht die Erste im Büro – ihre beiden Mitarbeiter saßen bereits stumm und einträchtig an ihren Schreibtischen.

»Wir haben gedacht, wir warten«, sagte Heinrich mit einem ironischen Lächeln, »bis du da bist. Damit wir nicht alles doppelt erzählen müssen.«

»Okay«, antwortete sie, »dann bringen wir es hinter uns. Frau Brunner, was hat die Vernehmung von Herrn Eshaya ergeben? Aber bitte, halten Sie sich kurz. Nur die wichtigsten Fakten.«

Die Kommissaranwärterin sah auf ihren vollgeschriebenen Block. »Gut. Es ist wirklich so, wie Sie vermutet hatten, Frau Steiner. Der Neffe ist jetzt der Familienvorstand der Shengalis. Er hat diese Aufgabe übernommen, weil er der einzige männliche Verwandte der Familie ist, der in Deutschland lebt. Wollen Sie wissen, was da alles auf ihn zukommt, wofür er zuständig ist?«

Sie schüttelte entschieden den Kopf. »Nein. Das spielt keine Rolle. Nur eins interessiert mich: Ist bei Ihrer Vernehmung irgendwann die Rede auf Solins Kleidung und Schminkerei gekommen?«

»Ja. Ich habe ihn danach gefragt, indirekt und ganz vorsichtig, um ihn nicht vor den Kopf zu stoßen, denn ich glaube, Herr Eshaya ist da sehr empfindsam. Aber er scheint kein Problem damit zu haben. Womit er allerdings ein Problem hat, ist, dass sein Onkel noch immer nicht von der Rechtsmedizin freigegeben wurde. Denn Muslime, und Shengali war ja gläubiger Muslim, wenn auch nicht ein ganz strenger, haben andere Beerdigungsvorschriften als wir. Das ist im Übrigen sehr interessant«, Eva Brunner sah kurz von ihrem Block auf, »wie das im Islam alles zusammenhängt und welche Gründe es wofür gibt. Also, ein Muslim muss, wenn er gestorben ist, egal ob an einem natürlichen oder an einem gewaltsamen Tod, innerhalb einer sehr kurzen Zeit beerdigt werden. Das kommt historisch daher, weil …«

»Das weiß ich alles«, unterbrach Paula Steiner. »Aber das geht in diesem Fall eben nicht. Rufen Sie doch später Dr. Müdsam von der Gerichtsmedizin an und fragen Sie ihn, wann er die Leiche freigibt. Dann haben Herr Eshaya und Frau Shengali wenigstens einen Anhaltspunkt, wann sie das Begräbnis organisieren können. Und weiter, was hat das Gespräch noch erbracht? Was wusste Eshaya zum Beispiel über Feinde oder Freunde seines Onkels? Wo war er selbst zur Tatzeit?«

Eva Brunner sah sie enttäuscht an. Damit hatte die Hauptkommissarin sie um ihr sorgfältig vorbereitetes detailreiches Referat zu den Beerdigungsritualen des Islam in Vergangenheit und Gegenwart gebracht. Sie überflog ihre Notizen und blätterte bedauernd eine Blockseite nach der anderen um.

»Feinde hatte sein Onkel seines Wissens keine. Darüber haben sie nie gesprochen. Über Freundschaften auch nicht. Wenn sich die Familie getroffen hat, dann ging es ausschließlich um familiäre Dinge.«

Erneutes Blättern. Und bei jeder Seite, die nach hinten umgeschlagen wurde, fühlte Paula Steiner, wie eine kleine Last von ihr genommen wurde. Sie sah zu Heinrich, dem es ähnlich zu gehen schien. Er starrte auf Brunners Block und begleitete das langsame Blättern mit einem auffordernden Nicken: Weiter, weiter!

»Ach ja, das ist vielleicht noch wichtig: Worüber Eshaya oft mit seinem Onkel gesprochen hat, war die Arbeit bei der Spedition. Shengali war anfangs so froh, diesen Arbeitsplatz bekommen zu haben. Weil die relativ gut zahlten und er seine Familie jetzt endlich auf anständige Art und Weise ernähren konnte. So hat er sich ausgedrückt. Mit richtiger Arbeit, also nicht mehr mit staatlicher Hilfe über das Arbeits- oder Sozialamt. Das war ihm wohl sehr wichtig. Froh war er auch deswegen, weil ihm das Fahren selbst Spaß machte. Er hat sich da richtig engagiert und teilweise Überstunden angehängt, ohne sie sich auszahlen zu lassen, da musste alles andere zurückstehen. Auch die Familie. Doch als sie, also Shengali und Herr Eshaya, das letzte Mal miteinander telefoniert haben, hatte Shengali erzählt, dass er gekündigt werden sollte. Er hätte zwar in der Spedition weiterarbeiten können, aber erst nach einer sehr langen Pause. So richtig hat Herr Eshaya das am Telefon damals nicht verstanden. Und auch nicht nachgefragt.«

Paula Steiner griff zu dem Zettelkasten auf Heinrichs Schreibtisch und notierte sich »Shengali/Arbeit – lange Pause?«.

»Und wo war Eshaya zur Tatzeit?«

»Er sagt, in seinem Bett. Er ist Mathelehrer in München und verdient sich sein Geld, indem er Hauptschüler auf den Quali-Abschluss vorbereitet. Eine anstrengende Arbeit, weil er bei seinen Schülern als Ausländer nicht immer vorbehaltlos akzeptiert wird; das muss mitunter richtig schlimm sein. Zeugen dafür, also für sein Alibi, die das bestätigen könnten, hat er allerdings keine. Er ist ledig, und er hat auch keine Freundin.« Bei diesem Unterpunkt des Referats strich ein warmes Lächeln über das runde Gesicht mit dem makellosen Teint. »Und wie ich Herrn Eshaya kennengelernt habe, stimmt diese Aussage. Denn ich hatte den Eindruck, Herr Eshaya ist ein aufrichtiger, hochanständiger …«

»Gut, danke, Frau Brunner. Ihre erste Befragung haben Sie nun hinter sich. Sie haben das ganz ausgezeichnet gemacht. Nur ein kleiner Tipp von mir: Warten Sie mit Ihren persönlichen Einschätzungen so lange, bis der Fall abgeschlossen ist. Nicht immer stimmt unser erster Eindruck. Das trifft sowohl im Guten wie im Schlechten zu.«

Sie wusste, wovon sie sprach. Oft genug hatte sie sich bei den

Menschen, mit denen sie beruflich zu tun gehabt hatte, grundlegend getäuscht. »Was hat die Befragung der Anwohner erbracht?«

»Die hat leider nichts ergeben, fast nichts. Nur ein Rentner, aber der war schon weit über die siebzig, sagte aus, am Montagabend einen silbergrauen Wagen gesehen zu haben, wusste aber weder die Automarke noch das Kennzeichen. Er meinte, das Ding – so hat er sich ausgedrückt – war flach wie eine Flunder, leuchtend grau wie auf Hochglanz polierter Edelstahl und sicher einer dieser Schlitten, die genauso unzuverlässig wie sündhaft teuer sind. Etwas zum Angeben bei den Frauen, meinte der Mann. Der wohnt direkt neben dem Wasserwerk und hat einen sehr schlechten Schlaf. Außerdem regt ihn das auf, wenn die Leute einfach auf der Wasserwerkausfahrt halten oder wenden, weil dann die ganzen Abgase in sein Schlafzimmer ziehen würden. Aber richtig vertrauenswürdig hat der nicht ausgesehen. Der hatte zum Zeitpunkt meiner Befragung schon eine Bierfahne. Und da war es erst halb vier Uhr nachmittags!«

»Auch das gehört zum Thema unbedingte Neutralität bei der persönlichen Beurteilung. So, Frau Brunner, dann nochmals: Danke für Ihren Einsatz. Sie haben alles richtig gemacht. Und dieses Lob zählt doppelt, weil Sie ja bei all dem auf sich allein gestellt waren. Wenn ich Sie noch um etwas bitten darf: Suchen Sie sich doch ein paar Automodelle zusammen, die auf diese Beschreibung passen könnten, und legen diese dem Zeugen vor. Vielleicht erkennt er den Wagen wieder.«

Sie wandte sich an Heinrich. »Hast du dir schon Gedanken gemacht zu den betenden Händen, die uns irgendwie weiterbringen?«

»Hmhm«, nickte dieser und deutete auf einen Stapel von Computerausdrucken auf seinem Schreibtisch.

»Aber du wirst uns jetzt keinen stundenlangen kunsthistorischen Vortrag halten, oder?«

»Ich mach es ganz kurz, Paula, versprochen. Also, im Prinzip deutet bei dem Toten alles auf die betenden Hände von Dürer hin, wie du schon vermutest hast; ich hab mir die Fotos von Schuster speziell unter diesem Aspekt angesehen. Da muss es einen wie auch immer gearteten Zusammenhang geben. Insofern habe ich mich erst mal da ausgiebig kundig gemacht. Dürer kommt, das ist überall zu lesen, eine Sonderrolle zu: als Mittler zwischen Spätgotik und Renaissance. Und er entwarf als erster deutscher Künstler eine Theorie der bildenden Kunst. Er malte außerdem – auch das war in der damaligen Zeit neu – eine Reihe von Selbstbildnissen und entdeckte schon auf seiner ersten Italienreise, wiederum als erster deutscher Künstler, das Landschaftsthema. Ich könnte bei allen diesen Punkten auch mehr in die Tiefe gehen, wenn daran Bedarf besteht.« Heinrich sah hoffnungsvoll und fragend von seinen Unterlagen auf.

»Daran besteht kein Bedarf, nicht der geringste«, konterte sie blitzschnell, bevor Heinrich seine Drohung wahrmachen konnte. »Aber woran Bedarf besteht, ist eine Erklärung, wie all die von dir genannten Punkte zusammenhängen und vor allem: wie uns das bei der Suche nach dem Mörder weiterbringt.«

»Na, aber Paula, das liegt doch auf der Hand! Nimm doch nur mal das Landschaftsthema. Shengali wurde auf einem Parkplatz weitab jeder Zivilisation ermordet und dann anschließend vor das Wasserwerk gelegt. Also inmitten von Wiesen, kleinen Wäldern und dem Flusslauf der Pegnitz – Natur pur sozusagen. Und in Nürnberg muss man lange suchen, bevor man ein so idyllisches Plätzchen findet, das noch frei von irgendwelchen städtischen Merkmalen der Zivilisation ist. Hier also, an diesem handverlesenen Ort, ist man der Natur ganz nah, näher auf jeden Fall als den Menschen und vor allem ihren Konventionen, wozu auch die bürgerlichen Gesetze zählen. Das wollte der Mörder damit zum Ausdruck bringen; das war eine ganz bewusste Wahl, die er da getroffen hat.«

Sie zwang sich zu Geduld und Verständnis für diesen kruden Theorieansatz. Vielleicht war es doch ein Fehler, ihm dieses Symbol zur uneingeschränkten Deutung zu überlassen? »Gut, nehmen wir mal an, du hast recht. Was ist dann mit Dürers Selbstbildnissen und seiner Mittlerrolle, wie lassen sich die auf unseren Fall übertragen?«

»Auch das liegt eigentlich auf der Hand. Ebenso wie Dürer ein Mittler zwischen zwei Epochen der Kunstgeschichte ist, so sieht sich der Mörder als Mittler, und zwar als einer zwischen oben und unten, zwischen Himmel und Erde. Der Täter nimmt für sich mit dieser Geste das Recht in Anspruch, auf die bürgerlichen Gesetze zu pfeifen und an Gottes statt über Leben und Tod zu entscheiden. Und dazu passt wiederum sehr gut Dürers Vorreiterrolle in punkto Selbstbildnis: Hat nicht auch der Mörder seine persönliche Note dem Opfer aufgenötigt? Voller Selbstgefälligkeit eine Art Signatur mit diesen betenden Händen hinterlassen und sich damit auf eine Stufe gesetzt mit Dürer, der, als er sein erstes Selbstbildnis malte, ebenfalls von sich sehr überzeugt gewesen sein muss?«, fragte Heinrich rhetorisch, um dann mit professoralem Pathos fortzufahren: »Denn was ist eine Signatur anderes als die abschließende Kenntlichmachung des Werkes, das kürzeste und doch bekennendste Zeichen des Künstlers? Was das AD für Albrecht Dürer war, sind die betenden Hände für unseren Täter. Er hat in diesem Schlussbild des Toten auch viel von sich selbst preisgegeben, damit so etwas wie ein auf das Wesentliche reduziertes Selbstbildnis gezeichnet.«

Nachdem er geendet hatte, sah Heinrich sie selbstzufrieden an. Er war sichtlich stolz auf dieses gewagte Potpourri aus Kunsthistorie, geistlicher Gerichtsbarkeit und der Symbolkraft von Signaturen, bei dem die spirituellen und weltlichen Dinge ein wenig sehr durcheinandergeraten waren. Fast hätte sie laut hinausgelacht, da sie aber immer noch froh über seine Rückkehr war, zwang sie sich zu einem: »Das ist ja hochinteressant, was du alles herausgefunden hast. Und das in so kurzer Zeit.«

Sie blickte auf Eva Brunner, die ihren Kollegen bewundernd und mit offenem Mund anstarrte. Erst da, bei diesem fassungslosen Blick voller Hochachtung, gewann ihre Spottlust die Oberhand und machte sich sogleich in zwei, zugegeben, gehässigen, aber letztendlich aus pädagogischen Gründen gestellten Fragen Luft: »Aber hast du bei all deinen geheimnisvollen historischen Verbindungen nicht eine entscheidende vergessen? Und zwar die zwischen Theologie und Kunstgeschichte?«

»Hä? Wieso?«

»Aber Heinrich, das liegt doch nun wirklich auf der Hand. Stehen die zum Gebet gefalteten Hände«, sie gab sich Mühe, nicht allzu ironisch zu klingen, »denn nicht auch für den ersten Teil der klerikalen Aufforderung ›Ora et labora‹? Das würde doch sehr gut in deine Mittlertheorie passen; der Mörder als Herr über Leben und Tod sorgt für das Seelenheil des Toten, indem er ihn mit betenden Händen dem Himmel übergibt.« Um Heinrich dabei nicht anschauen zu müssen, kritzelte sie auf den vor ihr liegenden Zettel »Bete und arbeite!«.

Zu ihrem Erstaunen applaudierte Heinrich ihrer Spinnerei. »Ganz genau, so ist es.« Er klang ernst. »Diesen Aspekt hätte ich schon noch erwähnt, aber ich sollte mich ja kurz halten.«

Auch bei Eva Brunner lief ihr gut gemeinter pädagogischer Ansatz ins Leere. Die Anwärterin rief begeistert aus: »Toll, worauf Sie alles kommen! Mir wäre das nicht eingefallen. Ein Ritualmord! Eine Tat voller Mythen und geheimnisvoller Andeutungen. Und wenn wir diese richtig deuten, dann haben wir den Code des Mörders geknackt. Also brauchen wir erst gar nicht nach einem Motiv zu suchen, weil diese Psychopathen ja ohne Motiv morden, nur aus der blanken Mordlust heraus.«

Jetzt musste sie augenblicklich die Handbremse ziehen, bevor Heinrichs plus ihre eigenen Hirngespinste neue, noch absurdere und peinlichere zu gebären drohten. »Quatsch. Das war kein Ritualmord.«

Jedes Verbrechen folgte einem Schema, einer Art Planmäßigkeit oder Vernunft, das wusste sie aus langjähriger Erfahrung. Diese Planmäßigkeit galt es zu finden. Nicht irgendwelche Mythen zu ergründen oder an Signaturen herumzudeuteln.

»Das war nicht die Tat eines Wahnsinnigen. Auf der anderen Seite haben Sie schon recht, Frau Brunner: Wir müssen den Code des Mörders knacken. Aber nicht über Mythen, Andeutungen oder Symbole, die nichts oder nur am Rande mit dem Fall zu tun haben. Sondern mit der Motivsuche. Und zwar der Suche nach einem ganz handfesten Motiv. Das fehlt uns nach wie vor. Außerdem fehlt es uns nach wie vor an einer Spur, die wir verfolgen könnten. Oder haben der Herr Professor Kunsthistoriker beziehungsweise die Frau Doktor der Psychiatrie dazu schon eine Idee?«

Heinrich und Eva Brunner schüttelten beleidigt den Kopf.

»Gut, dann fasse ich mal zusammen, was Herr Bartels und ich gestern bei der Arbeitsagentur erfahren haben.«

Es folgte der erste kurze Bericht dieses frühen Vormittags. Und darin war ausschließlich die Rede von greifbaren, plumpen, ja fast schon ordinären Dingen. Dingen wie dem aus eigener Tasche bezahlten Kraftfahrerführerschein und dem vielen Geld, das es heute mitunter kosten konnte, um jemanden in Arbeit zu bringen. Als sie geendet hatte, sahen ihre beiden Mitarbeiter sie ein wenig vorwurfsvoll an. Doch das ließ sie kalt. Denn sie hatte mittlerweile eine Entdeckung gemacht. Auf ihrem kleinen gelben Zettel standen nun drei Punkte: »1. Shengali/Arbeit – lange Pause? 2. Bete und arbeite! 3. 28.000 Euro für zwei Arbeitslose«.

Dreimal dasselbe Wort – noch war die Ermittlung keinen Zentimeter vorangekommen, der Code noch nicht geknackt, ein Motiv oder eine Spur nicht greifbar, doch der schwache Abglanz eines Musters wurde langsam erkennbar.

Auf diesem winzigen gelben Notizzettel mit den handschriftlichen Kritzeleien steckte, dessen war sie sicher, die entscheidende Erkenntnis zum Fall Shengali. Das Motiv, die erste Spur und damit auch die Wahrheit. Nun war es an der Zeit, die Sensoren auszufahren und zu handeln.

»Herr Eshaya hat Ihnen doch erzählt, dass seinem Onkel gekündigt werden sollte, wenn auch nur vorübergehend. Ein Kraftfahrer, der von seinem Chef über den grünen Klee gelobt wird, der unbezahlte Überstunden macht, der offensichtlich Spaß an der Arbeit hat, der wird entlassen? Wir müssen herauskriegen, warum. Wir versuchen es als Erstes bei der Spedition. Als Zweites werden wir diesem privaten Vermittler einen Besuch abstatten. Und dann drittens noch mal Herrn Ostapenko befragen. Das genau ist unser Plan für die nächsten Tage. Und nichts anderes.«

Heinrich kommentierte seine Zwangsemeritierung aus dem kunsthistorischen Lehrfach mit dem etwas verkniffenen Satz: »Wie sieht denn unser Plan für die Montagskonferenz aus, die in drei Minuten beginnt?«

»Der sieht so aus, dass wir zwei da hingehen. Wie wir das schon seit Jahren machen, Herr Oberkommissar.«

Sie bedeutete ihm aufzustehen und sagte an der Tür noch zu

Eva Brunner: »Und Sie sehen in der Zwischenzeit zu, dass Sie Herrn Ostapenko zu einem Termin hier ins Präsidium kriegen.«

»Aber den erreiche ich doch daheim jetzt sicher nicht.«

»Wenn nicht da«, erwiderte sie, »dann auf dem Handy. Die Nummer haben Sie ja noch. Am liebsten wäre mir ein Abendtermin. Wir werden nämlich zeitgleich seine Frau aufsuchen und uns anhören, was die uns zu dieser Anzeigen-und-Gutschein-Geschichte zu sagen hat. Getrennt von ihm. Das kann sehr aufschlussreich sein. Vor allem kann dann Herr Ostapenko seiner Frau nicht wieder das Wort verbieten.«

»Und was ist mit den Automodellen, die ich zusammensuchen und dann dem Anwohner vom Wasserwerk vorlegen sollte, und dem Anruf bei Dr. Müdsam?«

»Das machen Sie anschließend. Immer eins nach dem anderen. Die Vorladung Ostapenkos hat Priorität.«

Als sie die Treppe hinuntergingen, sah Heinrich sie spöttisch von der Seite an. »Habe ich in den drei Tagen, in denen ich krank war, was verpasst? Deine Beförderung von der Kriminalhauptkommissarin zum ersten weiblichen Feldwebel bei der Kripo Nürnberg? Oder die Umformung unserer Kommission zum militärischen Stützpunkt im Kampf gegen das weltweite Verbrechen?«

Sie blieb abrupt stehen. »Erstens warst du eine ganze Woche krank und nicht nur drei Tage. Und zweitens: Red nicht so saudumm daher! Hast du schon vergessen, was Fleischmann gesagt hat? Dass unsere Kommission aufgelöst werden soll. Möchtest du unter Trommen arbeiten? Ich nicht. Deshalb brauchen wir einen vorzeigbaren Ermittlungserfolg, und das nicht erst in ein paar Wochen, sondern ziemlich zackig.«

Schweigend betraten sie das Besprechungszimmer. Es waren wegen ihres späten Eintreffens nur mehr zwei Stühle frei – einer neben der Reußinger, der andere neben Trommen. Sie hatte also die Wahl zwischen Szylla und Charybdis. Sie entschied sich für Charybdis. So musste sie dem Feind wenigstens nicht in die Augen sehen. Dieser jedoch deutete ihre Wahl falsch. In einer beiläufigen Geste, die vertraut wirken sollte, legte er den Arm auf ihre Stuhllehne. Sie sah ihn lächelnd an und kippte den Stuhl dann im Nu nach hinten auf den Mauervorsprung der Fensterbank. Trommen, der seinen Arm nicht mehr rechtzeitig in Sicherheit bringen konnte, stieß einen leisen Schmerzensschrei aus. Gut so, dachte sie befriedigt, die erste Rate hat er schon bezahlt.

»So«, eröffnete Fleischmann die Konferenz, »nachdem jetzt alle da sind, können wir anfangen. Erster Tagungsordnungspunkt: die Unzufriedenheit einiger Kollegen mit der hiesigen Gerichtsmedizin. Herr Trommen, Sie haben das Wort.«

Seine darauf folgende Suada war reich an Wörtern und arm an Erklärungen. Da aber der Hauptkommissar – leider – über die Gabe der geschliffenen Rede verfügte, schien dieser Umstand niemandem aufzufallen außer seiner Kollegin Steiner. Zu ihrer wachsenden Verärgerung nahm sie während des Vortrags hin und wieder ein bestätigendes Nicken bei ihren männlichen Kollegen wahr. Sie sah zu Heinrich, der aus dem Fenster starrte. Endlich war Trommen fertig.

In dem Moment, als sie sich zu Wort melden wollte, sagte Fleischmann: »Ich vermisse bei Ihrem Vorschlag, Herr Trommen, ein wenig die zwingenden Gründe, die uns eine derartige Konzentration auf das Erlanger Institut anempfehlen sollen. Außerdem würde diese einseitige Verlagerung in eine immerhin mehr als zwanzig Kilometer entfernte Stadt sich finanziell nicht rechnen. Was meinen Sie, was da an Mehrkosten auf uns zukäme, wenn allein Ihre Mitarbeiter gezwungen wären, jedes Mal diesen Weg hin und zurück auf sich zu nehmen?«

Doch Trommen gab sich nicht so leicht geschlagen. »Meine Kommission erledigt so etwas meist telefonisch. Wir haben nicht die Zeit, stundenlang in irgendwelchen gerichtsmedizinischen Instituten herumzustehen. Wir nicht.«

Damit widersprach er offen und, soweit sie wusste, das erste Mal seinem direkten Vorgesetzten. Trommen musste sich sehr sicher fühlen, dass er glaubte, sich diesen Affront leisten zu können. Diese Sicherheit bezog er, dachte sie wehmütig, aus seinem hervorragenden Draht zum Leitenden Kriminaldirektor. Anders war der offene Widerspruch nicht zu erklären. Dann, so ihre bittere Schlussfolgerung, waren gewiss auch die »Bestrebungen« so weit fortgeschritten, dass es daran nichts mehr zu drehen und zu wenden gab.

Sie sah Heinrich und sich bereits unter der Fuchtel des missliebigen Kollegen, als Fleischmann sagte: »Aha. Das ist ja interessant. Ich fürchte, wenn Sie bei einer Kommissionsstärke von immerhin sieben Leuten keine Zeit für eine der grundlegenden Pflichten eines Kommissars haben, dann sollten Sie einmal über Ihr Zeitmanagement nachdenken. Ich erwarte Sie zu diesem Thema im Anschluss der Konferenz in meinem Büro. Ich bin mir sicher, wir kommen gemeinsam auf eine tragfähige Lösung.«

»Da bin ich, bei allem Respekt, Herr Fleischmann, anderer Mei…«

»Außerdem sieht der Leiter der Kriminaldirektion«, unterbrach ihn Fleischmann ungerührt, »dem ich diesen Ihren Vorschlag natürlich unterbreitet habe, das ähnlich wie ich. Herrn Kriminaldirektor Bauerreiß ist wichtig, dass wir auch in Zukunft mit zwei Instituten zusammenarbeiten. Und uns nicht ohne Not auf eines festlegen.«

Trommen war zwar schlau und kalkuliert, zugegeben. Aber nicht schlau genug, um zu wissen, dass man eine mittlere Leitungsebene nicht von einem Tag auf den anderen übergehen sollte. Oder gar in aller Öffentlichkeit brüskieren. Trommen hatte einen großen Fehler gemacht. Und als sie ihn von der Seite musterte, sah sie, dass auch er das erkannt hatte. Zu spät erkannt hatte. Er würde in den folgenden Tagen versuchen, diese Scharte wieder auszuwetzen. Einen für ihn angenehmen Nebeneffekt hatte dieser Lapsus allerdings, ohne dass er davon wusste: Seine offene Rechnung Paula Steiner gegenüber hatte sich mit einem Schlag um ein gehöriges Maß verringert. Jetzt standen auf dem Schuldschein nur mehr die unsäglichen »Bestrebungen«. Um die aber würde sie, befürchtete sie, sich selbst kümmern müssen.

»So, nachdem das geklärt ist«, beendete Fleischmann ihre Überlegungen, »können wir mit unserer eigentlichen Arbeit weitermachen, denke ich. Frau Steiner, wie weit sind Ihre Ermittlungen im Fall dieses ermordeten Kraftfahrers vom Wasserwerk gediehen?«

Sie ließ sich Zeit für ihren Bericht. Sprach von der ergiebigen, jedoch zeitraubenden Suche nach den Spuren, denen jetzt Schritt für Schritt nachgegangen werde, erwähnte die Analyse der komplexen Motivstruktur, die so gut wie abgeschlossen sei, betonte die zahlreichen Zeugenbefragungen, die interessante neue Aspekte aufgeworfen hätten, welche nun in die Gesamtbetrachtung eingeschlossen würden. Von Gutscheinen oder Anzeigen, der Arbeitsagentur oder einem privaten Arbeitsvermittler sagte sie nichts. Zu guter Letzt erwähnte sie noch die neue Kommissionsmitarbeiterin, Anwärterin Eva Brunner, die so anstellig und hilfreich für ihre leider immer noch unterbesetzte Kommission sei, dass sie, hörte sie sich zu ihrer eigenen Überraschung verkünden, diese in Zukunft gerne behalten würde. Auch Heinrich, der bei ihrem letzten Nebensatz kurz aufgeblickt hatte, schien von diesem Vorhaben erstaunt zu sein. Fast so wie Trommen, der sofort Einspruch erhob.

»Die Brunner ist aber mir versprochen worden, Paula, du kannst ...«

Wieder unterbrach ihn Fleischmann. »Darüber wird gesondert zu sprechen sein, Herr Trommen, Frau Steiner.«

Als die Konferenz vorbei war, erhob sich Trommen als Erster. Er eilte zur Sekretärin des Kriminaloberrats, um mit ihr das Zimmer zu verlassen. Paula Steiner sah ihm amüsiert hinterher. Mit Antichambrieren allein wirst du deinen Fehler nicht wiedergutmachen können. Da kommt schon wesentlich mehr Arbeit auf dich zu. Eine Vorstellung, die ihr gefiel.

Fleischmann bedeutete ihr zu warten, bis alle gegangen waren. Dann schloss er die Tür und sagte, den Türgriff noch in der Hand: »Das war jetzt überflüssig. Ich weiß, dass und wie wichtig Sie sind, Frau Steiner, das müssen Sie mir nicht bei der Montagskonferenz coram publico aufs Butterbrot schmieren.«

»Ja, ich weiß, dass Sie es wissen, Herr Fleischmann. Aber ich weiß auch, dass es vereinzelt Personen gibt, die das nicht wissen. Ich dachte, es ist an der Zeit, diese Wissenslücke ein für alle Mal zu schließen.«

»So. Aha«, brummte der Kriminaloberrat. »Auf jeden Fall mailen Sie mir Ihre vorläufigen Ermittlungsergebnisse zum Fall Shengali innerhalb der nächsten Stunde zu. Aber nicht dieses Wischiwaschi, das Sie vorhin abgesondert haben.«

Froh gelaunt kehrte sie in ihr Büro zurück. Eva Brunner sprach soeben von ihrem Telefon aus mit Dr. Müdsam. Sie griff zum Hörer, fragte zuvor noch »Darf ich?« und flüsterte in die Sprechmuschel:

»Frieder, eine gute Nachricht. Du und dein Institut, ihr seid aus dem Schneider. Endgültig.«

»Habe ich das etwa dir zu verdanken?«

»Nein«, lachte sie, »dafür stehe ich in der Hierarchie zu weit unten. Bedank dich, wenn überhaupt, bei Fleischmann. Das hat er großartig gemacht. Der hat unseren lieben Kollegen soeben sauber ausgebremst, eine taktische Meisterleistung.« Dann gab sie den Hörer mit einer entschuldigenden Geste an die Anwärterin zurück.

Die folgende Stunde verbrachte sie mit dem Abarbeiten ihres vorrangigen Auftrags – mit dem Formulieren des Berichts an Fleischmann. Darin war nun nicht mehr die Rede von ergiebigen Spuren, zahlreichen Zeugenbefragungen oder komplexen Motivstrukturen, sondern lediglich von ihren Vermutungen und den Ungereimtheiten dieses Falls. Es wurde ein kurzer Bericht, aber sie war sicher, dass ihr Chef damit zufrieden war. Vorläufig zufrieden war.

Nachdem sie auf die Senden-Taste gedrückt hatte, sagte Eva Brunner: »Also, Herr Ostapenko ist bis einschließlich Donnerstag auf Tour. In Frankreich. Am Freitag könnte er um die Mittagszeit zu uns kommen. Soll ich diesen Termin bestätigen?«

»Ja, das ist uns sehr recht. Da werden wir Frau Vitzthum an einem der nächsten Abende, an denen ihr Mann auswärts ist, besuchen. Haben Sie noch etwas erreichen können?«

»Der Leichnam von Shengali wird Mitte dieser Woche freigegeben. Ich habe Herrn Eshaya davon bereits in Kenntnis gesetzt, er wird sich dann um die Beerdigung kümmern. Außerdem hat er mir versprochen, diese Information auch an seine Tante weiterzugeben. Und an die Automodelle mach ich mich jetzt dran.«

»Sehr gut. Wenn Sie damit fertig sind, fahren Sie zu Ihrem Zeugen und legen ihm Ihre Liste vor. Wenn das heute noch ginge, wäre mir das sehr lieb. Wir, Herr Bartels und ich, machen uns jetzt auf den Weg zur Spedition, dann zu dieser privaten Arbeitsvermittlung. Sie haben also viel Zeit.«

»Ohne Anmeldung?«, fragte Heinrich. »Und wenn keiner von denen da ist, den wir sprechen wollen? Da fahren wir ja ins Ungewisse. Soll ich uns nicht besser vorher telefonisch anmelden?«

»Nein, sollst du nicht. Ich liebe Überraschungsbesuche. Vor allem dann, wenn ich der Überraschungsgast bin. Oft genug ist man der Wahrheit da viel dichter auf den Fersen als bei Vernehmungen, auf die sich die andere Seite vorbereiten kann.«

Während der Fahrt zum Hafen gingen sie noch einmal die Abfuhr, die Trommen auf der Konferenz hatte einstecken müssen, detailreich durch. Es herrschte also blendende Laune, als sie um kurz vor dreizehn Uhr in die Donaustraße einbogen.

Paula Steiner hatte erwartet, auf Frey senior zu treffen, doch diesmal zeigte er sich nicht. Der Hof war wie leergefegt, und auch das Gebäude selbst wirkte verlassen. Heinrich hielt vor dem Areal und stellte den Motor ab. Als sie aus dem Wagen stiegen, erkannte sie, wie sich hinter dem äußersten linken Fenster zwei Schatten bewegten. Es musste also jemand da sein. Langsam marschierten sie auf den Haupteingang zu. Zwei Minuten nachdem sie den Klingelknopf betätigt hatte, öffnete ihnen endlich ein großer, ziemlich dicker Mann die Tür. Rundes Gesicht, dunkelbraunes lockiges, fast schon krauses Haar, das ihm fettig bis auf die Schultern herabhing, schwarze Jeans und ein ehemals schwarzes, jetzt vom vielen Waschen ausgebleichtes T-Shirt mit dem sicher auch ehemals weißen, jetzt schmutziggrauen Aufdruck »Böhse Onkelz« auf Brusthöhe. Er war ihr vom ersten Augenblick an unsympathisch.

»Ja? Was ist denn?«, fragte er unfreundlich.

Sie erkannte seine Stimme. »Herr Frey, mein Name ist Steiner, Kripo Nürnberg. Wir haben schon zweimal miteinander telefoniert. Ich hätte heute noch ein paar Fragen an Sie. Das ist im Übrigen mein Kollege, Herr Bartels.«

Wortlos ließ er sie ein und führte sie nach links in einen langen schnurgeraden Flur. An dessen Ende eine offene Tür, daneben ein Schild mit dem Aufdruck »Joachim Frey – Geschäftsführer«. Frey betrat sein Zimmer als Erster, sie und Heinrich folgten ihm. Ein riesiger, durch eine offen stehende Schiebetür zweigeteilter Raum mit zwei lang gestreckten Fensterfronten, eine zeigte auf die Donaustraße, die andere auf das rückwärtige Areal des Frey'schen Anwesens. Dieser hintere Bereich des Raums schien das Wohnzimmer des Juniorchefs zu sein. Parkettboden, schwarzes Ledersofa, davor ein Glastisch mit halb gefüllten Wassergläsern, ein silbrig glänzender Hi-Fi-Turm plus Heimkinoanlage mit acht ebenfalls in Silber schimmernden Lautsprechern, an der Wand ein ausladender Flachbildschirm auf Stand-by-Betrieb. Ganz anders der vordere Teil, in dem eine unterkühlte, kahle Zweckmäßigkeit vorherrschte. Grauer Stahlschreibtisch, darauf ein aufgeklappter schwarzer Laptop, eine graue Schrankwand, die zur Hälfte leer stand und an deren Ende zwei Klappstühle lehnten. Das war alles. Joachim Frey schloss die Tür zu seinen Privatgemächern und setzte sich hinter den Schreibtisch.

»Dürfen auch wir Platz nehmen?«, fragte Paula Steiner betont freundlich.

»Nö. Es wird ja nicht lange dauern. Außerdem weiß ich gar nicht, was es da noch zu fragen gibt. Ich hab schon alles gesagt, was zu sagen ist. Mehr ist nicht drin. Da können Sie fragen, bis Sie schwarz werden.«

Seltsamerweise amüsierte sie das flegelhafte Benehmen des Juniorchefs. So sehr, dass sie kurz auflachen musste. Was für ein widerwärtiger Kotzbrocken! Erstaunlich, wie jemand mit solchen Manieren heutzutage Geschäftsführer einer mittelständischen Firma sein konnte. Gedankenverloren sah sie aus dem Fenster und bemerkte, wie soeben ein silbergrauer Flitzer mit Karacho die menschenverlassene Donaustraße entlangschoss.

»Ich darf doch?«, fragte sie. Sie ging hinter seinen Drehstuhl, der so weit nach oben geschraubt war, dass Frey wie auf einem Thron saß, griff nach den beiden Klappstühlen, reichte einen an Heinrich weiter und stellte ihren direkt vor den Schreibtisch. Dann musterte sie Joachim Frey lang und lächelnd. Er erwiderte ihr breites Lächeln stoisch mit abweisendem Blick.

»So, Herr Frey, das ist ja jetzt richtig gemütlich bei Ihnen. Fehlen eigentlich bloß noch eine gute Tasse Kaffee und ein paar Kekse. Am liebsten wäre mir persönlich ein Cappuccino, aber heiß muss er sein, und ein paar von diesen wunderbaren Mini-Florentinern, die es mittlerweile in jeder Gebäckmischung gibt. Damit können Sie wohl nicht dienen? Nicht? Na ja, das wäre ja auch zu viel verlangt. Haben Sie denn Ihren Lastwagen wieder?«

Keine Reaktion.

»Aber ich gehe davon aus, dass ja. Denn sonst hätten Sie sich doch schon bei mir gemeldet und beschwert, gell? Und wie sieht es mit einem Nachfolger für Herrn Shengali aus?«

Wieder keine Reaktion.

»Ach, jetzt hatte ich doch tatsächlich vergessen, Sie als Mann von Welt, der weiß, was sich gehört, warten natürlich die entsprechende Trauerzeit um Ihren Mitarbeiter ab, der noch nicht einmal unter der Erde ist. Sie schalten nicht einfach pietätlos eine Woche später eine Anzeige. Mein Fehler, Sie derart falsch einzuschätzen. Verzeihen Sie mir.«

Sie hörte den leisen Klingelton eines Handys, das weit weg zu liegen schien.

»Möchten Sie den Anruf nicht entgegennehmen?«

Als Antwort erhielt sie nur diesen völlig ausdruckslosen Blick.

»Nicht? Gut. Dann können wir unsere reizende Plauderei ja fortsetzen. Wo war ich stehen geblieben? Ah ja, bei den Eingliederungszuschüssen, die Sie für Shengali und Ostapenko von der Agentur für Arbeit kassiert haben.«

Befriedigt registrierte sie, wie Freys Augenlider erstaunt in Richtung Stirn schnellten. Er verschränkte die Arme vor der schwarzgrauen T-Shirt-Brust.

»Vierundzwanzigtausend Euro auf einen Schlag. Ein hübsches Geschenk von Vater Staat, oder?«

Da sie von ihrem Gegenüber keine Antwort, weder eine verbale noch eine nonverbale, erhielt, beantwortete sie sich ihre Frage selbst. »Das finden Sie nicht? Ich finde, schon. Und das Allerbeste dabei ist, dass dieses Geschenk demnächst wieder fällig wird. Wenn Sie nämlich einen Nachfolger für Shengali gefunden haben. Nur entsprechend langzeitarbeitslos muss er sein oder schwer vermittelbar. Aber wem sage ich das? Das wissen Sie als ausgebuffter erfolgreicher Geschäftsführer sicher besser als ich.«

Sie setzte ihr reizendstes Lächeln auf, zu dem sie in diesem Moment fähig war, und fuhr fort: »Jetzt zu einem anderen Thema. Uns liegen Zeugenaussagen vor, wonach Sie Herrn Shengali kündigen und ihn erst nach einer langen Weile wieder weiterbeschäftigen wollten. Warum? Mangelte es an der Zuverlässigkeit, der Motivation, hat er Überstunden verweigert, was war der Grund? Wenn Sie dazu bitte ebenso wortreich und eloquent Stellung nehmen könnten, wie Sie das bisher getan haben. Andernfalls würden wir, lieber Herr Frey, den hässlichen und sicher unrichtigen Eindruck gewinnen, Sie hätten mit diesem Fall irgendetwas zu tun, was nicht hundertprozentig in Ordnung ist. Und das wollen wir beide doch nicht, oder?«

Jetzt zeigte Frey eine erste Reaktion. Eine nonverbale und eine verbale. Er befreite seine Arme ruckartig aus der Verschränkung, legte die Hände mit einem lauten Klatschen auf die Schreibtischplatte und sagte knurrend: »Ich rufe jetzt meinen Anwalt an.« Mit diesem Satz gewann der Dialog erstmals an Schwung, um umgehend und endgültig wieder in der Trübe dieses frühen Nürnberger Nachmittags zu verschwinden.

»Was, ein Anwalt?«, rief sie entgeistert, mit einem beleidigten Unterton, aus. »Genügen wir Ihnen nicht mehr als Gesprächspartner? Finden Sie unsere Konversation etwa langweilig? Also, ich nicht. Ich fand alles, was Sie sagten, sehr aufschlussreich, ungemein unterhaltsam, ja mitunter sogar spannend. Schade, dass Sie das anders sehen. Aber natürlich, Herr Frey, wenn Sie sich andernorts weiter mit uns unterhalten möchten, gerne und jederzeit. Dann aber möchten wir uns für Ihre großherzige Gastfreundschaft revanchieren und laden Sie hiermit ganz offiziell und sehr herzlich zu uns ins Präsidium ein. Sagen wir, übermorgen um fünfzehn Uhr? Kommt Ihnen das gelegen? Ja? Schön, dann freuen wir uns auf Sie und auf Ihren Rechtsanwalt. Vielleicht können Sie sich bis übermorgen auch an Ihre Gründe erinnern, die eine Entlassung Shengalis nahelegten. Ich fürchte nämlich, so einen netten Plausch wie heute werden wir dann nicht mehr haben.«

Sie erhob sich, Heinrich tat es ihr gleich. An der Tür drehte sie sich noch einmal zu Frey, der immer noch regungslos auf seinem Drehstuhl thronte. »Und es versteht sich natürlich von selbst, dass Sie auch denjenigen, der vor uns in den Genuss Ihrer überbordenden Gastfreundschaft kam, gerne mitbringen dürfen. Sie wissen schon, den mit dem silbergrauen Crossfire, der es leider so eilig hatte, dass Sie uns einander nicht vorstellen konnten.«

Sie sah den Widerspruch und dessen Falschheit, oder zumindest die Ahnung dieses Widerspruchs in seinen Augen aufblitzen und ebenso schnell wieder verlöschen. Da sie wusste, dass weitere Sticheleien sinnlos waren, ließ sie es dabei bewenden und wünschte ihm noch »einen schönen Tag«.

Als sie über den Hof zu ihrem Wagen gingen, sagte Heinrich: »Schade, dass die Eva nicht dabei war. Heute hätte sie was lernen können. Manchmal bist du richtig göttlich, Paula. Einfach einmalig.« Er zeigte anerkennend mit beiden Daumen nach oben. »Glaubst du, der Frey war es?«

»Nein, das glaube ich nicht. Aber irgendwie hängt er in der Sache mit drin, und wenn es nur ganz am Rand ist.«

»Also, ich glaube auch, er hängt mit drin, aber nicht am Rand, sondern mitten im Zentrum. Mensch, war das ein Arschloch! Und ich sage dir: Wer ein Böhse-Onkelz-T-Shirt trägt, macht auch vor anderen Sachen nicht Halt. Wann hast du denn den Crossfire gesehen?«

»Gleich am Anfang. Noch bevor ich die Stühle geholt habe. Aber Heinrich, das war nur ein Schuss ins Blaue. Das muss gar nichts zu bedeuten haben. Frey hat ja auch kaum darauf reagiert.«

»Doch, ich glaube schon, das hat was zu bedeuten«, widersprach er. »Ich ruf jetzt die Eva an und sag ihr, sie kann sich das mit der Modellliste sparen. Sie soll dem Rentner gleich ein Bild mit so einem Crossfire zeigen. Du wirst sehen, der erkennt den wieder.«

»Und selbst wenn? Ohne Kennzeichen? Ohne jeden weiteren Anhaltspunkt? Das bringt uns nicht weiter. Der Wagen kann ja auch aus dem Umland sein.«

»Rede doch nicht immer alles klein, was du herausgefunden

hast! Jetzt haben wir schon mal den ersten Ermittlungserfolg. Und darauf kannst du stolz sein.«

Zu Heinrichs Bedauern war Eva Brunner bereits außer Haus, wie die Zentrale ihm mitteilte.

»Ihr habt sicher schon Freys Alibi überprüft. Oder?«, fragte er seine Vorgesetzte, nachdem er aufgelegt hatte.

»Puh, das kann ich dir im Augenblick nicht mit Bestimmtheit sagen. Er hat angegeben, daran kann ich mich noch erinnern, zur Tatzeit in Ansbach gewesen zu sein. Ich glaube, auf Kundenakquise«, antwortete sie ausweichend.

»Dann mach ich das, sobald wir wieder im Präsidium sind.«

Schließlich hatten sie ihr nächstes Ziel erreicht und stellten den Wagen auf dem kostenpflichtigen Parkplatz am Südausgang des Hauptbahnhofs ab. Kramers Agentur im Frauentorgraben lag nur einen Steinwurf davon entfernt. Sie mussten nicht klingeln, die Haustür stand offen. Das Firmenschild neben dem Lift informierte sie, dass die private Arbeitsvermittlung im obersten Stockwerk des Gebäudes logierte.

Hier nun drückte sie auf den Klingelknopf, ein-, zweimal – nichts. Ein drittes Mal, nun wesentlich beherzter und kraftvoller – wieder nichts. Schließlich hämmerte sie mit Vehemenz auf die Metalltür. Da endlich wurde sie geöffnet, und eine junge Frau von höchstens zwanzig, zweiundzwanzig mit leuchtend orangerot gefärbtem Haar fragte sie vorwurfsvoll: »Was ist denn?«

»Es ist, dass wir Herrn Kramer sprechen wollen.« Sie zog ihren Ausweis aus der Handtasche und hielt ihn der Türöffnerin entgegen.

»Herr Kramer ist beschäftigt. Den können Sie jetzt nicht sprechen. Kommen Sie rein, ich geb Ihnen einen Termin.«

Sie folgten der jungen Frau an den Tresen. Als die Kommissarin eine Sitzgruppe sah, ging sie darauf zu und nahm auf einem der weichen braunen Ledersessel Platz. Sie winkte Heinrich zu sich und rief laut Richtung Tresen: »Bemühen Sie sich nicht, wir warten gerne hier, bis Herr Kramer Zeit hat für die Kriminalpolizei von der Mordkommission.«

Daraufhin verschwand Mademoiselle Orange in einem der hinteren Räume. Als sie wiederkam, wurde sie von einem mittelgroßen Mann in einem gut sitzenden und sicher teuren Anzug begleitet.

»Karsten Kramer«, sagte der Mann und lächelte.

Sie erhob sich und reichte ihm die Hand. »Paula Steiner. Und das ist Heinrich Bartels, mein Kollege. Ich bin Ihnen sehr dankbar, dass Sie ein wenig Zeit für uns erübrigen können.«

»Wir müssen alle helfen, wenn die Polizei ruft.«

Eine Plattitüde, für die er eigentlich zu jung war. Aber er hat, dachte sie, eine angenehme Stimme. Kramer trug schwarze, auf Hochglanz polierte Schuhe, ein anthrazitfarbenes T-Shirt von ausgesuchter Qualität unter dem hellgrauen Sakko und hatte hellblondes, glattes, kinnlanges Haar, das auf der Seite gescheitelt war und das er jetzt mit einer weichen Kopfbewegung nach hinten schüttelte. Blaue Augen, dezente Bräune, schmales Gesicht. Ihr erster Eindruck war, dass dieser Mann mit allem Perfektion ausstrahlte, durch seine Kleidung ebenso wie durch seine Art sich zu bewegen und zu sprechen.

»Gehen wir doch in mein Büro, da können wir ungestört reden. Wenn Sie mir bitte folgen wollen, Frau Steiner, Herr Bartels?«

Als er die Tür zu seinem Büro öffnete, war ihr, als würde sie schlagartig in eine andere Welt und eine andere Zeit versetzt werden. In die Zeit des britischen Kolonialismus. Ein weinroter Laptop und die hellgrauen Fensterrahmen aus Metall waren die einzigen Hinweise darauf, dass sie sich in der Neuzeit befanden. Alles andere in diesem Raum war aus altem Teakholz oder Mahagoni vor vielen, vielen Jahren von Hand gefertigt – der breite Schreibtisch mit seinen Messingknöpfen und der ahornbraunen Filzeinlage, die rotbraun glänzenden Stühle, die zwei niedrigen Regale und der zwölffächrige Locker. Damit harmonierten die in Wischtechnik taubenblau gestrichenen Wände und die Decke in Königsblau, von der ein riesengroßer Ventilator hing – ebenfalls eine Antiquität aus goldgelb schimmerndem Messing.

Es war vor allem diese Farbenkombination aus sattem Blau und warmem Rotbraun, die sie einlullte und beruhigte. Ihr die Kampfeslust und Forschheit nahm, die sie bisher an den Tag gelegt hatte. Heinrich dagegen schien immun gegen die besänftigende Wirkung dieses kalkulierten Farbenarrangements zu sein. Er fragte: »Herr Kramer, wissen Sie schon, dass Abdulaziz Shengali ermordet wurde?«

»Ja. Herr Frey hat es mir gesagt. Eine furchtbare Geschichte. Ich hatte einen besonderen Konnex zu ihm. Wie ich hörte, hat oder hatte Herr Shengali auch Familie. Schlimm ist das. Für uns alle.«

»Ist Ihr Kontakt zu Herrn Frey so eng oder gar persönlicher Natur, dass er Sie auch über solche Sachen, die ja außerhalb der rein geschäftlichen Seite liegen, informiert?«, fragte Heinrich weiter.

»Als eng oder gar persönlich würde ich das Verhältnis zu Herrn Frey nicht bezeichnen. Schon eher als sehr gut. Aber in dem Fall hat das rein Geschäftliche den Ausschlag für diese Information gegeben – Herr Frey sucht Ersatz für seinen auf diese schreckliche Weise ums Leben gekommenen Fahrer. Da hat er sich an mich beziehungsweise an unsere Agentur gewandt.«

Kramer beugte sich zu Paula Steiner und sagte höflich: »Ich habe Tee bestellt. Ich hoffe, Sie trinken Tee?« Er schloss seine Frage mit dieser ihr schon bekannten eleganten Kopfbewegung ab, die das blonde Haar in einem weichen Bogen nach hinten beförderte. Wie ein Popper aus den achtziger Jahren, dachte sie, die mussten sich auch immer eine Strähne aus der Stirn blasen.

»Gerne«, antwortete sie und sah auf ihre Uhr, die vierzehn Uhr dreißig anzeigte. »Auch deswegen, weil ich seit fast acht Stunden nichts mehr zu mir genommen habe.« Mit dieser zusätzlichen Information hoffte sie, in den Genuss einer so exquisiten Auswahl an Keksen zu kommen, wie sie Frau Vitzthum ihr angeboten hatte. Vor allem hoffte sie auf diese delikaten Mini-Florentiner.

»Können Sie sich noch an Herrn Shengali erinnern? Daran, warum er zu Ihnen gekommen ist?«, machte Heinrich weiter, kaum dass sie zu Ende gesprochen hatte.

»Ja, natürlich. Herr Shengali kam zu mir, weil er über die Agentur für Arbeit nicht fündig wurde und ich zeitgleich auf der Suche nach einem Fahrer für Frey-Trans war. Außerdem war Herr Shengali für diese Position bestens geeignet. Er hatte ein gewinnendes

Wesen, ausgezeichnete Manieren, die heutzutage selbst bei einem Lkw-Fahrer als Primärtugend von großer Bedeutung sind. Wenn Sie mir eine private Bemerkung erlauben – er war mir außerordentlich sympathisch, von Anfang an. Ich hatte das Gefühl, er und ich, wir sind aus demselben Holz geschnitzt. Wenn nicht seine doch recht primitive Herkunft dagegen gesprochen hätte, denke ich, hätten wir sogar Freunde werden können.«

Nachdem zu diesem Exkurs in die intimen Befindlichkeiten des Vermittlers keine Nachfrage erfolgte, kehrte er zum eigentlichen Thema zurück. »Dann war er hochmotiviert und bereits in Besitz des Kraftfahrerführerscheins, auch das keine Selbstverständlichkeit in diesem Gewerbe. Die meisten, die Lkw-Fahrer werden möchten, lassen sich den Führerschein von der Agentur bezahlen.«

»Diese aber«, hakte Heinrich nach, »würden dann keine weitere Förderung erhalten, wie Eingliederungszuschüsse oder Vermittlungsprämien?«

Sie starrte auf die Tür. Wo blieb der versprochene Tee? Wo die ersehnten Kekse?

»Ja«, bestätigte Kramer mit einem energischen Haarschütteln, »da haben Sie im Großen und Ganzen recht. Es gibt zwar Ausnahmen, die jedoch sind dünn gesät.«

»Betreuen Sie jeden, der zu Ihnen kommt, oder haben Sie sich auf bestimmte Gebiete konzentriert?«

Bevor Kramer zur Antwort ansetzen konnte, wurde endlich die Tür geöffnet und seine orangehaarige Assistentin kam mit einem Tablett herein. Jetzt war es an Paula Steiner, zu lächeln, denn darauf befand sich auch eine dreistufige Etagere mit in blauem Stanniolpapier verpacktem Konfekt, Pfefferminzschokoladentalern und – klitzekleinen Florentinern, Konditor-Florentinern. Sie schwiegen, während serviert wurde.

»Danke, Frau Bernreuther. Ich möchte bitte nicht gestört werden, solange unsere Gäste da sind. – Jetzt zu Ihrer Frage, Herr Bartels: Betreuen ist möglicherweise nicht ganz das passende Wort. Die Agentur für Arbeit betreut ihre Kunden, ich vermittle sie. Aber ja, um auf Ihre zweite Frage zu antworten, wir vermitteln in erster Linie Berufskraftfahrer, Lagerarbeiter, Staplerfahrer und Automechaniker. Die sind besonders lecker«, sagte er zu Paula und deutete dabei auf die Florentiner, »die müssen Sie probieren, Frau Steiner.«

Sie stellte die Teetasse ab und kam seiner Aufforderung umgehend nach. Hm, stellte sie erfreut fest, diese Konditorware schmeckte ja noch besser als die aus der Gebäckmischung von Ostapenkos Ehefrau.

Während ein Florentiner nach dem anderen auf ihrem Desertteller mit dem hübschen weiß-blauen Muster landete, fragte Heinrich den Agenturleiter nach einer Erklärung, warum der hochmotivierte, mit allen Primär- und Sekundärtugenden ausgestattete Shengali um seinen Arbeitsplatz fürchten musste, zumindest vorübergehend.

»Davon weiß ich nichts. Das ist mir unbegreiflich. Haben Sie denn dazu gesicherte Aussagen, Herr Bartels?«

»Ja, haben wir. Aber vielleicht kann uns Herr Frey junior da die nächsten Tage weiterhelfen. Heute Mittag war er uns gegenüber bedauerlicherweise nicht so gesprächsbereit und offen, wie Sie es sind.«

»Haben Sie dazu eine Theorie? Also eine Idee oder Vorstellung, in welchem Zusammenhang diese Aussagen mit dem Mord an Herrn Shengali stehen?«

Die kaum merkliche Veränderung in Kramers lächelndem Gesicht war Paula Steiner trotz der Florentiner nicht entgangen.

»Ja. Aber die können wir Ihnen gegenüber leider nicht darlegen, wofür Sie bitte Verständnis haben wollen.«

Sie horchte auf. Heinrich hatte inzwischen die betont weltmännischen Umgangsformen Kramers und dessen ein wenig altklugen Habitus adaptiert. Es war sonst nicht seine Art, solche Floskeln abzusondern.

»Seit wann gibt es Ihre Agentur?«

»Seit acht Jahren.« Auf Heinrichs fragenden Blick fügte Kramer hinzu: »Ich war bis dahin selbst Arbeitsvermittler beim Arbeitsamt, damals hieß es ja noch so. Aber dann sah ich dort keine Entwicklungschancen mehr für mich und habe mich selbstständig gemacht. Man kann also sagen, ich habe den Beruf von der Pike auf gelernt.«

Da von Heinrich die nächste naheliegende Frage ausblieb und sämtliche Florentiner der Porzellan-Etagere aufgegessen waren, stellte sie diese Frage: »Sind die Bezüge als Arbeitsvermittler so üppig, dass man sich dies alles hier«, sie deutete in einer ausladenden Geste auf die Antiquitätensammlung, »so ohne Weiteres leisten kann?«

»Nein«, lächelte Kramer, »das nicht. Aber ich hatte zu diesem Zeitpunkt etwas geerbt. Zudem erleichterte mir mein früherer Arbeitgeber den Weg in die Selbstständigkeit. Das Arbeitsamt bewilligte mir einen Gründungszuschuss für die ersten sechs Monate. Trotzdem war es ein Wagnis mit offenem Ausgang. Vor allem die beiden Anfangsjahre waren finanziell gesehen nicht leicht. Letztendlich gaben meine profunden Kenntnisse und auch meine persönlichen Beziehungen zu den Klienten den Ausschlag dafür, dass ich schon nach kurzer Zeit schwarze Zahlen schreiben konnte.«

Da sich mit dem letzten Mini-Florentiner auch die besänftigende Wirkung des Farbenarrangements verflüchtigt hatte, wechselte sie übergangslos, ja, fast schon unhöflich das Thema. »Nur eine letzte Frage noch, Herr Kramer. Sie haben doch bestimmt ein Auto. Wenn Sie uns sagen würden, welches Fabrikat, welches Baujahr und die Farbe, bitte.«

»Ich fahre einen Audi A4. Schwarz, vom letzten Jahr. Geleast.«

Sie bekam den Eindruck, dass er wachsam wurde, was wiederum dazu führte, dass sie ihre Aufmerksamkeit schärfte. Sie sah kurz zu Heinrich, der sich Notizen machte. Er würde diese Aussage als Erstes überprüfen.

Kramer stand auf. »Ich wünschte, ich hätte Ihnen bei Ihrer Arbeit helfen können.«

Sie merkte, dass der Agenturleiter die Teestunde gerne als beendet betrachten wollte. Sie jedoch wollte ihn noch ein wenig zappeln lassen. Also blieb sie sitzen. »Aber das haben Sie doch, Herr Kramer. Sie haben uns sogar sehr geholfen, mehr als Ihnen vielleicht bewusst ist«, plapperte sie drauflos und ließ den Blick nicht von Kramers Gesicht, auf dem sich nun Ungeduld und eine leichte Nervosität ausbreiteten. »Dürfte ich Ihnen noch eine Frage stellen? Das wäre dann aber wirklich meine allerletzte.«

Wieder diese elegante Kopfbewegung, die sie als Erlaubnis deutete.

»Sie als jemand, der mit dieser Thematik seit Jahren beruflich zu tun hat, sie sozusagen aus dem Effeff beherrscht, können uns doch sicher eine Ahnung vermitteln, welchen Stellenwert die Arbeit für Menschen wie Shengali oder Ostapenko hat.«

Kramer gab vor, nachzudenken. Schließlich sagte er: »Einen hohen, vielleicht sogar den höchsten. Neben der Familie, versteht sich. Jeder Mensch ohne Arbeit fühlt sich ausgeschlossen, überflüssig, nicht zur Gesellschaft gehörig, in seiner Ehre verletzt. Aber bei Ausländern wie Herrn Shengali kommt die – natürlich unrichtige – Überzeugung hinzu, sie seien unwillkommen. Und dieses Gefühl birgt meines Erachtens ein nicht zu unterschätzendes Gewaltpotenzial in sich. Denn wie reagiert jemand, der sich von seiner Umwelt abgelehnt sieht, dessen Ehrbegriff auf das Gröbste verletzt wird? Mit Aggression, mit Gewalt. Wir sehen es ja vor allem bei den Jugendlichen mit Migrationshintergrund allenthalben.«

Sie kommentierte diesen Kurzvortrag inklusive der überraschenden Schlusswendung mit einem »Aha. Interessant« und erhob sich. Kramer verabschiedete seine Gäste an der Tür. Draußen stand bereits Frau Bernreuther bereit, um sie hinauszubegleiten.

»Dieser Mensch hat ja seltsame Ansichten«, murmelte Heinrich, als sie wieder draußen standen. Auf ihren fragenden Blick fügte er hinzu: »Du fragst ihn nach der Bedeutung, die die Arbeit für Migranten oder Ausländer generell hat. Und er antwortet: Eine so große, dass jeder, der sie verliert oder erst gar nicht bekommt, gewalttätig wird. Das heißt doch in der Verlängerung, wir sollen bei den aggressiven Arbeitslosen unseren Mörder suchen. Das ist doch Quatsch hoch drei!«

»Natürlich ist das Quatsch. Aber Kramer hat auch ein paar richtige Sachen gesagt. Wie die über die verletzte Ehre, über den Ehrbegriff.« Ihr fiel der Gedanke ein, den sie erst auf der Kindinger Parkbucht, dann vor dem Wasserwerk hatte: Hagen von Tronje bringt den Helden Siegfried um, der Auftragsmörder als kaltblütiger Verräter einer ehemals tiefen Männerfreundschaft.

»Ich glaube jetzt, dass die betenden Hände keine Warnung oder Botschaft des Mörders waren, sondern eine Finte. Auf die wir reinfallen sollen, auf die wir aber nicht reinfallen. Weil wir wissen, worum es letztendlich geht.«

»So, um was geht es denn letztendlich?«

»Um das weite Feld der Ehre, Heinrich.«

»Oh, toll, eine klasse Erklärung. Und so konkret. Das erleichtert uns die Arbeit ja ungemein.«

Als sie die Eilgutstraße erreicht hatten, setzte er unerwartet ernst hinzu: »Darf ich dir mal was sagen, ohne dass du mich gleich wieder runterbügelst wie heute Vormittag?«

»Ich habe dich nicht runtergebügelt, ich wollte nur …«

»Doch, das hast du«, unterbrach er sie. »Und meinst du, ich merke nicht, wenn du dich über mich lustig machst? So wie heute früh. Die Eva kennt dich erst ein paar Tage. Die kriegt so was natürlich nicht mit. Ich schon!«

Jetzt waren Diplomatie und Feingefühl gefragt. Und auch eine kleine Portion Wahrheit. Sie erwiderte: »Also, der Anfang deiner Ausführungen hat mich wirklich überzeugt. Da könnte was dran sein. Ja. Mag sein, dass ich am Schluss deines Vortrags ein wenig, sagen wir: überrascht war. Das aber wiederum dürfte dich nicht wundern. Du weißt doch, ich habe es mehr mit den konkreten, handfesten Dingen. Mir fehlt da eben deine unbändige Phantasie.«

Heinrich, der sie während ihrer Rede aufmerksam beobachtet hatte, schien das als Erklärung zu genügen, denn er nickte und sagte dann: »Ich glaube nicht, dass die Hände eine Finte waren. Auch keine Warnung oder Drohung. Ebenso wenig ist der Täter ein Psychopath, wovon die Eva überzeugt ist. Ich glaube, der Mörder hat Shengali aus zwei Gründen vor das Wasserwerk so hindrapiert: zum einen aus Lust am Spiel. Und zum anderen um sich in diesem Detail als kundigen Ästheten, als kunstsinnigen Experten zu verewigen, vor sich selbst, aber auch vor der Öffentlichkeit. Dem war das zu platt, den Leichnam einfach so abzulegen und dann wegzufahren. Er wollte ihm zum Schluss noch eine eigene, seine persönliche Note verpassen, seinen Stempel aufdrücken. Eine Duftmarke setzen. Dass er dafür ausgerechnet dieses volkstümliche Symbol der Religiosität, das Synonym des Betens und Trauerns gewählt hat, spielt bei der Sache eine untergeordnete Rolle. Da habe ich anfangs zu viel hineininterpretiert, da hast du schon recht. Auf jeden Fall ist das jemand, der mit seiner Stellung in der Gesellschaft nicht zufrieden ist. Der von sich ein anderes Bild hat als seine Umwelt. Und diese unterschiedlichen Sichtweisen korrigiert er mit diesem Arrangement zu seinen Gunsten, nimmt sich dafür die nötige Zeit und vergrößert damit sogar das Risiko, dabei gesehen, entdeckt zu werden.«

»Ein Wichtigtuer, ja, das klingt glaubhaft und logisch. Da stimme ich dir voll und ganz zu, Heinrich. Schade nur, dass uns dein Profiling ermittlungstechnisch so gar keinen Schritt voranbringt.«

»Momentan noch nicht. Aber manchmal hilft einem ja der Zufall. Sagt zumindest meine Chefin immer, und die muss es wissen, die hat nämlich bis jetzt jeden Fall gelöst.« Er lächelte sie an.

Es war dieses zufriedene und verschmitzte Lächeln, das sie Heinrichs Vorlage aufgreifen und weiterspinnen ließ. »Ein Gernegroß, der eine Leiche als Deko-Material benutzt und der sich sehr sicher fühlt. Weil niemand ihm die Tat zutrauen würde. Und es ist jemand, der sich eingehend mit Kunst beschäftigt. Wobei, dafür reichen Grundkenntnisse. Dürers Hände kennt jeder. Zumindest in Nürnberg. Oder?«

»Exakt. Ein hochgradiges Arschloch aus dem mittelfränkischen Raum mit kunstgeschichtlichem Allerweltswissen«, setzte Bartels den Schlusspunkt unter dieses fein ziselierte Profiling.

Auf dem Parkplatz des Hauptbahnhofs trennten sich ihre Wege. Heinrich wollte heim, sie musste den Wagen ins Präsidium zurückbringen.

Dort wartete eine aufgeregte Eva Brunner auf sie.

»Stellen Sie sich vor, der Rentner hat den Wagen erkannt. Es war ein …«

»Crossfire«, vollendete sie den Satz.

»Ja, genau. Woher wissen Sie das?«

»Als wir bei der Spedition waren, fuhr dort ein silbergrauer Crossfire vom Hof. Ziemlich flott, der Fahrer hatte es anscheinend eilig. Leider habe ich das Nummernschild nicht erkennen können.«

»Schade. Das würde uns die Suche sehr erleichtern.«

»Das heißt: Sie wollen alle Autos dieser Marke überprüfen?«

»Ja, das hatte ich mir als Nächstes vorgenommen. Wenn Sie damit einverstanden sind.«

»Aber Frau Brunner, nach welchen Kriterien wollen Sie dies überprüfen? Der Wagen kann von überallher sein. Aus Nürnberg, aber auch aus dem Umland. Aus Franken oder aus Bayern, aus Deutschland oder auch aus dem Ausland. Das dauert, dafür würden Sie uns viel zu lang für andere Arbeiten ausfallen. Nein, damit bin ich im Moment nicht einverstanden. Das können Sie morgen immer noch machen. Im Augenblick habe ich zwei andere wichtigere Aufträge für Sie. Wir haben, und das ist mein Fehler, Joachim Freys Alibi noch immer nicht überprüft. Er war zur Tatzeit, sagt er, in Ansbach.« Sie reichte ihr die handschriftliche Notiz. »Ich will wissen, ob das stimmt. Rufen Sie dort gleich an. Meine zweite Bitte: Wir waren soeben bei diesem privaten Arbeitsvermittler, bei Karsten Kramer; er gibt an, er habe einen schwarzen geleasten Audi A4. Das überprüfen Sie anschließend.«

Wortlos machte sich Eva Brunner an die Arbeit. Man muss sie nur beschäftigen, dachte Paula Steiner, dann ist ihre Redseligkeit gut zu ertragen. Aus diesen infamen Überlegungen schreckte sie ein Anruf. Es war Hermann Tischler, ihr Kollege aus Beilngries.

»Grüß Gott, Frau Steiner. Ich weiß, ich hätte mich schon längst bei Ihnen melden sollen. Aber bis heute kam keine Rückmeldung aus der Bevölkerung. Jetzt erst, vor einer halben Stunde, hatte ich einen Anrufer, der glaubt, zur fraglichen Zeit einen silbergrauen …«

»Crossfire gesehen zu haben«, fiel sie ihm ins Wort.

»Exakt. Das wollte ich sagen. Woher wissen Sie das?«

»Auch wir haben einen Zeugen, der so ein Auto gesehen hat. Allerdings vor dem Nürnberger Wasserwerk, wo der Tote gefunden wurde. Da liegt dieser Gedanke nahe.«

»Schade. Jetzt dachte ich, wir Beilngrieser könnten auch etwas zur Aufklärung dieses Mordes beitragen. Aber wenn ihr in Nürnberg schon alles wisst …« Der Hauptwachtmeister klang enttäuscht.

»Natürlich haben Sie uns damit geholfen. Denn jetzt erst, mit Ihrer Bestätigung, können wir uns bei der Suche auf diesen sehr seltenen Autotyp konzentrieren. Das ist doch schon mal was.« Das war gelogen. Sie hatte sich ja bereits nach Eva Brunners Vorschlag entschieden, die Anwärterin morgen mit der Überprüfung zu beauftragen. Doch sie wollte Tischler nicht noch mehr enttäuschen.

Eine halbe Stunde später legte Eva Brunner los.

»Also erstens, dieser Kramer hat tatsächlich so einen Audi geleast. Und zweitens, das Alibi von dem Juniorchef scheint auch zu stimmen. Das ist eine Großgärtnerei, die wollen ihre Blumen in Zukunft über eine andere Spedition versenden und haben deshalb, unter anderem, bei Frey-Trans um ein Angebot nachgefragt. Frey war bei denen an dem besagten Montag über zwei Stunden, von acht bis zehn.«

Sie sah auf die Uhr. Schon halb sechs. »Gut. Danke. Wir machen morgen weiter. Jetzt ist Feierabend.«

Auf dem Heimweg verbot sie sich, weiter über diesen Fall nachzudenken, bei dem sich so viele lose Fäden, aber einfach kein roter Faden finden ließ. Bei dem zu viel Unvereinbares aufeinanderprallte, als dass sie es in eine ordnende Struktur bringen konnte. Bei dem es, da war sie sich sicher, um viel Geld ging, aber nichts von der 350.000-Euro-Fracht fehlte. Der mit einer Symbolik aufgeladen war, die an das große Thema der Nibelungen – Treue und Verrat – erinnerte oder erinnern sollte, in dem aber gleichzeitig solche banalen, höchst realen Dinge wie Arbeit, Gutscheine, Zuschüsse eine Rolle spielten. Was verbarg sich hinter der rituell-religiösen Duftmarke, von der Heinrich gesprochen hatte? Warum redete Kramer, der Arbeitsvermittler über Ehrverletzung? Und warum weigerte sich Frey, der Arbeitgeber, überhaupt ein Wort zu reden? Sie erinnerte sich an ihr Verbot. Schluss, aus, basta. Heute wird nicht mehr gedacht.

Erst als sie die Wohnungstür aufsperrte, fiel ihr ein, dass ihr

Kühlschrank wahrscheinlich leer war. Sie verwünschte sich und ihre Sorglosigkeit. Die umgehend folgende Kontrolle bestätigte ihre Vermutung: Der Kühlschrank war leer.

Sie saß gerade am Küchentisch, mit einem Glas Leitungswasser, einer Scheibe Brot und einer aufgerissenen Dose Ölsardinen vor sich, als es Sturm klingelte. Sie öffnete fluchend. Kurze Zeit später stand Paul vor ihr, mit zwei flachen Pappkartons in der rechten und drei Bierflaschen in der linken Hand.

»Heute bleibt die Küche kalt, heute essen wir was Feines aus dem Wald«, sagte er statt einer Begrüßung und überreichte ihr die Kartons. »Zwei Pizzas al funghi, eine für mich, eine für meine angebetete Paula.«

Sie strahlte. »Oh ja, meine Lieblingspizza. Komm rein, bevor sie kalt wird.«

Sie aßen in der Küche, direkt aus dem Karton. Paul überließ ihr sogar eine Flasche seines Franziskaner-Weißbiers. »Ungern, Paula, ungern. Und nur, weil du es bist.«

Sie fand, es schmeckte alles einfach köstlich, vor allem die Pizza. Eine Einschätzung, die Paul nicht teilte.

»Du brauchst doch nicht glauben, dass da irgendwas drin ist an Vitaminen, Mineralstoffen oder Ähnlichem. Das ist Chemie pur. Das ist nur ungesund. Aber zwischendurch können wir uns das schon mal leisten.«

Nach einer Pause setzte er mit einem breiten Grinsen hinzu: »Vor allem dann, wenn Manchester gegen Bayern spielt und wir keine Zeit zum Kochen haben. Weil wir ja das Spiel im Fernsehen anschauen müssen. Gell?«

»Auf jeden Fall. Das machen wir. Ich geh schon mal rüber. Bring halt deine Pizza mit. Und dein Bier.«

Sie schaltete den Fernseher ein, setzte sich aufs Sofa und nahm sich vor, die Zweisamkeit und auch das Fußballspiel kommentarlos zu genießen. Als die Farbe Grün ihr Wohnzimmer beherrschte, hatte Paul Zankl mit seinem zweiten Weißbierglas endlich neben ihr Platz genommen.

Auch dem Altbayern war das Vergnügen anzumerken, dieses Spiel der Münchner mit einem Münchner Getränk zu verfolgen, trotz fränkischer Eskorte auf dem Sofa. Für einen Oberpfälzer war er nämlich erstaunlich gesprächig und im Gegensatz zu ihr durchaus kommentarbereit. Das gefiel ihr an diesem Abend am besten – seine so fachmännischen wie gefühlsbetonten Meinungsbeiträge zu dem Spielverlauf, die, je aussichtsloser diese Begegnung für Bayern München schien, umso erregter und rätselhafter wurden.

Das erste Tor schoss Fletcher. Ein Tatbestand, der Paul zu seiner ersten Stellungnahme inspirierte.

»Einbrechen werden die Engländer net. Die spuiln in ihrem Stadion. Die kennen hier jeden Grashalm.«

Dann das 2:0. Die Hoffnung blieb. »Bayern kommt scho noch, bei denen geht's ja um was.«

Eine Zuversicht, die sich im folgenden Spielverlauf als verfrüht herausstellen sollte. Aber einen triftigen, geradezu heimtückischen Grund hatte. »Der Rooney is verletzt, hams gsagt. Gar nix is der, pumperlgsund is der.« Danach hüllte sich der Moderator auf ihrem Sofa in Schweigen, sie spürte seine Resignation und auch den vorwurfsvollen Groll.

Viel später, fast schon zu spät erhielt der pumperlgsunde Wayne Rooney endlich eine rote Karte und verließ das Spielfeld. Freude und Zuversicht machten sich wieder auf dem Sofa breit. Und als sie kurz vor Mitternacht den Fernseher ausschaltete, nach einem überraschenden und für jeden Bayern-Fan erfreulichen Ergebnis, hatte sie zwei entscheidende Leitsätze dazugelernt. Erstens: »Pomadig brauchst bei den Engländern net spuiln. Weil die wie die Blöden kämpfen.« Und zweitens: »Die Hintispielerei bringt gar nix. Vieriwärts musst spuiln, dann klappt's auch.« Maximen, die sicher nicht nur auf dem Fußballfeld erfreuliche Ergebnisse hervorbringen würden.

Sie setzte sich noch mal neben Paul Zankl, der soeben zufrieden den letzten Schluck aus ihrem Weißbierglas nahm, und fragte ihn: »Welchen Stellenwert hat für dich eigentlich die Arbeit?«

»Ha? Was für Arbeit denn?« Er blickte sie erstaunt an.

»Na, Arbeit ganz allgemein. Der Beruf.«

»Arbeit hat keinen Stellenwert«, antwortete er nach einer kurzen Pause. »Damit verdient man Geld. Und Geld braucht man, um die Miete zu zahlen.«

»Das meine ich nicht. Das ist eh klar. Aber darüber hinaus, was bedeutet es dir, eine feste Arbeit zu haben?«

»Viel, denn sonst könnte ich meine Miete nicht bezahlen. Und was noch schlimmer wäre, auch kein Bier.«

Sie erkannte die Sinnlosigkeit, mit diesem pragmatischen, verstockten, für jedes feinsinnigere Thema unzugänglichen Menschen ein Gespräch führen zu wollen, und ließ es dabei bewenden. Paul mochte sich zwar auf dem heimischen Biermarkt auskennen wie kein Zweiter, aber von einer solchen Problematik wie dem weiten Feld der Ehre hatte er schlichtweg keine Ahnung.

7

Als sie am nächsten Morgen nach einer kurzen Nacht erwachte, war Paul bereits verschwunden. Noch war die rechte Seite in ihrem Bett lauwarm. Er musste erst vor wenigen Minuten die Wohnung verlassen haben.

Sie bedauerte ein wenig, ihn verpasst zu haben, und trabte in die Küche. Dort erwartete sie eine Überraschung. Ein karges, aber mit allem, was ihr Haushalt an diesem Morgen zu bieten hatte, angerichtetes Frühstück. Eine kleine Kanne heißen Kaffees in der auf »on« geschalteten Kaffeemaschine, zwei Knäckebrote auf einem Holzbrett, daneben ein Messer, die Butterdose, das fast geleerte Glas Honig und das immerhin noch halb volle Milchkännchen. Sie war über diesen stummen Morgengruß gerührt.

An der Kaffeetasse lehnte ein Zettel. »P. an P.: Guten Appetit! Hier die Antwort auf deine Frage gestern Abend: Arbeit = wie man den Tag rumbringt.« Sie musste lächeln. Sie hatte mit einem Pragmatiker das Bett geteilt. Mit einem nüchternen, aufmerksamen, liebevollen Pragmatiker, nicht mit einem Wichtigtuer.

Kurz nach halb neun machte sie sich endlich auf den Weg, um ihren Tag rumzubringen. An der Fleischbrücke blieb sie stehen. Sie nahm ihre Fragenkette vom gestrigen Heimweg wieder auf. Warum hatte Frey, als sie ihn von dem Parkplatz aus anrief, nicht wissen wollen, ob in dem Lkw etwas fehlte? Warum waren Geldbeutel und Ladung des Ermordeten unangetastet – und die Kette, die über seinen Situs inversus im Notfall Auskunft geben sollte, hatte man ihm abgenommen, mit Gewalt abgerissen? Warum wollte der Anrufer, der doch einen respektablen Fund zu melden hatte, anonym bleiben? Allesamt Fragen, die sie bislang vernachlässigt hatte. Das sollte heute anders werden, und zwar grundlegend anders. Schnellen Schritts eilte sie zu ihrem Arbeitsplatz.

Dort wurde sie bereits ungeduldig erwartet. »Frau Steiner, was sagen Sie dazu? Heinrich meint, ein Crossfire ist als Coupé grundsätzlich zu klein, um darin einen toten Erwachsenen zu transportieren. Ich aber sage, wenn man die rückwärtige Sitzbank umlegt, Voraussetzung ist, dass sie auch umklappbar ist, dann geht das schon. Außerdem kann der Mörder den toten Shengali auch auf den Beifahrersitz gesetzt und mit dem Gurt befestigt haben.« Eva Brunner sah sie hoffnungsvoll an.

»Ich sage erst mal Guten Morgen allerseits. Und dann sage ich, wir halten jetzt eine kleine Dienstbesprechung ab. Sprich: Wir unterhalten uns mal in aller Ruhe. Um in diesen Fall endlich Struktur reinzubringen.«

Sie hängte ihre Jacke an den Garderobenhaken. »Aber heute ohne kunsthistorische Vorträge, wenn ich bitten darf, oder sonstige theoretische Ausflüge in angrenzende Wissenschaftsgebiete, so unterhaltsam sie mitunter auch sein mögen. Also, hat jemand etwas Neues beizutragen?«

Eva Brunner und Heinrich schüttelten verneinend den Kopf.

»Ich muss gestehen, ich auch nicht. Aber ich habe eine Idee, welchen Weg wir einschlagen sollten. So, was haben wir alles? Einen anonymen Anrufer, eine abgerissene Metallplakette, eine komplette Ladung und einen ebenso unangetasteten Geldbeutel. Was sagt uns das?«

Sie sah aus dem Fenster. Bevor Eva Brunner zu einem ihrer in diesem Raum mittlerweile gefürchteten längeren Redebeiträge ansetzen konnte, beantwortete sie sich ihre Frage selbst.

»Das sagt uns zweierlei. Erstens, der Mörder kennt sein Opfer. Zweitens, Raubmord ist auszuschließen, vorerst zumindest. Drittens, es besteht die Möglichkeit, dass die Spedition – oder wie Frau B. Entner sagen würde: das Logistikunternehmen – mit in diese Geschichte verwickelt ist. So, was haben wir noch? Einen Neffen, der ausgesagt hat, seinem Onkel sollte gekündigt werden. Und was ist das Besondere an diesem Arbeitsplatz?«

Wieder gab sie ihrer Mitarbeiterin keine Chance. Ohne zu zögern fuhr sie fort: »Das Besondere daran ist, er kam nur durch bestimmte Vorleistungen zustande. Durch Zahlungen des Arbeitsamts. Durch Geld. Frey-Trans und Kramers Vermittlungsagentur haben mit Shengalis Arbeit Geld verdient. Sie haben Arbeit verkauft beziehungsweise Arbeit billig eingekauft. Arbeit, die nun auf einmal keiner mehr zu brauchen scheint. Und genau um diesen Aspekt werden wir uns heute kümmern.«

Jetzt war die erste längere Pause in ihrem Vortrag fällig. Sie wollte Heinrich und Frau Brunner Zeit geben, nun ihrerseits die Gedankenkette weiterzuknüpfen, Fragen zu stellen oder gar Einwände vorzubringen. Das schien nicht der Fall zu sein.

Also schloss sie mit den Worten: »Und wie gehen wir das an? Auch darüber habe ich mir schon Gedanken gemacht. Wir werden nicht abwarten, bis Herr Frey uns samt seinem Anwalt morgen Nachmittag die Ehre gibt, wir werden ihn heute noch mal in die Mangel nehmen und so lange dort bleiben, bis er uns einen plausiblen Grund für die anscheinend bevorstehende Entlassung Shengalis nennen kann. Ich habe nämlich erkannt: Dieses Hinterher-Ermitteln führt nur in die Irre, wir müssen vorausplanender, strategischer handeln. Das ist in einer Mordkommission übrigens nicht anders als beispielsweise im Fußball. Auch da bringen die Abgaben nach hinten gar nichts, nach vorn muss man spielen, dann klappt's auch. Na, was sagen Sie dazu, Frau Brunner? Oder du, Heinrich?«

Heinrich antwortete als Erster. »Eine Besprechung hatte ich mir zwar anders vorgestellt. Aber egal. Nur eine bescheidene Frage meinerseits: Ich gehe doch recht in der Annahme, dass du uns nicht anmelden willst?«

Sie nickte. »Natürlich nicht. Ja, und?«

»Was machst du denn, wenn der Frey nicht da ist? Wie schaut dann deine Strategie des Nach-vorne-Spielens aus?«

Sie dachte nach. Diese Möglichkeit hatte sie in ihrer Begeisterung ganz vergessen. »Dann werden wir den Senior befragen. Der ist doch meistens zu dieser Zeit in der Spedition. Und irgendeine Ahnung wird er schon haben. Er wird uns sicher etwas sagen können, das uns weiterhilft.«

Als sie zu dritt über den Hof am Jakobsplatz zum Polizei-Fuhrpark liefen, sagte Heinrich: »Dann glaubst du es jetzt auch, dass unser böser Onkel mit dieser Sache etwas zu tun hat?«

Sie hörte den triumphierenden Unterton in seiner Frage. »Das habe ich nie bezweifelt. Er ist darin verwickelt. Aber wie tief, das müssen wir noch rauskriegen.«

Eine halbe Stunde später standen sie vor dem geschlossenen

Schiebetor in der Donaustraße. Der Hof war zugeparkt mit elf Lastern und mindestens so vielen Autos. Sie drückte auf den Klingelknopf. Keine Reaktion. Dann nochmals, energischer. Wieder nichts.

»Frau Brunner, rufen Sie doch mal über das Autotelefon bei Frey-Trans an. Irgendjemand muss ja da sein an so einem stinknormalen Wochentag.«

Nach einer Weile kehrte die Assistentin wieder. »Da war nur das Band dran. Wegen einer internen Veranstaltung haben wir heute geschlossen ... versuchen Sie es bitte morgen wieder ... in dringenden Fällen hinterlassen Sie uns eine Nachricht ... wir bitten um Ihr Verständnis ...«

»Da bitten sie vergebens«, murmelte sie. »So, nachdem ich hiermit erklärt habe, dass Gefahr in Verzug ist, werden wir uns den Zutritt eben selbst verschaffen.«

Sie hielt der verdutzten Eva Brunner ihre Tasche hin und kletterte über das niedrige Tor. Heinrich folgte ihr. Die Kommissaranwärterin sah beide ängstlich an.

»Vielleicht sollte ich besser hierbleiben und Sie mit dem Handy warnen, wenn sich draußen was tut? Einer von uns sollte schon Schmiere stehen, finde ich.«

»Quatsch. Schmiere stehen nur Ganoven. Wir aber sind von der Polizei, das Recht ist auf unserer Seite.«

»Na ja«, warf Heinrich spöttisch ein, »ob das Recht in diesem Fall auf unserer Seite ist, wage ich zu bezweifeln. Du kannst es halt mal wieder nicht erwarten, Paula, das ist doch der einzige Grund. Ich sehe nämlich hier keine Gefahr in Verzug, nicht die geringste. Nur dich und deine Ungeduld.«

»Jawohl, ich und meine produktive Ungeduld. Das wolltest du doch sagen. Wir beide haben schon manchen Anstoß in die richtige Richtung gegeben. Also, was ist jetzt, Frau Brunner? Kommen Sie mit oder nicht?«

»Lieber nicht.«

»Auch recht. Dann warten Sie hier vor dem Tor auf uns. Wenn wirklich was Auffälliges passieren sollte, melden Sie es uns über das Handy. Wobei ich glaube, das Auffällige erwartet uns nicht hier draußen, sondern da drinnen.«

Sie ging direkt zur Eingangstür und drückte mit der rechten Hand lange auf den Klingelknopf. Auch diese feinstrategische Aktion blieb ohne Echo.

»Dann eben nicht«, sagte sie zu Heinrich, der reglos neben ihr stand. »Wir gehen jetzt ums Haus und schauen, ob irgendwo Licht brennt. Es muss doch jemand da sein.«

Der Zweier-Spähtrupp setzte sich in Gang. Als sie der Stirnseite des Gebäudes den Rücken gekehrt hatten, kamen ihr Zweifel. Sie dachte, dass sie gerade gegen etliche Regeln verstieß, wie sie ihren Beruf ausüben sollte. Schnell wischte sie diesen irritierenden Gedanken beiseite und ließ den Blick über die Fenster des Erdgeschosses streifen. Überall diese heruntergelassenen hellgrauen Plastikjalousien, dahinter unbeleuchtete Zimmerfluchten.

Sie waren jetzt auf der rückwärtigen Seite angelangt, die kurz geschnittene Hainbuchenhecken von den benachbarten Grundstücken trennte. Auf dem schmalen gepflasterten Pfad blieb sie abrupt stehen und rief zufrieden aus: »Ui, was haben wir denn da Feines!«

Heinrich stellte sich neben sie. »Ha, es war also doch der böse Onkel. Ich hab halt ein Gespür für so was. Gib zu, ich hatte recht!«

»Ob du recht hattest, wird sich zeigen. Aber dass ich recht hatte mit meiner Gefahr in Verzug, hat sich schon gezeigt.«

Sie umrundeten den silbergrauen Crossfire und stierten von allen Seiten durch die leicht getönten Fenster ins Wageninnere. Sie sahen schwarze Ledersitze, leere Ablagefächer und eine Parkscheibe aus Hartplastik auf dem Beifahrersitz. Ansonsten nichts Auffälliges.

»Ich fürchte, diesmal kommen wir um das komplette Programm nicht herum. Also absperren, sichern und dann ab zum Erkennungsdienst, in unsere Fahrzeughalle. Die sollen den Wagen auf Herz und Nieren untersuchen.«

Heinrich nickte zustimmend. »Ich kümmere mich darum.«

»Und ich werde unsere Frau Brunner informieren. Die brauchen wir hier.« Sie griff in die Jackentasche und zog ihr Handy heraus. Schon nach dem ersten Klingelton meldete sie sich.

»Frau Brunner, Sie müssen jetzt doch über das Tor klettern. Wir haben hier hinten einen silbergrauen Crossfire gefunden. Der muss, bis die Kollegen eintreffen, von uns gesichert werden. Und für diese Aufgabe sind drei immer besser als zwei. Also, Sie kommen auf dem schnellsten Weg zur hinteren Seite des Geländes.«

Sie hörte ein metallisches Klacken, dann wurde der Empfang unterbrochen. Die Anwärterin war schon unterwegs.

Als sie ihr Handy wieder in der Jackentasche verstaute, eilte ein sichtlich aufgeregter Siegfried Frey auf sie zu.

»Guten Morgen, Frau Steiner, was machen Sie denn hier?«

»Guten Morgen. Wem gehört dieser Crossfire? Ist das Ihrer?«

»Nein. Der gehört Joachim. Aber ich verstehe nicht … Warum wollen Sie das wissen?«, fragte er zunehmend ungehaltener.

Eva Brunner traf ein und bezog aufrecht, mit leicht gegrätschten Beinen und verschränkten Armen vor dem wertvollen Fundstück Position. Auch ohne Uniform – eine Polizistin aus dem Bilderbuch.

Paula Steiner nickte ihr anerkennend zu und beantwortete dann Freys Frage. »Weil wir annehmen, dass es sich bei diesem Fahrzeug um exakt jenes handelt, mit dem der ermordete Shengali zum Wasserwerk in Erlenstegen verbracht wurde.«

»Was«, rief der Seniorchef entgeistert aus, »das glauben Sie doch selbst nicht! So ein Krampf! Dann hätte ja mein Sohn …« Den Rest ließ er unausgesprochen in der trüben, diesigen Luft des Nürnberger Hafens hängen, so absurd, ungeheuerlich und auch erschreckend war der Gedanke, der diesem Satzanfang hätte logischerweise folgen müssen. Er blickte die Kommissarin ernst und nachdenklich an.

»Mein Sohn hat mit dieser Sache nichts zu tun. Der war nämlich zur Tatzeit bei einem Neukunden. Sie haben doch selbst gesagt, Abdu wurde am Montagmorgen gegen acht Uhr umgebracht. Und da war Joachim in Ansbach. Sie können das überprüfen. Sie sollten das sogar überprüfen, bevor Sie solche Anschuldigungen in die Welt setzen. Das ist ja unfassbar, so was ist doch …«

»Mal was ganz anderes, Herr Frey«, sie ignorierte den Gefühlsausbruch sowie die darin versteckte Anweisung des Seniorchefs, »warum ist Ihr Betrieb heute eigentlich geschlossen? Am Telefon ist auch nur der Anrufbeantworter eingeschaltet.«

Bevor Frey zu einer Antwort ansetzen konnte, gesellte sich sein Sohn zu ihnen. Heute mit einem kurzärmligen T-Shirt, das der wenig glaubhafte Schriftzug »Playboy des Monats« knapp über dem stattlichen Kugelbauch zierte. In der Ferne waren die ersten Polizeisirenen zu hören, die langsam näher kamen.

»Vater, was gibt's? Was haben Sie denn hier verloren? Wie kommen Sie überhaupt hier rein? Das ist ja Hausfriedensbruch. Dafür werde ich Sie verklagen. Wir brauchen kein Gschwerl von der Polizei auf unserem Hof. Raus hier, aber flott. Die da«, er deutete mit einem süffisanten Grinsen auf die Bilderbuch-Polizistin Brunner, »darf bleiben.«

Auch diese Fragen wurden ignoriert, samt der anschließenden Beamtenbeleidigung zweier Angestellter im Polizeidienst. Dafür fühlte die Kommissarin sich im Augenblick nicht zuständig.

»Also, warum ist Ihr Betrieb heute zu?«, wandte sie sich wieder dem Seniorchef zu.

»Wegen einer Betriebsversammlung. Das machen wir einmal im Jahr, immer um diese Zeit.« Das klang schon wesentlich nachgiebiger. Sie merkte, dass Siegfried Frey das nassforsche Auftreten seines Sohnes peinlich war.

Sie hörte laute Rufe von der Donaustraße. Dann das Verstummen der Polizeisirenen.

»Einer von Ihnen beiden muss jetzt das Tor öffnen. Und zwar«, sie drehte sich zu Joachim Frey um, »flott, sonst erledigen wir von der Polizei das auf unsere Art und Weise.«

Bevor sein Sohn aufbrausend reagieren konnte, legte Siegfried Frey ihm mit einer begütigenden Geste die Hand auf die Schulter und sagte: »Ich mach das schon, Joachim. Bleib du hier und pass auf.«

Worauf sollte der Playboy des Monats aufpassen? Auf sie, auf Eva Brunner, die ihm offensichtlich gefiel, oder darauf, dass hier alles mit rechten Dingen zuging? Wahrscheinlich auf eine Kombination aus allem drei.

Wenige Minuten später war auch der schmale Pflasterstreifen

zugeparkt. Heinrich hatte es gut gemeint und neben dem Schleppdienst die komplette Spurensicherung und drei Einsatzwagen in die Donaustraße einbestellt. Als der Crossfire endlich auf dem Tieflader stand, winkte sie Heinrich und Eva Brunner zu sich.

»Willst du den Frey nicht gleich mitnehmen?«, fragte Heinrich.

»Jetzt sofort nicht. Wir hören uns erst mal an, was die beiden zu dem Thema drohender Arbeitsplatzverlust zu sagen haben. Und zwar getrennt voneinander. Du und Frau Brunner, ihr sprecht mit dem Junior, derweil werde ich mich mit dem Senior unterhalten. Und, Heinrich, vergiss nicht, der Frey hat ein Alibi. Ein klasse Alibi. Frau Brunner hat das gestern noch gegengecheckt. Frag ihn auch, ob er sein Auto am Montag letzter Woche jemandem ausgeliehen hat. Das ist wichtig.«

»Und wenn er nichts sagt? So wie gestern.«

»Dann kannst du ihn immer noch vorläufig festnehmen und ins Präsidium bringen lassen. Aber keine Sorge, der wird reden. Da bin ich mir sicher.«

Als sie mit Siegfried Frey zu dessen Büro ging, stand auf dem schmalen Flur eine aufgeregt und lautstark diskutierende Menschentraube. Sie erkannte Chanim Ostapenko, der sie erstaunt anstarrte.

»Chef, was ist denn los?«, fragte ein untersetzter Mittvierziger in einem abgetragenen blauen Overall.

»Nix«, antwortete Frey barsch. »Gehts an eure Arbeit. Die Versammlung ist beendet.«

Erschrocken wichen seine Mitarbeiter vor ihm zurück. Sie hatte Mühe, ihm, der nun den langen Gang voranstürmte, zu folgen.

Wieder war sie erstaunt, wie bequem es sich auf diesen hässlichen Besuchersesseln sitzen ließ. Frey beobachtete sie wachsam und skeptisch.

»Ich hoffe, Herr Frey, Sie sind gesprächiger, als Ihr Sohn es gestern war. Er wollte uns partout auf ein paar Fragen nicht antworten. Eigentlich hat er gar nichts gesagt. Nur mit seinem Anwalt gedroht.«

Freys Kommentar dazu war lediglich ein Verschränken der Arme auf Brusthöhe, eine Geste, die ihr vom gestrigen Besuch noch vertraut war. Fast hätte sie es ihm gleich getan. Aber nur fast. So lehnte sie sich betont entspannt in das weiche Leder des Sessels zurück und lächelte ihn aufmunternd an.

»Finden Sie es nicht merkwürdig, dass Ihr Fahrer umgebracht wurde, aber gleichzeitig von der Ladung nichts fehlte? Keine einzige Flasche Parfüm, nicht eine Schachtel Zigaretten.«

»Was heißt hier schon merkwürdig? Ich kann mir die ganze Sache sowieso nicht erklären.«

»Gut. Sie sagten bei unserem ersten Gespräch, dass Ihr Sohn die Geschäfte im Großen und Ganzen jetzt allein führt. Schließt das auch die Einstellungen und Entlassungen ein?«

Frey sah sie fragend an. Er war auf der Hut. Sie spürte, für ihn hatte dieses Gespräch nur einen Zweck: keinen Fehler zu machen, seinen Sohn nicht durch ein unbedachtes Wort zu belasten. Und das konnte jedes Wort sein. Egal was diese dauerlächelnde Kommissarin von ihm wissen wollte.

»Oder sind Sie so weit noch ins Tagesgeschäft involviert, dass Ihnen der Begriff Eingliederungszuschuss etwas sagt?«

»Ja, der Begriff sagt mir etwas.«

»Dann wissen Sie vielleicht auch, dass Ihre Spedition für die Herren Ostapenko und Shengali dieses«, sie suchte nach einem passenden, also leicht vorwurfsvollen Ersatz für den neutral-amtlichen Begriff, »Kopfgeld von der Agentur für Arbeit erhalten hat, damit Sie sie einstellen. Jeweils sechs Monate den vollen Lohn für zwei Mitarbeiter. Macht zusammen vierundzwanzigtausend Euro. Eine stolze Summe, oder?«

Frey nickte vorsichtig. »Ja, das weiß ich.«

»Mal angenommen, Sie müssten Ostapenko und Shengali bewerten auf einer Skala von eins bis sechs, welche Noten bekämen sie von Ihnen?«

Wieder dieser stumme skeptische Blick. Auch sie sagte nichts, zum Warten entschlossen.

Nach einer langen Weile schien Frey seinen Widerstand so weit aufgegeben zu haben, dass er zumindest die letzte Frage beantworten wollte.

»Abdu war ein Glücksfall für uns, er würde von mir und bestimmt auch von meinem Sohn eine glatte Eins bekommen. Chanim ist auch sehr gut, vielleicht nicht so überragend wie Abdu. Er würde von mir eine Zwei kriegen, eine Zwei plus.«

»Aha. Zwei gute oder besser: sehr gute Mitarbeiter Ihrer Firma. Dann scheint sich ja die Investition des Steuerzahlers, der deren Bemühungen zur Arbeitsaufnahme mit immerhin achtundzwanzigtausend Euro subventioniert hat, gelohnt zu haben. Sie sind zufrieden mit Herrn Ostapenko beziehungsweise waren zufrieden mit Herrn Shengali?«

»Ja. Aber ich verstehe nicht, was das alles mit dem ...«

»Schön«, unterbrach sie ihn. »Dann allerdings verstehe ich eines nicht, Herr Frey. Da sind zwei Mitarbeiter, mit denen Sie rundum zufrieden sind, die die besten Noten von Ihnen bekommen, bessere als alle anderen Fahrer. Warum will man so jemanden wieder loswerden? Was ist der Grund, dass Sie Shengali kündigen wollten?«

Frey überlegte. Ihm war anzusehen, dass er soeben zwei Alternativen, eine so schäbig wie die andere, abwog. Sollte er so tun, als ob er davon nichts wüsste, oder sollte er die nackte Wahrheit wählen, die auf Außenstehende wie diese unbedarfte Kommissarin vielleicht einen herzlosen, nur auf den eigenen Vorteil bedachten Eindruck machen könnte? Er entschied sich für die Wahrheit.

»Wissen Sie, Frau Steiner, mein Geschäft hat sich in den letzten Jahren sehr verändert. Das ist unglaublich hart geworden. Vor allem für uns Mittelständler. Früher hatte man noch, wenn man anständig, fleißig und zuverlässig arbeitete, ein gesichertes Einkommen, sein geregeltes Auskommen. Aber dadurch, dass die Grenzen in ganz Europa gefallen sind, kann heutzutage jeder Hanswurst, der einen Lkw-Führerschein hat, Fuhrunternehmer oder Spediteur werden. Jeder! Freilich hatten wir es früher auch mit Mitbewerbern zu tun. Aber in einem anderen Rahmen als jetzt, wo die Konkurrenz so riesengroß ist und mit Dumpingpreisen auf den Markt drängt. Da müssen wir sehen, wo wir bleiben. Sonst gehen wir unter. Da können wir nicht immer auf die Gefühle unserer Mitarbeiter Rücksicht nehmen. So schwer mir das persönlich auch fällt.«

»Das verstehe ich. Aber was hat das mit der Kündigung zu tun?«, bohrte sie weiter.

Frey richtete sich in seinem Chefsessel kerzengerade auf und atmete tief durch. »Sehen Sie, wir geben diesen Leuten, die uns das Arbeitsamt schickt, eine Beschäftigung. Die sie woanders als Ausländer mit ihrer Unerfahrenheit, ihrem schlechten Deutsch, ihren mangelnden Ortskenntnissen wahrscheinlich gar nicht bekommen würden. Wir geben ihnen Arbeit und bezahlen sie auch anständig, nach Tarif. Achtzehn Monate lang, denn um die Eingliederungszuschüsse zu erhalten, muss man die Nachbeschäftigungspflicht einhalten. Das heißt: Man muss nach der bezuschussten Zeit noch sechs Monate den vollen Lohn aus eigener Tasche zahlen.«

»Und dann kriegt er die Kündigung. Nach dem Motto: Der Mohr hat seine Schuldigkeit getan, der Mohr kann gehen.« Freys weit hergeholte Erklärung für die geplante Entlassung hatte bei Paula Steiner ihren Zweck verfehlt. Sie war erbost und von Freys Kalkül angewidert.

»Nein, so ist es nicht«, widersprach Frey. »Wir lassen unsere Mitarbeiter nicht im Regen stehen. Wir bieten ihnen die Möglichkeit, jederzeit zu uns zurückzukehren. Sie müssen sich …«

»Wer ist ›sie‹?«, unterbrach sie ihn ungehalten. »Gibt es noch jemanden anderen außer Shengali, den Sie loswerden wollen?«

»Natürlich. Ostapenko hat von uns auch die Kündigung erhalten. Zeitgleich mit Shengali. Ich dachte, das wissen Sie.«

Sie starrte ihn an, aus unheilvoll zusammengekniffenen Augen. Am meisten erregte sie das »Natürlich«. Lapidarer konnte man die Überzeugung, auch moralisch im Recht zu sein, nicht ausdrücken. Sie schwieg. Was hätte sie diesem Monster auch Verletzendes an den Kopf werfen können, das ihn im Innersten treffen würde?

»Also, sie müssen sich lediglich drei Monate beim Arbeitsamt arbeitslos melden«, fuhr Frey fort, der ihr Schweigen gründlich missdeutete, »wo sie im Übrigen Arbeitslosengeld erhalten, also finanziell gut versorgt sind, dann können sie wieder bei uns anfangen. Zu denselben Konditionen.«

»Und diese Konditionen beinhalten auch die erneuten Eingliederungszuschüsse für Sie, oder?«

»Natürlich. Sonst könnten wir uns das ja gar nicht leisten. Das ist alles rechtens, da können Sie uns juristisch keinen Strick draus drehen.«

Sie hatte genug gehört. Und auch genug von diesem Menschen in seinem Chefsessel, von dessen weißem Haar, seiner gemütlichen grauen Strickjacke und der ausgebeulten Cordhose sie sich so hatte täuschen lassen. Das war kein Arbeitgeber alten Stils, der seinen Untergebenen gegenüber noch so etwas wie Wärme oder auch nur einen Funken Fürsorglichkeit empfand. Das war ein gefühlskalter, skrupelloser Unternehmer, dessen Handeln und Denken ausschließlich von den Prinzipien Geben und Nehmen geleitet wurde. Eine alte, hartherzige, verschrumpelte Krämerseele.

Ihre Abscheu vor Frey gewann durch ihre Enttäuschung noch an Schärfe. Hatte doch ihr größtes Unterpfand in diesem Fall, die Anzeigen und Gutscheine, sie nicht wie erhofft in die richtige Richtung geführt, sondern an das Ende einer Sackgasse, an dem sie nicht einmal mehr zum Wenden ansetzen konnte. Sie stand abrupt auf.

»Das, Herr Frey, obliegt auch nicht meinem Zuständigkeitsbereich. Ich habe einen Mord aufzuklären. Und ich bin sicher, der Wagen Ihres Sohnes respektive die Blutspuren darin werden mir da entscheidend weiterhelfen.«

Sie drehte sich um und verließ grußlos das Zimmer. Noch im Flur wählte sie die Handynummer von Eva Brunner.

»Ich bin mit Herrn Frey fertig. Wie schaut es bei Ihnen aus? Wie weit sind Sie und Heinrich?«

»Wir sind auch fertig. Wir warten auf dem Hof auf Sie.«

Auf der Fahrt ins Präsidium tauschten sie ihre gleichlautenden Vernehmungsergebnisse aus. Auch Frey junior hatte zugegeben, mit Shengali und Ostapenko über die Kündigung gesprochen und gleichzeitig eine erneute Einstellung nach der entsprechenden Wartefrist von drei Monaten in Aussicht gestellt zu haben. Allerdings hatte er sich im Gegensatz zu seinem Vater den Umweg über eine um Verständnis werbende Einleitung erspart. Die große Konkurrenz und die Dumpingpreise waren bei dem Juniorchef außen vor geblieben.

»Das ist doch eine Riesensauerei«, empörte sich Heinrich, der am Steuer saß. »Kaum ist das Fördergeld rum, sitzen sie wieder auf der Straße. Diese Menschen werden behandelt wie eine x-beliebige Ware.«

»Überrascht dich das? Das werden sie doch überall.«

»Nicht überall, Paula. Es gibt Nischen, wo es noch einigermaßen anständig zugeht. Wo die Menschen nicht ausschließlich nach ihrem Marktwert hin- und hergeschoben werden.«

»Und das wäre wo?«

»Bei uns zum Beispiel, bei der Polizei.«

»Na, ich weiß nicht. Wenn ich da an die Pläne eines gewissen Herrn Trommen denke ...«

Eva Brunner, die auf der Rückbank saß, beugte sich zu ihr vor. »Warum? Welche Pläne hat Herr Trommen?«

»Ach, nichts, was Sie betrifft. Aber was mich interessieren würde, Frau Brunner, welchen Stellenwert hat für Sie der Beruf, also Ihre Arbeit bei uns, bei der Polizei?«

»Den größten überhaupt«, kam es wie aus der Pistole geschossen. »Ich freue mich jeden Morgen, schon beim Aufstehen, auf meine Arbeit. Dass ich hierherkommen kann, dass ich die Kollegen treffe, die ja fast alle in Ordnung sind, dass ich was Sinnvolles tue, zusammen mit anderen, dass ich immer besser werde. Das alles. Ich bin manchmal richtig glücklich, wenn ich irgendwas Schwieriges herauskriege oder jemandem helfen kann. Wie zum Beispiel Ihnen, Frau Steiner.«

Sie sah zu Heinrich, der sich Mühe gab, sich das Lachen zu verbeißen. Sie jedoch konnte die junge Frau gut verstehen. Auch sie selbst war in den ersten fünf Jahren noch von dem Gedanken erfüllt gewesen, mit ihrer Arbeit entscheidend dazu beizutragen, dass die Menschen sicherer leben konnten. Dieser Glaube war ihr in letzter Zeit abhandengekommen. Seitdem fehlte ihr auch das Glück der Arbeit, von dem Eva Brunner so glaubhaft wie verlockend gesprochen hatte.

»Und du, Heinrich? Wie wichtig ist dir dein Beruf?«

»Nicht annähernd so wichtig wie dir, Eva. Nicht annähernd. Ich könnte gut und jederzeit darauf verzichten. Aber ich habe nun mal keinen reichen Erbonkel, sondern nur eine alte Oma mit einer mickrigen Rente. Also bleibt mir gar nichts anderes übrig, als zu arbeiten.« Diese Antwort kam unerwartet ernst, mit einem bitteren Beiklang.

»Ich habe vor Kurzem gelesen«, meldete sich daraufhin die Rückbank wieder zu Wort, »wer nie das rauschhafte Erlebnis von Gemeinschaft spürt, von Wertschöpfung und Wertschätzung, die jede Arbeit mit sich bringt, selbst die schlecht bezahlte oder mies angesehene, der ist eigentlich arm dran. Also ist Arbeit doch etwas ganz Wichtiges, Entscheidendes für jeden von uns. Wichtig für die innere Gesundheit und für die Seele.« Hier sprach offenkundig jemand, der das Pathos liebte.

»Das ist richtiger Quatsch«, widersprach Paula Steiner vergnügt, nachdem sie sich an ihren karg eingedeckten Frühstückstisch von heute Morgen erinnert hatte. »Theoretisches, hochgestochenes Blabla von irgendwelchen Schreiberlingen, Freiberuflern zumeist, die noch nie in einem Angestelltenverhältnis waren und keine Ahnung haben, was es bedeutet, jeden Tag irgendwo acht Stunden hintereinander absitzen zu müssen. Immer wieder, Woche für Woche, Monat um Monat, Jahr für Jahr. Bis man so alt ist, dass man gute Chancen hat, seine Rente gar nicht mehr zu erleben«, redete sie sich in Rage. »Wie man den Tag rumbringt, das ist Arbeit.«

Nach dieser Klarstellung herrschte betretene Stille auf dem Rück- und Fahrersitz. Erst als sie den Präsidiumshof überquerten, fragte sie Heinrich: »Du hast den Junior nicht mitgenommen?«

»Nein. Du hast doch selbst gesagt, ich soll ihn bloß dann festnehmen, wenn er nicht redet. Aber er hat ja geredet.«

»Ja. Das war auch vollkommen richtig. Und die andere Frage, was hat er dazu gesagt?«

»Welche andere Frage?«

»Ob er sein Auto am Montag vor einer Woche jemandem ausgeliehen hat.«

»Mensch, das hab ich vergessen.«

»Blöd. Na ja, er kommt morgen eh zu uns, da machen wir alles gleich in einem Abwasch.«

»Was unternehmen wir jetzt als Nächstes, Paula?«

»Nichts. Wir warten die Ergebnisse der Spurensicherung ab. Und Frau Brunner wird sich morgen um einen Haftbefehl für den Frey kümmern.«

»Dann kann ich ja Freys Alibi noch mal in aller Ruhe überprüfen.«

»Freilich. Was verstehst du unter ›in aller Ruhe‹?«

»Ich fahre nach Ansbach, zu diesem Großhändler, und sprech mit ihm persönlich.«

»Einverstanden. Nimm aber Frau Brunner mit. Damit sie auch mal das rauschhafte Erlebnis deiner Gesellschaft spürt.«

Nachdem sie ihr Büro für sich allein hatte, öffnete sie die Fensterflügel weit, setzte sich und legte die Füße auf die Heizrippen. Ihr Elan und ihre Zuversicht hatten sich verflüchtigt, genau wie jetzt die abgestandene Luft in ihrem Büro. Sie nahm das Mobilteil ihres Telefons in die Hand – und legte es wieder auf die Basis. Griff noch einmal zum Telefon und wählte dann die Nummer der Nürnberger Agentur für Arbeit. Eine zentrale Vermittlungsstelle meldete sich. Sie spulte ihren Text herunter – Name, Dienstgrad, Abschnitt, Fachdezernat – und verlangte in einem autoritären Befehlston, den sie sich im Umgang mit der Nürnberger Agentur für Arbeit mittlerweile angewöhnt hatte, augenblicklich mit der Teamleiterin Beatrice Entner verbunden zu werden. Es wirkte.

Nach ein paar ausgesucht höflichen Begrüßungsfloskeln erzählte sie der Teamleiterin von ihrem Gespräch mit Frey. Von der Möglichkeit Ostapenkos und Shengalis, nach drei Monaten Arbeitslosigkeit wieder zu der Spedition zurückzukehren. Wenn sie nur das richtige Geschenk mitbrachten, den Eingliederungszuschuss.

»Jetzt sagten Sie mir aber, dass die Firmen ein Vorbeschäftigungsverbot einhalten müssen. Das habe ich so verstanden, dass dieser Zuschuss nicht beliebig oft gewährt wird. Wie oft kann denn nun ein Arbeitsloser ihn beantragen?«

»Wenn sie die Anforderungen erfüllen, können unsere Kunden den EGZ immer wieder beantragen. Aber nicht für denselben Arbeitgeber. Der Arbeitnehmer darf in den letzten vier Jahren nicht mehr als drei Monate bei demselben Arbeitgeber beschäftigt gewesen sein. Dann würden wir ja der Gefahr Vorschub leisten, dass vorhandene Arbeitsverhältnisse in geförderte umgewandelt werden. So, wie Sie das beschrieben haben, geht es definitiv nicht. Und das wissen die Arbeitgeber auch. Das steht ja in allen Formularen, die sie ausfüllen müssen, um den EGZ zu erhalten. Wahrscheinlich meinte Herr Frey, dass er dann statt Shengali und Ostapenko zwei andere Kunden von uns beschäftigen würde. Dieses Wechselspiel ist zwar nicht in unserem Sinne, aber strafbar ist es so gesehen nicht.«

Nein, das meinte Herr Frey nicht. Herr Frey glaubte schon, was er ihr gegenüber gesagt hatte. Da war sie sich sicher. Sie dankte für die Auskünfte und hängte ein.

Oder hatte Frey sie doch angelogen? Um vor ihr ein besseres Bild abzugeben, das Bild des fürsorglichen Unternehmers, der seine »Mitarbeiter nicht im Regen stehen« lässt? Nein, in diesem Punkt war er ehrlich gewesen. Ehrlich und auf eine fast schon liebenswerte Weise naiv und dumm. Sie griff erneut zum Telefon.

»Steiner hier. Herr Frey, eine kleine nachträgliche Korrektur zu unserem Gespräch vorhin: Das Mohr-Prinzip gilt doch, auch in Ihrem Betrieb. Sie täuschen sich. Shengali und Ostapenko hätten nach ihrer Entlassung nicht einfach nach drei Monaten wieder bei Ihnen anfangen können. Zwischen Aus- und Einstellung müssen nämlich mindestens vier Jahre liegen. Aber ich darf Sie gleichzeitig beruhigen: Das Kopfgeld kriegen Sie auch weiterhin. Nur eben von anderen Mitarbeitern. Vielleicht diesmal keine Einser-Kandidaten, sondern zwei von der letzten Bank mit der Note mangelhaft bis ungenügend? Die brauchen ja schließlich auch eine Beschäftigung. Und die würden auch hervorragend zu Ihrem Saftladen passen, viel besser als Shengali und Ostapenko.«

Eine Weile war es stumm in der Leitung. Schließlich sagte Frey: »Das glaube ich Ihnen nicht. Joachim weiß da ganz genau Bescheid. Und er hat mir versichert, dass wir die beiden ganz schnell wieder bei uns …«

»Dann glauben Sie es halt nicht«, blaffte sie ihn an und hängte grußlos ein.

Das Telefonat hatte seinen Zweck erfüllt. Ihr war jetzt viel leichter zumute, die Wut über Frey war verflogen und der Ärger über ihre misslungene Strategie verraucht. Sie schloss die Fensterflügel, zog sich die Jacke über und ging heim.

Als sie ihre Wohnungstür aufsperrte, war es noch nicht einmal drei Uhr. Sie behielt die Jacke an, nahm den Autoschlüssel vom Schlüsselbrett und verließ die Wohnung wieder.

Nach einem Umweg ins Mögeldorfer Garten-Center stand sie eine Stunde später vor dem Häuschen ihrer Mutter. Diesmal war der Garten im Schlieffenweg verwaist. Kein Max, der sie schwanzwedelnd und überschwänglich begrüßte. Sie sah nach rechts. Das Aushubloch war noch immer leer und dunkel, auch die Bohnen waren nun abgeerntet, und die Astern wollten nicht blühen. Ein Garten, der den Großteil seines Charmes eingebüßt hatte, und das Mitte September. Sie klingelte. Kurze Zeit später stand ihre Mutter strahlend vor ihr, und Max sprang jauchzend an ihr hoch.

»Komm rein, Paula. Wir haben schon geheizt bei der Kälte jetzt draußen.«

Sie überreichte ihrer Mutter wortlos den Topf mit der prächtigen Salbeistaude, ging direkt ins Wohnzimmer und ließ sich der Länge nach auf das weiche taubenblaue Sofa fallen.

»Ist was? Geht's dir nicht gut?«, fragte Johanna Steiner besorgt. »Hast du wieder deine Migräne?«

»Nein, mir geht es gut. Ich wollte es einfach nur mal für einen kurzen Augenblick richtig gemütlich haben.« Sie machte Anstalten, sich aufzurichten. »Aber jetzt geht es schon wieder.«

Ihre Mutter drückte sie sanft aufs Sofa zurück. »Bleib liegen. Ich mach uns erst mal einen Salbeitee. Max, komm, lass das Paulchen in Ruhe. Die muss sich ausruhen.«

Als sie aufwachte, war es bereits nach sechs. Auf dem niedrigen Couchtisch vor ihr standen eine Teetasse, eine Thermoskanne und ein Teller mit zwei Fleischsalat-Brötchenhälften. Sie sah zu ihrer Mutter, die an dem großen runden Esstisch eine Patience legte.

»Da hast du dir ja einen zauberhaften Gast eingefangen. Kommt rein, legt sich aufs Sofa und schläft einfach zwei Stunden durch.«

»Das macht doch nichts. Dann brauchst du diesen Schlaf auch. Geht es dir wirklich gut? Du schaust so müde aus.«

»Ach, mir macht mein Fall derzeit zu schaffen. Also nicht der Fall selbst, sondern das Drumherum. Da gibt es Leute, die wollen nichts anderes als arbeiten und machen alles, nur damit sie ihren Job nicht verlieren. Und auf der anderen Seite gibt es Arbeitgeber, die ihre Mitarbeiter umeinanderschubsen, wie es ihnen gerade in den Kram passt. Ein Geschacher ist das, widerlich.« Sie schenkte sich Tee ein und biss in die Fleischsalatsemmel.

»Aber Paula, das war doch schon immer so. Dass gute Arbeit meist nicht geschätzt und anerkannt wird. Da hat sich nichts geändert.«

»Doch, das ist schon anders geworden, schlimmer. Mal eine andere Frage: Hast du eigentlich gern gearbeitet?«

»Was heißt hier: hast?«, fragte Johanna entrüstet zurück. »Meinst du, der Tee macht sich von selbst? Oder der Fleischsalat kommt hier reingeflogen wie die Tauben im Märchen? Außerdem wasche ich jeden Tag ab, jeden Tag, der Eingangsbereich wird auch täglich von mir staubgesaugt, schon allein wegen dem Maxl, der immer Dreck reinträgt, dann die Wäsche, das will alles ...«

»Ja, Mama, das ist eh klar. Das meine ich nicht. Ich meine die Arbeit im Beruf. Hat die dir Spaß gemacht?«

»Am Anfang schon. Es ist aber mit der Zeit immer weniger geworden. Außerdem sind all die Kollegen nach und nach gegangen, mit denen ich gut ausgekommen bin. Am Schluss waren nur noch zwei, drei da, die in Ordnung waren, die anderen konnte man vergessen. Auf jeden Fall war es die letzten Jahre nur noch eine Quälerei für mich. Ich war dann gottfroh, als mein letzter Arbeitstag gekommen war und ich nicht mehr in dieses blöde Büro, zu diesem ganzen Papierkram gehen musste. Die Arbeit selbst hat mich die letzten Jahre regelrecht angewidert. Aber du in deinem Alter kannst das bestimmt nicht verstehen, du bist sicher froh, dass du eine Arbeit hast und dann auch so nette Kollegen wie diesen Heinrich, gell? Schließlich machst du ja auch was Sinnvolles. Oder?«

»Also, ich weiß nicht, was daran sinnvoll sein soll, immer die zu sein, die zu spät kommt. Wenn alles schon passiert ist. Die Toten vor einem liegen.« Sie verschränkte die Arme hinter dem Kopf. »Ich glaube, ich schlafe heute bei dir, wenn du nichts dagegen hast.«

»Was soll ich dagegen haben, Paula? Max und ich freuen uns immer, wenn du kommst. Je länger, je lieber. Gell, Maxl?«

Der Rauhaardackel bestätigte das auf seine Weise. Er sprang aufs Sofa, mitten auf ihren Schoß, stützte sich mit den Vorderpfoten auf ihrer Brust ab und schleckte ihr übers Gesicht.

»Kann ich gleich auf dem Sofa bleiben? Es ist hier so gemütlich.«

»Ja, wenn du möchtest. Dann bring ich dir aber das Federbett. Und einen Schlafanzug. Weil nachts ist es mittlerweile doch recht frisch.«

Ihre Trutzburg, das taubenblaue Sofa, verließ sie an diesem Abend nur mehr zweimal. Einmal, um auf die Toilette zu gehen, und das andere Mal, um in den Schlafanzug zu schlüpfen. Ansonsten verbrachte sie die Zeit damit, ihrer Mutter bei deren allabendlichen Verrichtungen zuzusehen. Da musste die so wichtige, zumindest *eine warme Mahlzeit des Tages*, und wenn es nur eine Suppe war, zubereitet, der Couchtisch eingedeckt und das Geschirr wieder abgetragen werden, der Abwasch erledigt sein, der Hund zur letzten Gassirunde hinausgeführt, danach mit dem Frotteetuch sorgfältig abgetrocknet und ausgiebig gestreichelt werden; die Nachrichten wollten gesehen, die Zähne geputzt und das Gesicht mit kaltem Wasser gewaschen werden. Schließlich der letzte Kontrollgang des Tages: Ist die Haustür zugesperrt, hat das Maxl noch genügend Wasser, sind alle elektrischen Geräte ausgeschaltet, die Fenster zu, die Betten aufgeschüttelt, stehen Wasserflasche und Trinkglas griffbereit auf dem Nachtkästchen?

Und als schließlich die Lichter auch im Wohnzimmer ausgingen, dachte sie wehmütig: Was für ein behagliches, überschaubares, kleines Leben! Beneidenswert. In diesem Moment freute sie sich auf die Rente und ihr Dasein als Seniorin. Auf die Vorstellung, es dann ihrer Mutter in allem gleich zu tun. Bevor sie ausrechnen konnte, wie viele Jahre sie bis dahin der Wertschöpfung noch dienen und sehen musste, wie sie ihre Tage irgendwie rumbrachte, war sie auch schon eingeschlafen.

8

Am nächsten Morgen wachte sie um kurz vor halb acht Uhr durch einen leichten Druck in der Magengegend auf. Sie schlug die Augen auf. Max stand über ihr, mit feuchtem Fell, und lachte sie an. Sie kraulte ihn hinter beiden Ohren.

»Paula, bleib liegen, das Frühstück kommt gleich. Ich muss nur noch die Eier abschrecken«, klang es verheißungsvoll aus der Küche.

Wenige Minuten später war ein opulentes Frühstück auf dem Couchtisch vor dem Sofa angerichtet. Mit Müslischale, dampfendem Kaffee, Milchkännchen, Butterbrot, Fünf-Minuten-Ei, Salz und einer Untertasse klein geschnittener Apfelschnitze. Sie ließ sich Zeit, das alles in der vorherbestimmten Reihenfolge zu verzehren. Satt und gut gelaunt verließ sie eine Stunde später den Schlieffenweg mit dem Versprechen, bald mal wieder auf einen so gemütlichen Abend vorbeizusehen.

Am Vestnertorgraben parkte sie den BMW und ging zu Fuß ohne Hast zum Jakobsplatz. Es war halb zehn, als sie die Tür zu ihrem Büro öffnete.

»Du bist aber heute spät dran«, sagte Heinrich statt einer Begrüßung.

»Ja, das ist richtig. Guten Morgen, Frau Brunner, guten Morgen, Heinrich«, entgegnete sie.

»Die ersten Ergebnisse von der Untersuchung des Crossfire sind schon da. Müdsam hat gerade angerufen. Shengali wurde tatsächlich in Freys Auto spazieren gefahren. Ob er darin auch gestorben ist, konnte Müdsam noch nicht mit Gewissheit sagen. Er meinte aber, das liege nahe. Aber dass Shengali wahnsinnig viel Blut verloren hat, darin ist er sich sicher. Und dass der Chrysler gereinigt wurde, und zwar nach allen Regeln der Kunst, darin ist er sich auch sicher. Diese Spezialreinigung hat der Täter allerdings vergebens machen lassen, denn aus dem Leder kriegst du Blut so nicht heraus. Das wäre auch noch nach Jahren erkennbar, sagt Müdsam. Den Untersuchungsbericht schickt er, sobald alles abgeschlossen ist. Oder brauchst du den schon vorher?«

»Nein, den brauchen wir vorerst nicht. Und sonst, wie schaut es beispielsweise mit Fingerabdrücken aus, hat Frieder dazu etwas gesagt?«

»Nein, darüber machen sich jetzt unsere Kriminaltechniker her.«

»Gut. Dann werden wir den bösen Onkel doch früher zu uns bitten müssen. Ach, Heinrich, du warst doch gestern mit Frau Brunner in Ansbach, hat das was Neues gebracht?«

»Nein, das hätte ich dir schon erzählt. Der hat wirklich ein klasse Alibi. Zumindest für die Tatzeit. Trotzdem lügt er.«

»Ja, das glaube ich auch. Und darum lassen wir ihn jetzt festnehmen. Frau Brunner, besorgen Sie uns einen Haftbefehl für Frey junior.«

In diesem Moment ging die Tür auf, und Sandra Reußinger, heute streng und keusch in weißer Maggie-Thatcher-Rüschen-Bluse und damenhaftem, schmalem schwarzem Wollrock, betrat das Zimmer. In der Hand trug sie einen der im Haus üblichen grauen Schnellhefter, den sie jetzt mit Schwung und offensichtlichem Vergnügen auf Paula Steiners Schreibtisch schleuderte.

»Da, diese Meldung haben wir soeben hereinbekommen. Kramer, Karsten, der gehört doch zu Ihrem Fall Shengali. Kümmern Sie sich drum.«

Schlagartig, mit dem Auftreten dieser Möchtegern-Gutsherrin, die Arbeit an ihre Untergebenen verteilt, hatte Paula Steiner all ihre gute Laune eingebüßt, sodass nicht einmal mehr ein kleiner Rest davon übrig war, der zu einer ironischen Replik ausgereicht hätte.

»Das sagt wer?«

»Das sage ich«, antwortete mit einem aufgesetzten Lächeln die Chefsekretärin und verließ das Zimmer.

Sie starrte auf den Schnellhefter, sah zu Heinrich, der mit den Achseln zuckte, dann zu Eva Brunner, die geschäftig in ihren Papieren kramte, packte das graue Kartonbündel und machte sich auf den Weg in die Teppichetage.

Im Polizeipräsidium war soeben, ohne dass es jemand wissen

konnte, ein Sprengsatz gezündet worden. Die Lunte brannte bereits, und sie war so lang wie der Weg von Paula Steiners Büro zu Kriminaloberrat Fleischmanns Vorzimmer.

Dort blieb sie stehen und klopfte an die Tür. Geduldig wartete sie, bis das Herein erklang. Neben Sandra Reußinger standen Jörg Trommen und dessen willfährigster Mitarbeiter Winkler, das Trio infernale. Die zwei anderen Herren kannte sie nicht, wahrscheinlich Besuch für Fleischmann.

Sie grüßte freundlich in die Runde und sprach dann die denkwürdigen Worte, die hausintern bald zu einer stehenden Redewendung werden sollten: »Wenn Sie dereinst einmal Leitender Kriminaldirektor sind, Frau Reußinger, woran ich meine Zweifel habe, dann können Sie mir gern und jederzeit Arbeit geben. Wenn ich dann noch da bin. Vorerst geht das nicht. Denn vorerst haben Sie dafür den Arsch zu weit unten. Und zwar entschieden zu weit unten.«

Sie drückte der verdatterten Sekretärin, auf deren Gesicht sich eine flammende Röte kinnaufwärts ausbreitete, den Schnellhefter in die Hand, grüßte, drehte sich um und ging – noch immer ruhig und beherrscht – aus dem Zimmer.

Draußen atmete sie tief durch, kehrte in ihr Büro zurück und wartete. Sie musste nicht lange warten. Eine Viertelstunde später stand Fleischmann in ihrem Zimmer, den grauen Schnellhefter im Arm. Er lächelte sie an.

»Frau Brunner, Herr Bartels, wenn Sie so freundlich wären, uns mal eine halbe Stunde allein zu lassen, bitte? Ich habe mit Frau Steiner etwas Wichtiges zu bereden.«

Sie wollte widersprechen, aber da waren Heinrich und die Anwärterin der Bitte des Kriminaloberrats bereits nachgekommen und nach draußen geeilt.

Fleischmann setzte sich und schwieg. Sie sah ihn ernst an und überlegte. Sie würde sich eine Abmahnung nicht gefallen lassen, unter keinen Umständen. Aber was, wenn er ihr fristlos kündigte? Was würde dann aus ihr? Ein Fall für das Arbeitsamt, ein gefundenes Fressen für die Teamleiterin B. Entner. War sie zu weit gegangen? Nein. Sie war sich keiner Schuld bewusst. Sie würde nichts davon zurücknehmen, kein einziges Wort. Sie würde sich auch nicht auf eine Pro-forma-Entschuldigung einlassen, sie nicht. Sie war im Recht. Oder? Wenn Fleischmann sie darum bat, vielleicht sollte sie dann besser nachgeben? Nein, auf keinen Fall. Ihr Entschluss stand fest.

»Ich muss mich für meine Sekretärin entschuldigen. Es tut mir sehr leid, dass Frau Reußinger sich Ihnen gegenüber so ungebührlich benommen hat. Derlei Kompetenzüberschreitungen sind sonst gar nicht ihre Art. Natürlich geht es nicht an, dass meine Sekretärin die Arbeit verteilt. Auch von meiner Seite aus gesehen ist das ein Ding der Unmöglichkeit. Ich habe mit ihr bereits darüber gesprochen, und ich denke, sie hat eingesehen, dass sie zu weit gegangen ist. So etwas wird sich nicht wiederholen, das verspreche ich Ihnen. Nehmen Sie meine Entschuldigung an?«

»Das kann ich nicht, Herr Fleischmann. Sie tragen ja keine Schuld an dieser Sache. Entschuldigen kann sich immer nur der, der Schuld hat. Sonst hätte der Begriff des Entschuldigens, also des Freimachens von Schuld, ja keinen Sinn.«

»Ach«, rief der Kriminaloberrat aus, »natürlich, ich hatte jetzt doch tatsächlich vergessen, dass Sie eine Frau mit Grundsätzen sind.«

Sie nickte mit einem versuchsweisen Lächeln. »Genauso ist es. Aber ich könnte die Geschichte vergessen. Damit wäre Ihnen und übrigens auch mir geholfen. Oder sehen Sie das anders?«

»Gut, dann vergessen wir beide diese Angelegenheit. Vorerst. Nun zu etwas anderem: Dieser«, er sah in seine Unterlagen, »Karsten Kramer wurde heute Morgen, vor einer knappen Stunde, von seiner Sekretärin ermordet aufgefunden. Da Sie mit ihm schon im Fall Shengali zu tun hatten, übergebe ich Ihnen auch diesen Fall. Oder sind Sie mit Ihrer zweieinhalb Mann starken Kommission damit überfordert? Soll ich Ihnen noch jemanden aus Perras' Sachbereich dazugeben?«

»Nein«, antwortete sie schnell, »das braucht es nicht.«

Er legte den Schnellhefter behutsam auf ihren Schreibtisch. »Gut, dann kümmern Sie sich jetzt vorrangig um diesen Kramer. Und wenn Sie irgendwann einmal eine ruhige Minute haben, möchte ich einen Bericht über den aktuellen Ermittlungsstand.

Mündlich oder schriftlich, was Ihnen lieber ist. Wobei … Nein, ich brauche einen schriftlichen Bericht. Einen von jener Sorte, den man auch an höchster Stelle vorzeigen kann. Darin dürfen Sie dann auch gern dieses Wischiwaschi von der Montagskonferenz wiederholen, das wäre in meinem Sinne. Sie wissen schon, Analyse der komplexen Motivstruktur, die zahlreichen Zeugenbefragungen, die interessanten neuen Aspekte und so weiter und so fort.«

An der Tür drehte er sich noch einmal um. »Sie haben Ihre Position Frau Reußinger gegenüber mit sehr harten unmissverständlichen Worten geklärt. Ich an Ihrer Stelle hätte mich vielleicht ein wenig dezenter ausgedrückt. Aber jetzt im Nachhinein denke ich, Ihre Version war die nachhaltigere und damit auch bessere. Zumal in dieser besonderen Konstellation. Zumindest Frau Reußinger hat schon mal eingesehen, dass sie falsch gehandelt hat. Und ich bin guter Hoffnung, das auch Kommissionsleiter Trommen aus Ihrem Auftritt eine wichtige Lehre gezogen hat.«

Also waren die »Bestrebungen« noch im Gang, mit offenem Ende. Sie stand auf, um nach Heinrich und Frau Brunner zu suchen. Sie fand beide in der Teeküche.

»Und, was ist?«, fragte Heinrich.

»Es ist, dass ich von unserem Chef einen neuen Fall übertragen bekommen habe. Den ich auch angenommen habe, weil er zu unserem anderen Fall passt. Dieser Kramer ist in seinem Büro ermordet worden. Ich fahre jetzt dahin. Mit dir, Heinrich. Und Sie, Frau Brunner, werden sich um die Verhaftung von Frey kümmern.«

»Allein?«

»Nein, natürlich nicht. Nehmen Sie zwei Kollegen von der Schutzpolizei mit. Meinetwegen auch vier. Je mehr Uniformierte und Einsatzwagen da auf dem Hof rumstehen, desto besser.«

»Und wenn er nicht da ist?«

»Dann warten Sie auf ihn. Die von der Spedition sollen ihn anrufen, dass er umgehend in der Donaustraße zu erscheinen hat. Ansonsten schreiben Sie ihn zur Fahndung aus. So, auf geht's.«

Auf der Fahrt fragte Heinrich sie: »Und was hat Fleischmann zum Fall Reußinger gesagt?«

»Er hat sich bei mir entschuldigt. Für sie.«

»Das ist doch gut. Dann kannst du doch zufrieden sein.«

»Könnte ich. Bin ich aber nicht. Weil das nur eine kleine, unbedeutende Schlacht war, die wir gewonnen haben. Bei der großen Schlacht, den sogenannten ›Bestrebungen‹, du weißt schon, ist alles noch offen.«

Als sie den Lift zur Agentur hinauffuhren, sagte Heinrich: »Ich bin überzeugt, die beiden Fälle Shengali und Kramer haben miteinander zu tun. Und trotzdem kann ich mir im Moment nicht vorstellen, wie.«

»Mir geht es genauso, Heinrich. Aber das werden wir bald herausfinden. Beziehungsweise das müssen wir, damit wir auch unsere große Schlacht erfolgreich schlagen können.«

Oben an der Tür stand ein großer Polizist, der sie sofort in den Vorraum einließ. In einem der beiden Besuchersessel saß Frau Bernreuther, verstört und stumm. Die Assistentin schien sie nicht zu erkennen. Sie reichte ihr die Hand, die unberührt blieb.

»Frau Bernreuther, geht es Ihnen so weit einigermaßen oder fühlen Sie sich schlecht?« Keine Reaktion.

»Ist der Notarzt noch da?«, fragte sie Klaus Dennerlein, der soeben aus Kramers Büro trat. Dennerlein schüttelte den Kopf.

»Irgendjemand muss sich um Frau Bernreuther kümmern. Ich fürchte, die kippt uns gleich um.«

»Das soll der Grath machen, der wartet eh auf dich.« Dennerlein rief in das Büro: »Herr Dr. Grath, kommen Sie mal bitte. Sie werden hier gebraucht.«

»Müdsam ist heute wohl nicht da?«, fragte sie leise.

»Nein, leider«, entgegnete der Kriminaltechniker im Flüsterton, »der hat seinen freien Tag.«

Auch sie bedauerte das. Grath fehlte es als stellvertretendem Leiter der Rechtsmedizin an Anerkennung und vor allem an Selbstbewusstsein. Beides glich er durch eine manchmal schon widerwärtige Arroganz aus. Er nutzte seine Anwesenheit am Tatort gern, um sein Wissen den anderen Einsatzkräften in einem unverständlichen Fachchinesisch unter die Nase zu reiben. Das heißt: Er liebte es, sich verklausuliert und weitschweifig auszudrücken. Seine Einschätzungen waren genau wie seine Berichte mehr hinderlich als hilfreich. Sie würde ihn bitten, ihr den Bericht möglichst bald schriftlich zukommen zu lassen – und diesen dann von Frieder in verständliches Deutsch übersetzen lassen.

Als der Gerichtsmediziner an ihr vorbeieilte, nickte sie ihm kurz zu. Dann endlich folgte sie Heinrich, der bereits vorausgegangen war.

Noch immer schimmerten die alten Möbel in diesem sanften Rotbraun, auch hatten die Wände von ihrem vornehmen Taubenblau seit Montag nichts eingebüßt – und doch war von der besänftigenden Wirkung dieser kalkulierten Farbkomposition nichts mehr zu spüren. Kramers Büro bot jetzt ein ganz anderes Bild als das eines Chefzimmers in der Blütezeit des britischen Kolonialismus. Hier hatten in der Zwischenzeit aufständische Rebellen gewütet, ein Heer von Antikolonialisten. Regale und Stühle waren umgeworfen, Schubladen, Papiere und Aktenordner lagen kreuz und quer auf dem Parkettboden, der schwere Messing-Ventilator lag schief auf dem Schreibtisch und begrub den weinroten, verbeulten Laptop unter sich. Ein Ort der Verwüstung und der Raserei, hinter der sie den grenzenlosen Zorn des Täters erkannte.

Und vor dem Schreibtisch, auf dem Chefsessel, der ehemalige Leiter der Agentur Karsten Kramer, nach hinten gereckt, mit grausig verzerrten Gesichtszügen, halb geöffnetem Mund und weit aufgerissenen Augen. Augen so unterkühlt und von einem zarten Weiß-Blau wie der Grund eines finnischen Sees in einer bitterkalten Polarnacht. Eine blonde Strähne hing ihm über die schmale Nase bis auf das Kinn hinab. Paula widerstand der Versuchung, sie ihm aus dem Gesicht, nach hinten zu pusten. Sie beugte sich über ihn und sah die Würgemale an seinem Hals.

»Frau Bernreuther hat sich wieder beruhigt. Ich soll Sie fragen, ob sie Tee für alle aufsetzen soll.« Sie hatte Dr. Grath nicht kommen hören, der nun neben ihr stand.

»Also für mich nicht.«

»Für sie wäre es besser, sie hätte dann eine Beschäftigung. Das lenkt ab.«

»Ja, dann eben meinetwegen. Wenn Sie das für sinnvoll erachten …«

Grath gab einem herumstehenden Polizisten, der mitgehört hatte, ein Zeichen. »Sie werden es schon selbst gesehen haben, Frau Steiner«, sagte er dann, »der Mann ist erwürgt worden. Seine hervorstehenden Augen, die Würgemale am Hals, die Zyanose, also die bläuliche Verfärbung der Lippen, das aufgedunsene Gesicht mit den hyperämischen Partien, das sind die typischen postmortalen Anzeichen für diese Todesart. Sonst kann ich nicht viel sagen im Moment, dazu ist eine Obduktion erforderlich. Als Todeszeitpunkt würde ich auf gestern Abend zwischen zwanzig und einundzwanzig Uhr tippen. Aber wenn ich Sie noch auf ein Detail, vielleicht ein entscheidendes, aufmerksam machen darf: Der Ermordete hat sich gewehrt. Nicht mit Händen und Füßen. Mit dem Mund. Er muss den Täter gebissen haben. Hier«, Dr. Grath deutete mit der weiß behandschuhten rechten Hand auf Kramers Unterkiefer, »sehen Sie dieses Hautstück?« Dann schwieg er.

Nanu, heute kein Fachvortrag in verklausulierter medizinischer Terminologie, sondern eine einfache, auch für Laien sofort verständliche und kurze Diagnose. Und das alles in einem geradezu freundlichen, fast schon entgegenkommenden Ton. Sie registrierte, wie Heinrich, der Fotograf und auch Klaus Dennerlein in ihrer Arbeit innehielten. So als ob sie darauf warteten, dass das Unvermeidliche doch noch folgen würde. Es folgte aber nicht.

Sie ahnte den Grund für Graths Sinneswandel. Er war sicher in Trommens Antrag zu suchen, die Nürnberger Gerichtsmedizin künftig außen vor zu lassen. So hatte das »Quadratarschloch« doch noch etwas Hilfreiches bewirkt. Über Umwege zwar und ohne dass er das wollen konnte, aber auch hier zählte nur das Ergebnis. Und das war eindeutig positiv.

»Nein«, antwortete sie, »leider nicht, Dr. Grath. Ich sehe keinen Hautfetzen. Aber vielleicht muss man dafür das scharfe Auge eines Pathologen haben, das mir als einfacher Polizistin fehlt.« Diese Schmeichelei war ihre Art, sich bei dem Mediziner für sein heutiges zurückhaltendes Auftreten zu bedanken.

Grath hielt ihr eine Lupe hin. »Bitte. Vom rechten Eckzahn

hängt ein fast weißes Fitzelchen herab. Das ist kein Speiserest, das ist ein Stück Haut.«

Jetzt sah sie es auch. »Und von welchem Körperteil könnte das stammen, was meinen Sie?«

»Ich möchte mich hier und jetzt nicht gern festlegen …«

»Das verstehe ich. Aber Sie kennen ja meine Ungeduld, Herr Dr. Grath.« Sie lächelte ihn an. »Nur eine Vermutung Ihrerseits. Ich vergesse sie auch gleich wieder.«

Verschwörerisch beugte er sich zu ihr herab und flüsterte ihr zu: »Ich denke, dieses Hautstück stammt vom Arm oder aus dem Gesicht des Täters, vielleicht das Ohrläppchen. Das Opfer hat sich gewehrt, und bei dieser Todesart, würde ich sagen, liegen diese drei Partien nahe. Doch, wie gesagt, das sind nur Vermutungen.«

Sie lächelte ihn wieder an. »Ach, Sie haben jetzt was gesagt. Ich habe leider gar nichts verstanden, akustisch verstanden, meine ich.«

Sie kannte Grath nun seit zwanzig Jahren. Doch heute zeigte er ihr zum ersten Mal ein Mienenspiel, das er, nicht nur vor ihr, all diese zwanzig Jahre geheim gehalten hatte: ein Lächeln – oder besser: die Andeutung eines Lächelns. Es veränderte den steifen, arroganten Klugscheißer schlagartig. Hinter diesem feinen Schmunzeln trat ein freundlicher, intelligenter, ja, fast schon liebenswerter Mann zutage. Er sollte öfter lächeln. Es würde seinem Ego guttun. Und seiner Umwelt auch.

»Würde denn dieses Hautfitzelchen ausreichen, um …« Sie hatte zwar schon seitenlange Berichte über DNS-Vergleiche mehr überflogen als gelesen, die als Beweismittel dienten. Aber sie verstand weder, wie das alles vor sich ging, noch interessierte sie diese Art der Beweisführung. Sie wusste, es funktionierte, und man konnte damit Personen eindeutig identifizieren. Für alles Übrige gab es die Rechtsmediziner.

»Ja«, bestätigte Grath, »wenn Sie mir einen Verdächtigen bringen, kann ich ihn diesem Stück Haut eindeutig zuordnen oder ihn ausschließen.«

»Eine Bitte habe ich noch. Was steckt in seiner rechten Hosentasche? Könnten Sie das für mich herausziehen?«

Wortlos griff Grath in Kramers leicht gebeulte Tasche und

zog einen Geldbeutel, er schien aus echtem Krokoleder zu sein, vorsichtig an einer Ecke heraus. Dann noch einen Schlüssel mit einem großen Anhänger aus massivem Silber, der ein modernes Kreuz darstellte.

»Braucht ihr den?«, fragte sie Klaus, der sich zu ihnen gesellt hatte. Er nickte, steckte beide Fundstücke in einen Plastikbeutel und verstaute ihn in seinem Metallkoffer.

»Darf ich den Anhänger noch mal sehen?«

Bereitwillig öffnete Dennerlein seinen Metallkoffer und hielt ihr die Plastiktasche hin.

»Das ist doch ein Kruzifix«, murmelte sie, »ein christliches Symbol.« Dennerlein sah sie fragend an.

»Heinrich, schau mal, was wir hier haben. Gibt dir das zu denken?«

Bartels stieß einen leisen Pfiff aus. »Ja, hallo! Das ist doch schon mal besser als gar nichts.«

Sie teilte seine Meinung: Dieser Schlüsselanhänger war zumindest eine Möglichkeit, zwar nur eine winzig kleine, aber da sich die Taube auf dem Dach ihr nach wie vor nicht zeigte, musste sie eben mit diesem unscheinbaren Spatz in der Hand des Kriminaltechnikers vorliebnehmen. Das Kruzifix konnte nichts zu bedeuten haben. Oder alles Mögliche. Sie gab Dennerlein, der noch wartend vor ihr stand, das Fundstück zurück.

»Klaus, ich habe eine Bitte an dich. Seid ihr schon mit den Fingerabdrücken im Crossfire durch?«

Dennerlein schüttelte den Kopf. »Noch nicht ganz. Außerdem kam der Wagen ja frisch aus der Reinigung, ich glaube nicht, dass da viel zu holen ist.«

»Trotzdem. Bitte ganz genau durchchecken, vielleicht ist ja da doch was. Und wenn du etwas gefunden hast, bitte sofort Nachricht an mich. Wenn du das jetzt vorrangig behandeln könntest, würdest du mir und auch Heinrich einen großen Gefallen erweisen.«

Heinrich wiederholte ihre letzten Worte. »Einen sehr großen Gefallen. Wir brauchen so was momentan.«

Dennerlein nickte. »Natürlich mach ich das, wenn euch das so wichtig ist.«

Sie drehte sich zu Heinrich. »Ich denke, damit ist unsere Anwesenheit hier erledigt. Wir fahren jetzt zu Kramers Wohnung und schauen uns die mal in Ruhe an.«

Bevor sie gingen, flüsterte sie Grath noch zu: »Danke, Herr Doktor. Für alles. Und ich wäre Ihnen zu weiterem Dank verpflichtet, was in diesem Fall keine Plattitüde ist, wenn ich Ihren Bericht bald hätte. Unsere kleine Kommission hat nämlich derzeit ein wenig unter dem Geltungsdrang eines gewissen Kollegen zu leiden, dessen Name fast wie ein Musikinstrument klingt. Dieser Kollege macht bestimmt nicht vor unserer Bürotür halt. Der hat Ambitionen, die unter Umständen sogar bis in die Tetzelgasse reichen könnten.«

Als Antwort erhielt sie wieder diese mimische Rarität. Wenn er fleißig übt, wird sogar irgendwann ein ganz passabler Mensch aus ihm, dachte sie.

»Wegen mir können wir gehen«, sagte sie zu Heinrich, der die auf dem Boden verstreuten Papiere und Ordner musterte.

»Wegen mir auch. Um die Telefonliste kümmere ich mich, wenn wir wieder im Präsidium sind. Handy hat er keines gehabt, sagt seine Sekretärin. Glaubst du das? Ein privater Arbeitsvermittler muss doch immer erreichbar sein. Ich kann mir das nicht vorstellen.«

»Ich schon. Es würde zu ihm und zu all dem hier passen. Der hat sein Heil mehr in der Vergangenheit gesucht, in der guten alten Zeit.«

»Und der Laptop? Wie passt der in die gute alte Zeit?«

»Das war ein notwendiges Zugeständnis an die Gegenwart und an seinen Beruf. Hast du schon mit der Bernreuther gesprochen?«

»Ja, kurz. Sie war gestern nur am Vormittag da. Um halb eins ist sie gegangen. Ihr Chef hatte sie in der Früh angerufen und ihr das nahegelegt, sagte sie. Er brauche sie heute nicht mehr, Kunden erwarte er auch nicht, sie solle den Nachmittag freinehmen. Für sie hatte das ein wenig so geklungen, als wolle er selbst freinehmen, die Agentur nachmittags schließen.«

»Hast du auch nach der Terminverwaltung gefragt?«

»Hab ich. Die ist da«, Heinrich deutete auf den arg lädierten

Laptop unter dem Messingventilator, »drin. Und auf dem Computer der Bernreuther. Wobei ich nicht glaube, dass uns das groß weiterbringt.«

»Anschauen werden wir sie uns. So, und jetzt fahren wir zu Kramers Wohnung.«

Kramer wohnte in der Schmausenbuckstraße, mitten im betulichen Vorstadtviertel Mögeldorf im Südosten Nürnbergs. Hier war vorzugsweise das mittlere Management daheim, das in punkto Privatanschrift viel auf sich hielt, sich aber die wirklich hippen, da alteingesessenen Adressen wie Erlenstegen oder Ebensee noch nicht leisten konnte. Hier entspannten Besserverdiener von des Tages Müh, mit ihren schmucken Frauen, in schmucken Häusern mit viel Grün und den angesagten Automarken drum herum. Alles war neu, sauber, aufgeräumt. Und teuer.

»Sag mal, Heinrich, weißt du«, fragte sie ihren Kollegen, als sie die Ostendstraße entlangfuhren, »ob der Kramer Familie hatte?«

»Die Bernreuther hat nichts von einer Ehefrau oder Kindern erzählt.«

»Du hast nicht danach gefragt.«

»Nein. Ich habe vergessen, danach zu fragen.«

»Macht nichts.«

Sie genoss diese Fahrt und vor allem Heinrichs Anwesenheit. Es war wieder wie immer, wenn sie gemeinsam unterwegs waren. So ganz recht hatte Paul doch nicht. Arbeit konnte mehr sein, als nur den Tag irgendwie rumzubringen. Die soziale Komponente, dachte die ehemalige Soziologiestudentin, ist entscheidend. Wenn die Kollegen erträglich oder mehr noch: umgänglich und einem wohlgesonnen waren, dann konnte Arbeit sogar Vergnügen machen.

»Mensch«, Heinrich schlug verärgert aufs Lenkrad, »jetzt habe ich noch was vergessen, und zwar die Kollegen und unseren Schlüsseldienst in die Schmausenbuckstraße einzubestellen.«

»Vielleicht ist das gar nicht erforderlich. Vielleicht gibt es ja doch eine Ehefrau beziehungsweise eine Freundin. Oder einen Hauswart, der uns die Tür aufschließen kann. Die können wir immer noch hinbestellen. Das ist doch nicht tragisch, Herr Alzheimer.«

Sie hatten Kramers Adresse erreicht. Die riesige alte, dreigeschossige Villa lag tief in einem Garten versteckt. Er war gut gepflegt, wirkte aber langweilig. Hier und da ein paar Laubbäume, gestutzte Hecken, ansonsten nur Rasen. Neben der schweren handgeschmiedeten Gartenpforte mit den Lilienspitzen ein modernes Klingelschild mit drei Namen. Demnach lag Kramers Wohnung in der Beletage. Sie klingelte. Sofort schnappte die Tür auf. An der Haustür das zweite Klingelschild mit Gegensprechanlage. Auch hier sprang die Tür beim ersten Läuten auf. Eine breite Holztreppe führte sie in den ersten Stock.

Oben erwartete sie eine große, überschlanke Frau Anfang oder Mitte dreißig. Sie trug eine hellgrüne Seidenbluse und einen auberginefarbenen langen Rock, der über ihre ebenfalls aus auberginefarbenem handschuhweichen Leder gefertigten Stiefel fiel. Sie hatte fast taillenlanges schwarzes Haar, ein klassisch geschnittenes Gesicht und grüne Augen, die sich beim Anblick der beiden Kommissare überrascht weiteten. Sie hatte jemand anderes erwartet.

»Ja, bitte«, sagte sie völlig ausdruckslos, »was möchten Sie?«

Sie zeigte der kühlen, gepflegten Schönheit mit dem makellosen Make-up und dem starken tschechischen Akzent ihren Ausweis, den diese mit dem Satz kommentierte: »Herr Kramer ist nicht da.«

»Ja, das wissen wir. Das ist im Übrigen mein Kollege, Herr Bartels. Und Sie sind?«

»Die Freundin von Herrn Kramer.«

»Die doch bestimmt auch einen Namen hat. Oder?«

»Ich heiße Susanka Blahotova.« Noch immer machte die Frau keine Anstalten, sie in die Wohnung zu bitten.

»Dürfen wir hereinkommen?«

»Karsten möchte das nicht, dass Fremde in seine Wohnung kommen.«

Jetzt erst bemerkte sie den hellgrünen Lidstrich, der perfekt zu dem Farbton der Seidenbluse passte. Diese Frau war ein Gesamtkunstwerk, und dieses Kunstwerk musste jeden Tag aufs

Neue erschaffen werden. Sie fand das bewundernswert und auch ein wenig befremdend, wie jemand so etwas fertigbrachte. Noch befremdender allerdings fand sie es, wenn sich dieser Jemand die Mühe freiwillig zu machen schien.

»Herr Kramer ist letzte Nacht ermordet worden. Es spielt also keine Rolle mehr, was Herr Kramer möchte oder nicht möchte.«

Da war es für einen Moment um die Contenance dieser lebensgroßen Barbiepuppe geschehen. Susanka Blahotova murmelte etwas auf Tschechisch, richtete sich dann aber schnell wieder zu ihrer vollen beeindruckenden Größe auf und sagte: »Das glaube ich nicht. Gestern war er noch da.«

Langsam ging ihr die Geduld aus. »Und heute ist er tot. So, Frau Blahotova, jetzt zeigen Sie mir mal Ihren Ausweis oder Pass, und dann werden wir die Wohnung Ihres Freundes durchsuchen. Wenn Sie uns nicht stören, das heißt im Weg rumstehen, dürfen Sie gerne dableiben und dabei sein.«

Frau Blahotova überlegte. Paula Steiner sah ihr dabei zu. Verfolgte, wie das Gesamtkunstwerk so angestrengt nachdachte, dass dessen hübscher Kopf in Mitleidenschaft gezogen wurde: Sollte sie sich dieser kleinen und nachlässig gekleideten Polizistin fügen, oder sollte sie auf ihrem Hausrecht bestehen? Da ihr Kramer solche diffizilen Entscheidungen bislang offenbar abgenommen hatte und sie demzufolge überfordert war, wählte sie den einfachen Weg. Sie trat einen Schritt zur Seite und ließ die Polizisten eintreten.

»Bitte, kommen Sie herein. Ich werde nicht stören. Ich hole meinen Pass.«

Würdevoll und gemessenen Schrittes ging Susanka Blahotova voran. Nach kaum drei Metern blieb sie vor einem stabilen gläsernen Beistelltisch mit einem kleinen Ruck stehen, hob langsam die darauf mittig abgestellte auberginefarbene Handtasche hoch, öffnete den Reißverschluss in Zeitlupentempo, entnahm der Tasche ohne Hast einen Pass und reichte ihn Paula Steiner schließlich. Mit amtlichem Blick blätterte sie darin und fand schnell, was sie einzig und allein an diesem Reisepass interessierte: das Alter von Kramers Freundin. Sie war erst sechsundzwanzig Jahre alt.

Sie gab das Dokument mit ernster Miene an seine Eigentümerin zurück und sagte: »Bevor wir die Wohnung durchsuchen, hätte ich noch ein paar Fragen an Sie. Wo können wir uns setzen?«

Wortlos deutete Frau Blahotova auf die gegenüberliegende offene Tür. Sie betrat als Erste die große Halle, die noch größer wirkte, weil sie kaum möbliert war. Ein langes, modernes weißes Sofa, davor ein größerer Bruder des Dielentischchens, links und rechts zwei Designersessel, ebenfalls in Weiß, gegenüber an der weißen Wand ein riesiger Flachbildschirm, darunter wieder ein hoher Glastisch, auf dem ein natürlich weißer Plattenspieler in Klavierlack thronte. Rechts ein in die Wand eingelassener offener, leerer Kamin aus Stein, daneben ein schweres und unbenutzt wirkendes Kaminbesteck. Kein Bücherregal, kein Teppich auf dem weiß gekalkten Eichenparkett, kein Esstisch, keine Pflanze, kein Bild, nicht ein Gegenstand, der Persönlichkeit verbreitete oder auch nur andeutete, dass dieser Raum ab und an bewohnt wurde. Was sollten sie hier durchsuchen?

Sie setzte sich auf einen der Freischwinger, ihre Gastgeberin strich den Rock hinten glatt, bevor sie auf dem Sofa mit kerzengerader Haltung Platz nahm.

»Also, wie bereits gesagt, Herr Kramer wurde gestern Abend ermordet. In seinem Büro. Wann haben Sie ihn das letzte Mal gesehen?«

Sie holte ihren Notizblock aus ihrer Handtasche und kramte nach einem Stift, so als ob sie sich Notizen machen wollte. Frau Blahotova wartete, bis ihre Suche den gewünschten Erfolg zeigte. Nachdem sie das einzige Schreibutensil, das ihre Tasche momentan zu bieten hatte, einen stumpfen Bleistiftstummel, herausgezogen hatte, antwortete die Tschechin:

»Gestern um achtzehn Uhr.«

»Wie lange war er hier?«

»Den ganzen Nachmittag. Doch dann erhielt er einen Anruf von einem Bekannten, der ihn um Hilfe bat. Karsten musste noch einmal in die Firma. Er wollte gegen neun wieder da sein.«

»Aber er war um einundzwanzig Uhr nicht wieder da.«

»Nein.«

»Haben Sie sich da keine Sorgen gemacht? Ihm hätte doch etwas passiert sein können.«

»Doch, schon, natürlich habe ich mir Sorgen gemacht. Aber keine großen.«

»Dann ist es also öfter vorgekommen, dass Herr Kramer über Nacht ausblieb.«

»Nicht öfters, manchmal, selten. Immer wenn er arbeiten musste. Er schläft dann im Büro.«

»Haben Sie im Büro, nachdem Herr Kramer die Wohnung gestern verlassen hatte, angerufen?«

»Nein. Karsten wollte das nicht, dass ich in seinem Büro anrufe. Wenn er arbeitet, arbeitet er, sagte er, da wollte er von niemandem gestört werden.« Ihr Tonfall enthüllte, wie ungehörig, geradezu aufdringlich ein solches Benehmen auch in ihren Augen gewesen wäre.

»Arbeiten Sie auch, Frau Blahotova?«

»Ja, natürlich, ich bin Hausfrau. Ich halte Karstens Wohnung sauber.«

»Und darüber hinaus, haben Sie einen Beruf erlernt, mit dem sich Geld verdienen lässt?«

»Ja, ich habe einen Beruf. Aber ich muss kein Geld verdienen.«

Diese Antwort konnte alles und nichts bedeuten. Und obwohl Paula Steiner wusste, dass auch ihre nächste Frage keinen Erfolg haben würde, stellte sie sie. Nein, antwortete die Tschechin erwartungsgemäß, sie glaube nicht, dass ihr Freund Feinde hatte. Und nochmals nein, sie wisse nichts von Leuten, mit denen Karsten Streit hatte.

»Wo waren Sie gestern zwischen sieben und zehn Uhr abends?«

»Hier, in der Wohnung. Ich habe auf Karsten gewartet.«

»Allein, vermute ich.«

»Ja, ich war allein.«

Sie unterdrückte den Impuls zu fragen, was sie in dieser Wohnung mit ihrer kargen Einrichtung, die nur den notwendigsten Bedürfnissen Rechnung trug, denn die ganze Zeit gemacht, womit Susanka Blahotova sich den Abend über beschäftigt habe. Stattdessen musterte sie die Tschechin aufmerksam. Nein, das

Hautfitzelchen des Dr. Grath stammte, soweit sie es sehen konnte, nicht von der Sechsundzwanzigjährigen.

»Wohnte Herr Kramer hier zur Miete oder gehörte ihm die Wohnung?«

»Die Wohnung gehört ihm.«

»Jetzt erinnern Sie sich bitte an den Montag vor zehn Tagen. Wo war Herr Kramer an diesem Tag? Tagsüber wie üblich in seinem Büro und abends daheim? Oder war an diesem Tag etwas anders, ist er zum Beispiel früher oder später als sonst aus dem Haus gegangen?«

»Warum möchten Sie das wissen?«, lautete die schnelle und erstaunte Gegenfrage.

»Weil ich es eben wissen will«, antwortete sie mit einem angestrengten Lächeln.

»Am Montag vor einer Woche«, murmelte Susanka Blahotova. Nach langem Schweigen hellte sich ihre Miene erinnernd auf. »Karsten hatte am Abend eine wichtige Besprechung mit einem Kunden. Da war er nicht daheim.«

»Wann war er denn wieder hier?«

»Kurz nach Mitternacht.«

»Gut. Dann würden wir jetzt gern die übrigen Räume sehen.«

Der Rundgang begann in der Küche. Auch hier dominierte die Farbe Weiß, war aber nicht so ganz und gar allein auf sich gestellt wie im Wohnzimmer, sondern erhielt Gesellschaft von einem glänzenden Silbergrau. Der Herd, die Spüle, die offenen Regale, der Kühlschrank – alles aus blinkendem Edelstahl. Paula fühlte sich an Frieders großen Obduktionssaal erinnert.

Sie stellte sich gedanklich auf die nächste Station, das Schlafzimmer Kramers, ein: sicher ein weißes Doppelbett mit weißer Leinenbettwäsche, links und rechts ein Beistelltischchen aus Glas, schwere weiße Gardinen und ein riesiger weißer Einbaukleiderschrank. Ein weiterer aseptischer Raum, genauso unpersönlich wie das Wohnzimmer und die Küche.

Sie sollte in allem recht behalten. Bis auf eine Kleinigkeit. An einer Wand hing eine gläserne Konsole. Darauf stand als einziger Raumschmuck ein volkstümlicher kleiner Altar, aus Holz geschnitzt und sicherlich mehrere hundert Jahre alt. Die wurmstichige und fast farblose, verblichene Antiquität stammte, vermutete sie, aus einer ehemaligen Hauskapelle. Oder aus einer Wegkapelle, wie man sie früher am Straßenrand vielfach fand, vor allem in den katholischen Teilen Bayerns. Sie kannte sich bei Antiquitäten nicht aus, vermutete aber, dass es sich bei dieser Kreuzigungsgruppe um eine kleine Kostbarkeit handelte. Um eine risikofreie Wertanlage. Hier auf dieser massiven Glaskonsole hatte Kramer den Gegenwert eines Kleinwagens, neu, nicht gebraucht, deponiert. Aus dem Sockel waren drei Figuren mit faltenreichen Gewändern herausgeschnitzt, zwei weibliche und eine männliche. Sie hielten die zum Gebet zusammengelegten Hände in Demut zu einer Christusfigur, die an einem Kreuz hing, empor. Sie starrte auf die betenden Hände.

»Schön, nicht wahr?«, sagte Susanka Blahotova.

»Ja, sehr schön. Wissen Sie, wen diese Figuren darstellen sollen?«

»Das links ist die heilige Maria, in der Mitte Magdalena und rechts Johannes.«

»War Herr Kramer denn katholisch?«

»Ich glaube schon. Er sagte, er möchte das Schlafzimmer mit unserem Heiland«, Frau Blahotova zögerte einen Moment, bevor sie den Satz zu Ende führte, »aufpeppen.« Die Art und Weise, wie sie das letzte Wort aussprach, machte klar, dass sie das Motiv von Kramers Raumgestaltung für höchst zweifelhaft, ja, im Grunde für obszön hielt.

»Und Sie, sind Sie katholisch?«

»Natürlich. In meiner Familie sind alle katholisch.«

Paula Steiner verzichtete auf eine weitere Fortsetzung der Besichtigung. Sie hatte genug gesehen. Genug von der genormten, banalen, sterilen Eigentumswohnung dieses skrupellosen Spekulanten, der in allem ein Geschäft witterte – sogar im Leiden Christi. Der religiöse Volkskunst als Kosmetikum für sein Schlafzimmer missbrauchte. Ja, das war widerlich und obszön, stimmte die im lutherischen Glauben erzogene Paula Steiner der katholischen Tschechin stumm und empört zu. Doch da die Kommissarin schon von Berufs wegen regelmäßig mit den Schwächen der menschlichen Natur konfrontiert wurde, dauerte dieser Moment der moralischen Entrüstung nur kurz. Aber in seiner Flüchtigkeit doch lange genug, um dem kleinen Hausaltar mit den drei betenden Figuren noch ein paar Gedanken zu widmen.

Wer einem gekreuzigten Christus die Rolle des Aufpeppers für ein gespenstisches Schlafzimmer zuwies, brauchte nicht nur ein berechnendes Wesen und eine große Portion Selbstgefälligkeit, sondern vor allem ein eiskaltes Herz. War das nicht genau die Mischung, um einen gläubigen Moslem, der sich nicht mehr wehren konnte, mit dem christlichen Symbol des Trauerns ein letztes Mal zum Narren zu halten? Waren Kalkül, das Selbstverständnis als Kunstkenner und das Fehlen jedes Mitgefühls nicht die Grundvoraussetzungen für jenes falsche und böse Spiel, das der Mörder mit dem Leichnam vor dem Wasserwerk getrieben hatte? Sprach nicht aus der arrangierten Gestik der betenden Hände dieselbe anmaßende Häme wie aus dem Hausaltar in seiner Aufpepper-Funktion? Oder waren das nur Wunschgedanken einer Kommissarin, die bislang lediglich den Schatten eines winzigen Spätzchens gesehen hatte, von einer fetten, greifbaren Taube auf dem Dach ganz zu schweigen?

An der Wohnungstür drehte sie sich noch einmal um und überreichte Kramers Freundin ihre letzte, leicht angeschmutzte Visitenkarte. »Wenn Ihnen noch etwas einfällt, rufen Sie mich bitte an, Frau Blahotova. Was werden Sie jetzt machen? Werden Sie in Nürnberg bleiben?«

Die Tschechin sah sie entsetzt an, als sei sie eine Hausiererin, die ihr gerade fleischfarbene Unterwäsche aus hundert Prozent Synthetik andrehen wollte. »Nein, natürlich nicht. Ich werde nach Hause zurückfahren. Nach Prag. In meine Heimat.«

Als sie in den Wagen einstiegen, machte der bislang schweigsame Heinrich seiner Bewunderung Luft. »Mensch, hatte der Kramer ein Glück! Erst die fette Wohnung. Dann der Audi. Und noch so eine Super-Traumfrau dazu! Ich glaube, ich werde jetzt auch privater Arbeitsvermittler.«

»Du willst mir doch nicht ernsthaft sagen wollen, dass dich dieses langweilige Barbiepüppchen mit seinen roboterhaften Bewegungen und seinem sehr beschränkten Horizont irgendwie reizen könnte? Das kann ich mir nicht vorstellen. Was willst du denn mit der machen, Abend für Abend, Jahr für Jahr? Dich über dein Burn-out-Syndrom unterhalten oder eine gepflegte kunsthistorische Konversation über Dürers Mittlerrolle zwischen Spätgotik und Frührenaissance führen?«

»Natierlich nicht«, ahmte Heinrich den slawischen Akzent seiner Traumfrau nach, »ich mechte mit ihr gern machen, was man mit Barbiepuppen eben so macht – ich mechte mit ihr spielen. Abend für Abend, Jahr für Jahr.« Er lachte sie verschmitzt an.

Da musste auch sie lächeln. »No«, sagte sie, »da muss der kleine Ken aber erst noch viel Geld verdienen, damit das Püppchen umgekehrt auch mit ihm spielen mechte.«

Dann herrschte Schweigen im BMW. Sie dachte über das Gespräch mit Susanka Blahotova nach, das sie jetzt im Nachhinein seltsam berührte. Eine junge Frau, die ihr Leben ganz auf einen einzigen Menschen ausgerichtet hatte. Eine überaus attraktive Person, die die Tage damit verbrachte, sich und Kramers Wohnung zu pflegen. Und die Nächte damit, für ihn da zu sein oder auf ihn, der bei der Arbeit nicht gestört werden wollte, zu warten. Was für ein armseliges Dasein! Und jetzt, da ihre Dienste als Raumpflegerin und dekorativer Kleiderständer nicht mehr vonnöten waren, musste sie wie eine Tagelöhnerin die Stadt verlassen und dahin zurückkehren, woher sie gekommen war. »Nach Hause, in meine Heimat«, hatte sie gesagt. Das – und nicht die Reaktion auf die Nachricht vom Tod ihres Freundes – war der emotionalste Teil dieser knappen Unterhaltung gewesen.

Ja, es stimmt schon, dachte sie, Heimat entsteht erst dann, wenn wir nicht nur Zuschauer oder Besucher sind, sondern uns als Teil eines Ganzen verstehen, wenn wir an einer Entwicklung teilhaben. Wenn wir arbeiten. Darum war der Lkw-Fahrer Abdulaziz Shengali aus dem fernen Irak in Deutschland heimisch geworden, und darum fühlte sich die sechsundzwanzigjährige Susanka Blahotova aus dem nahen Tschechien hier immer noch als Fremde. In diesem Augenblick war sie froh, eine Arbeit zu haben. Auch wenn diese nun zum Spielball der Mächte zwischen Trommen, Bauerreiß und Fleischmann verkommen war.

»Und sonst, außer dass du jetzt deine Traumfrau gefunden hast, was hat diese Wohnungsbegehung noch für dich ergeben?«

»Nicht viel. Eigentlich nur diese angebliche Besprechung mit dem angeblichen Kunden am Montagabend. Aber selbst das muss nichts bedeuten.«

Sie hatte die Phantasie ihres Mitarbeiters, seine Fähigkeit zum Rumspintisieren, überschätzt. Sie war überzeugt gewesen, er würde ihr spätestens jetzt eine wort- und bilderreiche Verknüpfung zwischen Shengalis Händen und dem Schnitzwerk auf der Glaskonsole präsentieren. Aber anscheinend hatten sie beide in den letzten Tagen die Rollen gewechselt. Aus dem erfindungsreichen Heinrich mit seiner überschäumenden Vorstellungskraft war ein geerdeter Oberkommissar geworden, den nur mehr die Fakten interessierten, während sie zeitgleich von der bekennenden Realistin zur Traumtänzerin mutiert war, die zudem Gefallen an ihren abenteuerlichen Hirngespinsten fand. Sie überlegte, ob dieser Rollentausch eine Veränderung zum Guten oder eine zum Schlechten war, wusste aber keine Antwort darauf.

Schließlich überwand sie ihre Scheu, sich vor ihm lächerlich zu machen, und erzählte ihm von ihren Gedanken, die sie beim Anblick des kleinen Hausaltars überfallen hatten. Von dem übereinstimmenden Arrangementcharakter der Hände, von der skrupellosen Mischung aus Kalkül und Kaltherzigkeit, die für solche Art Komposition vonnöten war, und von der anmaßenden Häme, die daraus sprach. Da aber Paula Steiner auf dem Gebiet der metaphysischen Kombination noch sehr unerfahren war, schmückte sie ihre Rede mit etlichen einschränkenden Floskeln wie Möglich-wäre-es-doch, Könnte-es-nicht-sein, Ist-vielleicht-denkbar-oder?

Während ihres Kurzreferats hatte Heinrich beharrlich geschwiegen. Nun, nachdem sie geendet hatte, bedachte er sie mit einem langen stummen Blick aus zusammengekniffenen Augen. Dann endlich brach er sein Schweigen mit dem Satz: »Ja, möglich wäre es, dass Kramer Shengalis Mörder ist.«

Wieder zögerte er lange, bevor er weitersprach. »Ja, doch, das hat was. Aber was uns immer noch fehlt, ist ein Motiv. Oder hast du dazu auch schon eine Idee?

Sie schüttelte verneinend den Kopf.

»Wenn wir nämlich ein Motiv hätten, täten wir uns auch wesentlich leichter bei der Suche nach seinem Mörder, also nach Kramers Mörder. Vorausgesetzt, Kramer hat tatsächlich Shengali umgebracht.«

»Ja, da hast du recht. Das wäre dann kein Zufall, dass aus dem Täter kurze Zeit später das Opfer wird.«

Nach dieser Zustimmung verfiel Bartels erneut in grüblerisches Schweigen, um dann endgültig das Feld der metaphysischen Spekulation zu verlassen. »Du warst doch bislang der Meinung, es hat was mit diesen Zuschüssen und Prämien zu tun. Damit lässt sich ja ganz ordentlich Geld machen. Und Geld ist immer ein gutes Motiv.«

»Das ist schon richtig. Aber dafür ist es zu wenig Geld. Von solchen Vermittlungsprämien allein kann man sich nicht diese Wohnung leisten. Ich schätze, die hat so um die fünfhunderttausend Euro gekostet. Mindestens. Dazu kommen der Audi, die Miete für sein Büro, die Luxusfrau, der Hausaltar, die Einrichtung von Wohnung und Büro, die Assistentin und, und, und. Dafür allein hätte Kramer jeden Tag eine Vermittlungsprämie kassieren müssen, also richtig ackern müssen. Und diesen geschäftigen Eindruck hat er nicht auf mich gemacht. Wir brauchen die Kundenkartei, kümmerst du dich darum?«

»Ja, mache ich. Aber er hat doch gesagt, er hat geerbt?«

»Etwas, aber nicht viel. Die Anfangsjahre hat er als hart beschrieben.«

»Dann können wir die Gelder vom Arbeitsamt also wieder vergessen.«

»Nicht ganz. Ich glaube, die spielen auch eine Rolle dabei. Aber eine legale. Keiner hat ein Geheimnis daraus gemacht. Weder der Kramer noch die beiden Freys. Nur der Ostapenko wollte nicht, dass wir davon erfahren. Oh, den habe ich ja ganz vergessen. Wann, hat Frau Brunner gesagt, wollte der ins Präsidium kommen?«

»Ich glaube, erst am Freitag. Aber ich ruf mal an.«

Nach dem Telefonat bestätigte Heinrich seine Vermutung. »Ja, es war Freitag, gegen zwölf Uhr. Beim Frey hat die Eva übrigens nichts ausrichten können. Der große Auftritt mit unserer Trachtengruppe war vergebens. Der hat jetzt eine Auslandstour, irgendwo Richtung Osteuropa, erst morgen ist er wieder in Nürnberg. Morgen würde er dann auf jeden Fall zu uns ins Präsidium kommen, da können wir uns hundertprozentig auf ihn verlassen, hat er versichert. Sie hat mit ihm gesprochen. Und er sei sehr kooperativ und höflich gewesen, sagt sie. Ganz anders als gestern. Sie fragt, ob sie ihn trotzdem zur Fahndung ausschreiben soll.«

»Der hätte doch heute bei uns sowieso einen regulären Termin um drei Uhr nachmittags gehabt. Wie kann der da eine Fahrt annehmen – und eine ins Ausland noch dazu. Spinnt der? Freilich, Frau Brunner soll den zur Fahndung ausschreiben. Und zwar augenblicklich. Das habe ich ihr doch in aller Deutlichkeit gesagt, dass sie …«

»Aber, Paula, wozu? Der ist doch jetzt fein raus, er hat Shengali ja nicht umgebracht.«

»Shengali nicht, aber vielleicht jemand anderen? Und dann, kannst du mit hundertprozentiger Sicherheit ausschließen, ob sich Frey bei dieser Sache nicht mitschuldig gemacht hat? Schließlich haben wir allen Grund zu der Annahme, dass der tote Shengali in seinem Auto von Kinding nach Nürnberg gefahren wurde.«

»Du meinst, er ist Kramers Mörder?«

»Ich meine gar nichts. Aber wenn ich jemanden zu uns einbestelle, hat der pünktlich zu erscheinen. Aus, basta.«

»Also, dann sag ich der Eva das jetzt?«

»Das war doch jetzt hoffentlich eine Feststellung von dir und keine Frage?«

»Sei doch nicht immer so kratzbürstig, Paula. Manchmal hast du schon eine Art, dass man …«

»So, was für eine Art habe ich denn?«, fiel sie ihm gereizt ins Wort.

»Eine Art, dass man manchmal seine Zeit lieber im Krankenhaus verbringt als mit dir zusammen am Arbeitsplatz«, sagte Bartels so vorschnell wie aufrichtig.

Jetzt war es heraus und durch nichts mehr rückgängig zu machen. Das, wovor sich beide die vergangenen Tage erfolgreich gedrückt hatten. Obwohl sie es geahnt hatte, war sie von seiner Offenheit doch überrascht – und zutiefst verletzt. Sie merkte, wie ihr die Tränen hochstiegen. Angestrengt sah sie aus dem Fenster der Beifahrertür und sagte leise: »Fahr mal rechts ran. Wir müssen reden.«

Bei dem Hochhaus am Wöhrder See bog er ab und stellte den Wagen auf dem großen Parkplatz ab. Sie stieg aus und ging über die Wiese hinunter ans Ufer. Heinrich folgte ihr. Sie sagte nichts, sie starrte nur auf den weiten See.

»Manchmal«, hörte sie Heinrich hinter sich, »habe ich gesagt, *manchmal* hast du eine Art zum Davonlaufen. Manchmal bist du aber auch die nachsichtigste, herzlichste, liebenswürdigste Chefin, die man sich nur wünschen kann.«

Da endlich lösten sich die zwei Tränen, die in den Unterlidern in der Poleposition standen, und liefen ihr über die Wangen hinab.

»Und nur wegen dieser Paula Nummer zwei bin ich auch zurückgekommen. Nicht wegen deiner Drohung, mich in die Pressestelle versetzen zu lassen. Wo sie angeblich immer Leute suchen, wo sie tatsächlich aber im Moment so gar keinen Bedarf an neuen Mitarbeitern haben, dass sie schon den Nierlinger wieder ins Dezernat 4 zurückbeordert haben.« Sie hörte, wie er, der noch immer hinter ihr stand, bei diesem letzten Satz schmunzelte.

Als sie sich wieder im Griff hatte, drehte sie sich zu ihm um und sagte: »Du täuschst dich. In der Pressestelle brauchen sie immer jemanden. Das ist wahr und richtig. So wahr wie das Burnout-Syndrom und so richtig wie die schlimmen inneren Verletzungen eines gewissen Heinrich Bartels, der im Übrigen nicht nur hochintelligent und phantasiebegabt ist, sondern auch mein liebster Kollege.«

Statt einer Antwort fragte Heinrich nur: »Haben wir jetzt ausgeredet?«

»Ich finde, schon. Oder hast du mir noch was zu sagen, was ich wissen sollte?«

»Im Augenblick nicht.«

Sie war erleichtert. Und nahm sich vor, künftig mehr auf die Gefühle ihrer beiden Mitarbeiter, des alten wie der neuen, zu achten. Denn im Grunde wusste sie, dass Heinrich recht hatte.

»Was würdest du denn an meiner Stelle machen, den Frey ausschreiben oder nicht?«

»Heute noch nicht. Wenn er morgen nicht da ist, lassen wir ihn suchen. Das würde ich«, die Betonung lag ganz auf dem Pronomen, »an deiner Stelle machen.«

»Gut, dann würde ich das auch so machen.«

Die restliche Fahrstrecke herrschte ein Einvernehmen zwischen Fahrer und Beifahrerin, das keine Worte brauchte. Es war still im BMW. So still wie nach einem lange erwarteten Gewitter, das sich endlich mit aller Kraft entladen und dabei sämtlichen Schmutz und Dreck in der Luft mit sich gerissen hat.

9

Als sie wenig später ihr Büro betrat, klingelte gerade ihr Telefon. Eva Brunner nahm ab und reichte dann den Hörer an sie weiter.

»Hier Blahotova Susanka. Sie hatten doch gesagt, ich darf mich bei Ihnen melden.«

»Ja, natürlich, gerne sogar. Was ist Ihnen denn in der Zwischenzeit eingefallen?«

»Mir ist nichts eingefallen, aber aufgefallen ist mir«, antwortete die Tschechin ungewohnt schnell und mit vorwurfsvollem Ton, »dass jemand meine Schlüssel gestohlen hat.«

»Welche Schlüssel?«, fragte sie verwundert nach.

»Die Autoschlüssel für den Audi.«

»Ach so, die. Die sind nicht gestohlen, die Schlüssel für den Audi hat die Polizei sichergestellt. Wo sind Sie denn jetzt?«

»Oben in Karstens Büro. Aber der Audi steht doch unten in der Tiefgarage. Wann kriege ich die Schlüssel wieder?«

»Vorerst nicht. Genauso wenig wie den Wagen selbst. Der bleibt so lange in Verwahrsam, bis der Fall abgeschlossen ist.«

»Wie lange wird das dauern?«

»Sehr, sehr lange. Wochen, vielleicht Monate. Brauchen Sie denn momentan das Auto so dringend? Haben Sie keinen eigenen Wagen?«

»Doch, natürlich«, schoss es entrüstet zurück.

»Na, dann nehmen Sie halt den derweil.« Paula Steiner merkte, wie sie unruhig wurde und ihr die Geduld ausging. Viel fehlte nicht mehr, dann würde sie dieses Gespräch so abrupt wie grußlos beenden …

»Das geht nicht. Der Spider ist schon abgemeldet. Wir melden ihn immer Anfang September ab. Das ist mehr ein Auto für schönes Wetter, nicht für die kalte Jahreszeit.«

Bei dem Stichwort »Spider« hatte sich ihr Geduldskonto schlagartig wieder aufgefüllt. Sie war jetzt die Ruhe in Person und vor allem voller Bewunderung für ihre Gesprächspartnerin.

»Ein Spider, sagten Sie? Was für ein herrlicher Wagen, ein

Traum von einem Auto! Das ist ja was ganz Seltenes. Sicher ein Oldtimer?«

»Ja, natürlich. Aus dem Jahr 1966. Frau Steiner, kriege ich jetzt den Audi oder nicht?«

Sie überhörte diese überflüssige, da mehrfach beantwortete Frage und erkundigte sich stattdessen: »Wo befindet sich denn Ihr Spider momentan?«

»Warum möchten Sie das wissen?«, kam prompt die ungehaltene Gegenfrage.

»Weil bei einem Mordfall alles von Bedeutung sein kann.«

»Mein Auto ist nicht von Bedeutung.«

»Ob der Wagen von Bedeutung ist oder nicht, überlassen Sie uns. Also, wo steht er?«

»Bei Hersbruck, in einer Scheune. Auf dem Land.«

»Wo genau?«

Widerwillig und pikiert nannte die Alfa-Eigentümerin die Adresse, die sie notierte. Sie wollte Frau Blahotova noch fragen, wofür diese den Audi so dringend brauchte, doch da hatte die Tschechin schon in die Tat umgesetzt, was ursprünglich der Plan der Kommissarin gewesen war – sie hatte das Gespräch abrupt und grußlos beendet.

Eine Sekunde nachdem sie den Hörer aufgelegt hatte, klingelte das Telefon wieder. Es war Klaus Dennerlein.

»Du hattest recht, Paula, in dem Chrysler waren tatsächlich Fingerabdrücke. Aber nur auf dem Innenspiegel. Der Täter wird wohl vergessen haben, den abzuwischen. Oder der Spiegel ist bei der professionellen Rundumreinigung übersehen worden. Sollen wir den Wagen noch weiter auswerten?«

»Nein. Den könnt ihr an Frey zurückgeben. Zu den Fingerabdrücken auf dem Innenspiegel: Mach mal einen Abgleich mit den Abdrücken von Kramer. Ich glaube, das lohnt sich. Und noch was, Klaus. Ich weiß jetzt, wo die Mordwaffe, der Wagenheber, ist. Beziehungsweise ich bin mir ziemlich sicher. Wenn ihn Kramer nicht zwischenzeitlich entsorgt hat. Aber so, wie ich den einschätze, hat er den wieder an Ort und Stelle zurückgebracht. So eine Antiquität schmeißt der nicht einfach weg.«

»Und wo ist dieser Wagenheber?«

»In einer Scheune im Nürnberger Land. Bei Hersbruck. Er gehört zu einem Alfa Spider aus dem Jahr 1966.«

»Den möchte ich mir anschauen.«

Sie gab Dennerlein die Adresse und war froh, schon mal diese Sache vom Hals zu haben. Anschließend setzte sie ihre Mitarbeiter über die zwei aufschlussreichen Telefonate mit Klaus und der Blahotova in Kenntnis. So, jetzt blieben nur noch die Telefonliste und die Kundenkartei des privaten Arbeitsvermittlers. Beides reine Fleißaufgaben, notwendig, lästig, zeitraubend und wahrscheinlich unergiebig – also genau die passende Herausforderung für eine pflichtbewusste, aber redselige Assistentin. Damit wäre diese die nächste Zeit schon mal außer Gefecht gesetzt. Mindestens zwei volle Tage Quasselpause in ihrem Büro – das war die Sache wert.

»Frau Brunner, ich habe zwei Bitten an Sie: Lassen Sie sich Kramers Kundenkartei von seiner Sekretärin geben. Ich möchte wissen, wie umfangreich diese Kartei war und ob es Firmen gibt, mit denen er signifikant oft, also besonders«, berichtigte sie sich umgehend, »oft zusammengearbeitet hat. Und besorgen Sie sich die Telefonlisten von Kramers Büroanschluss sowie von seiner Privatnummer. Bei denen interessiert mich vor allem der gestrige Vormittag und auch der Tag zuvor, der ganze Montag. Denn der Kramer wird wahrscheinlich gewusst haben, dass er am Abend Besuch bekommt. Seine Freundin und seine Sekretärin haben das beide bestätigt. Um achtzehn Uhr ist er von der Schmausenbuckstraße weggefahren, also war er gegen halb sieben spätestens im Frauentorgraben. Wer kümmert sich eigentlich um Kramers geleasten Audi?«

»Das mache ich«, meldete sich Heinrich. »Denn dein Wagenheber kann genauso gut da drin zwischengelagert sein.«

»Das glaube ich nicht, Heinrich. Wenn es so ist, wie wir jetzt mal annehmen, dann hat der Kramer Shengali fast den ganzen Tag spazieren gefahren. Von acht Uhr in der Früh bis abends um halb zwölf. Als er Shengali vor dem Wasserwerk deponiert hat, war der Wagenheber längst wieder an Ort und Stelle, davon bin ich überzeugt. Und dann, denk doch mal nach: Wer von Hersbruck nach Nürnberg über die Bundesstraße fährt, kommt automatisch bei Erlenstegen raus und damit am Wasserwerk vorbei. Jawohl, das ergibt einen Sinn. Den Wagenheber muss er sich schon vorher aus der Scheune, aus seinem Alfa geholt haben.«

Ihre beiden Mitarbeiter nickten zustimmend. Sie deutete das als Aufforderung, ins fiktive Detail zu gehen. »Kramer hat Shengali um acht Uhr in der Früh auf dieser Kindinger Parkbucht den Schlag versetzt, ihn dann in den geliehenen Crossfire gepackt und ist los. Zweieinhalb Stunden später stirbt Shengali, erliegt seiner schweren Verletzung. Das heißt: Kramer bleibt jede Menge Zeit, bis er sein Opfer – am besten im Schutz der Dunkelheit – wieder loswerden kann. Das passiert abends um halb zwölf, das wissen wir von diesem Rentner, den Frau Brunner befragt hat. Irgendwann im Laufe dieses Montags, in dieser Zeitspanne von acht Uhr früh bis fast Mitternacht, fährt Kramer in dieses Dorf bei Hersbruck, legt den Wagenheber wieder in den Spider, fährt zurück nach Nürnberg und entsorgt Shengali dort gleich am Ortseingang, nämlich vor dem Wasserwerk. Ja, und dann musste er sich nur noch um den Crossfire kümmern. Er hat sicher erst selbst versucht, die Spuren zu beseitigen, schließlich aber erkannt, dass das nicht ausreicht und den Wagen in die Autowaschanlage gebracht. Es gibt ja jetzt solche Spezialreinigungen, da wird auch der ganze Innenraum mit allem möglichen Pipapo von Grund auf sauber gemacht. Ich kenne mich da nicht so aus …«

»Aber ich«, unterbrach sie Eva Brunner. »Ich habe mich schon erkundigt. In Zabo zum Beispiel gibt es so eine Art Autowaschsalon, die haben ein Extrahiergerät für die Innenraumnassreinigung. Damit kriegt man neunundneunzig Prozent aller lösbaren Flecken aus den Polstern und Teppichen heraus. Neunundneunzig Prozent!«

»Aha, gut recherchiert«, bemerkte Paula Steiner anerkennend. »Kramer hat sich darauf verlassen, dass das, also die neunundneunzig Prozent, ausreicht. Eine Woche später, am Montagvormittag, wollte er den Wagen an Frey zurückbringen, aber da sind wir, Heinrich und ich, ihm in die Quere gekommen. Also hat er den Rückgabetermin verschoben. Auf den späten Nachmittag oder Abend. Genau so war es.«

»Dann besteht ja die Chance«, ergänzte Heinrich, »dass irgendwer in diesem Kaff bei Hersbruck den Kramer in dem Crossfire gesehen hat. Ein auffälliges Auto, zumindest auffälliger als ein schwarzer Audi. Also müssen wir auch da nach möglichen Zeugen suchen. Wer soll das deiner Meinung nach übernehmen?«

Sie deutete lächelnd mit dem Zeigefinger auf ihn. »Immer der, der fragt.«

»Gut, ich mache das. Und auch Kramers Konten schaue ich mir morgen an.«

»Ja, darum wollte ich dich sowieso bitten.« Das war gelogen. Diese Routinearbeit hatte sie bislang schlicht vergessen. Sie war Heinrich und auch Frau Brunner in diesem Moment dankbar, dass sie ihr all die lästigen Pflichtaufgaben so beflissen und entgegenkommend abnahmen. Und dieses kleine, gut eingespielte Team sollte demnächst aufgelöst, die fette Beute des Kollegen Trommen werden …

»Aber mal was anderes, Paula. Willst du unseren grandiosen Ermittlungserfolg nicht nach oben melden? Das würde unserer Kommission beim derzeitigen Stand der Bestrebungslage doch guttun, oder? Wenn wir schon den ersten Fall so gut wie gelöst haben.«

»Natürlich werde ich das nach oben weitergeben. Und wie ich das nach oben geben werde! Das ganze Haus soll noch heute davon erfahren, wie schnell und professionell und überhaupt wir, inklusive Ihnen, Frau Brunner, arbeiten. Aber den Fall haben wir, nur unter uns gesagt, eben leider noch nicht gelöst, Heinrich. Wir haben zwar vielleicht den Täter, aber überhaupt kein Motiv. Und das brauchen wir für Fall zwei ganz dringend.«

»Was ist mit der Gutschein- und Prämiengeschichte? Du hast doch immer gesagt, da ist was zu holen?«

»Nein, da habe ich mich geirrt, das glaub ich nicht mehr. Wie schon gesagt, dafür ist das zu wenig Geld. Außerdem hat keiner von den Freys ein Hehl daraus gemacht. Das ist zwar eine Sauerei, aber eine ganz legale. Die Entner hat das ja bestätigt. Nein, die Sache hat damit zu tun, aber nicht zentral als Auslöser. Eher als Klammer, die beide Fälle zusammenhält. Davon bin ich nach wie vor überzeugt.«

Sie hielt inne und schwieg. Sie sah Stefanie Vitzthum vor sich, wie sie ihren Mann aufforderte: »Chanim, erzähl auch das mit den Anzeigen und den Gutscheinen. Das passt doch genau zu diesem Thema.« Warum durfte sie nicht weiterreden? Wenn das doch alles legal war? Weil sich dahinter etwas verbarg, was eben nicht legal war. Eine noch größere Sauerei. Von der alle, die Freys, Kramer, Shengali und Ostapenko wussten. Und auch Ostapenkos Ehefrau.

»Du denkst, bei deinem Auslöser handelt es sich um etwas ganz Großes, auch in punkto Geld. Zumindest für den Kramer und eventuell auch für die Freys. Um etwas, was sich nicht gehört. Um etwas, was ganz offensichtlich nicht in Ordnung ist. Und zwar in beiden Fällen. Meinst du das?« Konnte Heinrich mittlerweile auch ihre Gedanken lesen? Denn besser hätte auch sie ihre stummen Überlegungen nicht paraphrasieren können.

»Ja, so in der Richtung.«

»Mal eine andere Frage: Was machst du eigentlich, während wir, die Eva und ich, unsere Hausaufgaben erledigen?«

»Ich? Ich habe genug zu tun. Zuerst schreibe ich eine wohlüberlegte, ausgetüftelte Mail an unseren Chef, und dann …«

»Warum gehst du nicht zu ihm und berichtest ihm persönlich? Das geht doch viel schneller«, unterbrach Heinrich sie.

»Na, Herr Oberkommissar, die Frage hättest du dir aber sparen können, bei deinem hochentwickelten kriminalistischen Spürsinn.«

»Ach, wegen der Reußinger.«

»Exakt. Und außerdem wollte er von mir einen schriftlichen Bericht. Und danach werde ich die wichtigste Zeugin befragen, die ich bislang vernachlässigt habe.«

»Wer sollte das sein?«

»Frau Vitzthum. Die wird mir hoffentlich all das sagen, was sie weiß und was sie bislang nicht sagen durfte.«

Für den Bericht brauchte sie mehr als zwei Stunden. Als sie ihn endlich abschickte, waren ihre Mitarbeiter längst nach Hause gegangen. Aber die Mühe hatte sich gelohnt. Diesen Bericht konnte man an höchster Stelle vorzeigen. Das war Wischiwaschi von der allerfeinsten Sorte.

Sie schaltete erst den Computer, dann das Licht aus, zog ihre Jacke an und wollte soeben die Tür verschließen, als ihr Telefon klingelte. Nach kurzem Zögern nahm sie ab. Klaus Dennerlein meldete sich.

»Gut, dass ich dich noch erwische, Paula. Ich bin gerade in der Scheune bei Hersbruck. Der Spider ist weg, nur die zwei Nummernschilder mit dem Historisch-Kennzeichen sind noch da. Hast du dafür eine Erklärung?«

»Ja, habe ich.« Sie erzählte ihm von der Besitzerin des Oldtimers, einer gewissen Susanka Blahotova, die jetzt sicherlich in Richtung deutsch-tschechische Grenze fuhr, wahrscheinlich mit den ungültigen Kennzeichen eines geleasten Audi A4. Wenn sie nicht schon in ihrer Heimat Prag war.

»Ja, spinnt die?«, ereiferte sich Dennerlein. »Die kann doch nicht einfach Beweismaterial entwenden!«

»Na ja, ich hab es ihr nicht ausdrücklich verboten. Das war mein Fehler, Klaus.«

»Das ist mir so was von wurst«, brüllte Dennerlein ins Telefon, »wessen Fehler das war. So geht's nicht. Die lass ich ausschreiben, samt ihrem Spider. Gib mir mal das Kennzeichen von dem Audi.«

Sie schaltete das Licht wieder ein und ging zum Aktenschrank, griff nach dem Hängeregister »Shengali, Abdulaziz« und setzte sich mit einem leisen Seufzer an ihren Schreibtisch. Während sie nach Eva Brunners Eintrag suchte, redete sich Dennerlein am anderen Ende des Telefons in Rage.

»Das ist ja ein Herzchen, diese Blahotova. Ihr Alter ist noch nicht mal richtig kalt, geschweige denn unter der Erde, da sucht die schon das Weite. Die muss ja gleich, nachdem ihr bei ihr wart, die Koffer gepackt haben und abgehauen sein. Das spricht alles für die ganz, ganz große Liebe. An deiner Stelle würde ich die mal genau unter die Lupe nehmen. Da stimmt doch was nicht, so wie die reagiert. So reagiert nur jemand, der gehörigen Dreck am Stecken hat.«

»Klaus, schrei doch nicht so. Ich bin noch nicht schwerhörig, werde es aber bald, wenn du weiter so plärrst. Das war eben mehr eine Zweckgemeinschaft. Sie hat Kramer ihre Schönheit und Jugend zur Verfügung gestellt, er hat sie dafür finanziell versorgt, und zwar sehr gut versorgt. Das ist doch kein Verbrechen, Klaus. So was kommt vor.« Wo war die Aktennotiz mit dem geleasten Wagen? Sollte die gewissenhafte Frau Brunner die einfach vergessen haben?

»Paula, jetzt mal ehrlich, würdest du so was machen? Am selben Tag, an dem sie dir den Mord an deinem Lebensgefährten mitteilen, einfach packen und weggehen?«

»Nein, natürlich nicht. Aber ich heiße auch nicht Susanka Blahotova, bin nicht so schön, kann mich Gott sei Dank selber ernähren und muss mich nicht von einem Mörder mit glatten kinnlangen blonden Haaren aushalten lassen. Vor allem über Letzteres bin ich übrigens sehr froh. So, jetzt aber, ich hab die Nummer.«

Nachdem sie ihm das Kennzeichen durchgegeben hatte, sagte Dennerlein leise und voller Bitterkeit: »Ihr seid doch alle kalte, hartherzige Weiber!« Dann hängte er grußlos ein.

Sie konnte an dem Verhalten der Tschechin nichts Verwerfliches entdecken. Obwohl, ein wenig seltsam war das schon. Keine Träne, keine Verzweiflung, kein Zusammenbruch, keine Frage, wie es geschehen war, wer es gewesen sein konnte, gar nichts. Keine Trauer, nur kühles Kalkül. Die Welt der Blahotova war ihr fremd. So fremd und undurchsichtig wie die von Karsten Kramer. Ein Mann, der in einem mit wertvollen Antiquitäten möblierten Zimmer Lager- und Staplerfahrer empfing. Der seine weiße Wohnung mit einem wurmstichigen volkstümlichen Altar *aufpeppte*. Ein Mann, der einen Berufskraftfahrer mit einem Wagenheber aus den sechziger Jahren niederschlug, ihn dann barbarisch verbluten ließ und ihn zum Schluss noch mit einer symbolhaften Geste ausstaffierte, *aufpeppte* wie sein Schlafzimmer mit einer Kreuzigungsgruppe. Was war das für ein Mensch? Das war auf jeden Fall jemand, dem die Oberfläche der Wahrnehmung von außen über alles ging. Weil er den Kern, der sich darunter verbirgt, mit allen Mitteln, auch mit denen der Gewalt, geheim halten wollte. Und was verbarg sich im Kern, im Innersten des Agenturleiters, was keiner wissen durfte?

Nach einer Weile stellte sie diese düsteren wie unergiebigen

Grübeleien ein und schrieb stattdessen auf einen Zettel: »An Heinrich. Spar dir das mit der Zeugensuche! Kümmere dich bitte vorrangig um Kramers Konten. Danke, Paula«.

Sie fühlte sich plötzlich so erschöpft, dass sie am liebsten den Kopf auf die Schreibtischplatte gelegt hätte. Da klopfte es an ihre Bürotür. Sie schrak auf. Erst beim zweiten Klopfen sagte sie unsicher: »Ja, bitte.«

Der späte Gast war eine ebenso unsichere Sandra Reußinger, die abwartend im Türrahmen stehen blieb. »Ich habe bei Ihnen noch Licht gesehen, Frau Steiner. Aber ich kann auch morgen wiederkommen, wenn ich jetzt störe.«

Sie schüttelte verneinend den Kopf. Sie war noch so in der ihr fremden Welt des Karsten Kramer gefangen, dass sie für einen Moment keine Erklärung für diesen seltenen Besuch hatte, auch gar nicht danach suchte. Doch dieser Moment währte nicht lang. Als die Chefsekretärin nach dieser stummen, aber eindeutigen Einladung immer noch abwartend im Türrahmen stand, fiel ihr deren forsches Auftreten vom heutigen Vormittag wieder ein. Ah, der späte Gast war gekommen, um sich zu entschuldigen. Sie entschloss sich, es ihrer Intimfeindin leicht zu machen. Erstens war sie müde. Zweitens erinnerte sie sich an ihr durchaus ernst gemeintes Vorhaben, in Zukunft mehr auf die Gefühle der anderen zu achten. Drittens, und das war der eigentliche, der ausschlaggebende Punkt, wollte sie die nun folgende, offenbar unumgängliche Peinlichkeit für beide Seiten so kurz wie möglich halten. Vor allem für sich selbst.

»Kommen Sie doch herein, Frau Reußinger. Und setzen Sie sich an Herrn Bartels' Schreibtisch, wenn es länger dauern sollte«, sagte sie wachsam, aber nicht streitlustig. Es klang wie »Bringen wir es schnell hinter uns«.

Artig nahm die Sekretärin auf Heinrichs Stuhl Platz, atmete einmal tief durch, dann schweifte ihr Blick nach rechts zum Fenster, in dem sich ein einsames Licht aus dem Gebäudeflügel gegenüber spiegelte.

»Also«, begann sie leise, »ich habe mich heute Morgen bei Ihnen gewaltig danebenbenommen. Es geht natürlich nicht an, dass ich Arbeit an Sie verteile. Ich habe meine Kompetenzen bei Weitem überschritten. Das tut mir leid, und ich bitte Sie dafür um Entschuldigung.« Ihre Stimme klang beherrscht.

Das war der offizielle, einstudierte Teil, dem umgehend, ohne dass die Kommissarin die Chance ergreifen konnte, sich und ihrer Intimfeindin weitere Minuten der Verlegenheit zu ersparen, der inoffizielle, improvisierte folgte.

»Ich weiß auch nicht, was da in mich gefahren ist. Das hab ich noch nie gemacht. Ich kann manchmal richtig ekelhaft sein, gell? Und vor allem zu Ihnen, Frau Steiner. Und ich will das eigentlich gar nicht, meistens zumin…«

»Ich bin ja auch nicht immer die Verträglichste, Frau Reußinger«, unterbrach sie das Gestammel von gegenüber. »Ich kann auch manchmal richtig ekelhaft sein. Meistens gleicht es sich dadurch unter uns beiden ja wieder aus, oder?«

Sandra Reußinger nickte heftig und erleichtert. »Ja, das tut es.«

Schließlich fragte sie noch allen Ernstes: »Vielleicht zoffen wir deswegen so oft miteinander, weil wir uns so ähnlich sind?«

Eine sehr gewagte, aus den Untiefen der Vulgärpsychologie hergeholte Theorie, über die Paula Steiner schmunzeln musste. Mit einem raschen Heben und Senken der Schultern gab sie ihrem Alter ego zu verstehen, dass die Frage nicht so leicht zu beantworten sei.

»Heißt das denn, Sie nehmen meine Entschuldigung an?«

»Ja, das heißt es. Und jetzt vergessen wir die ganze Sache.«

»Gut. Da bin ich aber froh. Jetzt kann ich ganz entspannt heimgehen. Danke, Frau Steiner.«

Bevor ihre Besucherin sich ganz entspannt auf den Heimweg machen konnte, wollte sie von ihr noch etwas wissen.

»Eine letzte Frage, Frau Reußinger, hätte ich noch, die mit dieser schon vergessenen Sache nichts – ich betone: nicht das Geringste – zu tun hat. Sie müssen auch nicht antworten. Hat Herr Fleischmann Sie zu mir geschickt oder sind Sie aus freien Stücken gekommen?«

Da drehte sich die Sekretärin ihres Chefs erstaunt um, sah ihr fest in die Augen und sagte, ohne zu zögern: »Ich bin natürlich aus freien Stücken zu Ihnen gekommen. Glauben Sie denn, ich lasse mir von jemandem, selbst wenn es mein Chef ist, so etwas anschaffen? Das würden Sie doch auch nicht machen, oder?«

Sandra Reußinger wartete eine Antwort auf ihre hypothetische Frage nicht ab, sondern verschwand nun endgültig mit einem fast herzlichen »Auf Wiedersehen bis morgen, Frau Steiner« aus dem Zimmer.

Was für ein denkwürdiger Tag! Der Tag, an dem sich die Reußinger bei ihr entschuldigt hatte! Aus freien Stücken! Am liebsten wäre auch sie jetzt ganz entspannt heimgegangen, zu ihrem Weinkeller und zu ihrem leeren Kühlschrank. Da aber Paula Steiner zu den Menschen gehörte, die sich nur dann wohlfühlen und mit sich zufrieden sein können, wenn sie ihre Pflichten gewissenhaft abgearbeitet haben, ging sie nicht heim, sondern fuhr Richtung Galgenhof.

Auf dem Weg in die Rankestraße hielt sie in der Südstadt an und kaufte in einem türkischen Gemüseladen Zwiebeln, Tomaten, eine Paprikaschote und vier Eier. Es war kurz nach acht Uhr, als sie direkt vor Ostapenkos Wohnung ihren Wagen parkte. Sie hatte sich vorgenommen, dass sie, sollte beim ersten Klingeln niemand aufmachen, sofort umkehren und heimfahren würde.

Leider schnappte die Haustür schon kurz nach dem ersten Läuten auf. Oben am Treppenabsatz stand Stefanie Vitzthum, einen bettfeinen Buben im Arm. Er trug einen hellblauen Schlafanzug, über und über mit kleinen Bären verziert, hatte blondes Haar und das kreisrunde Gesicht seines Vaters. Er strahlte sie an, mit nach vorn gestülpten Lippen und fest geschlossener Zahnreihe.

»Ich hab schon Zähne geputzt, schau!«, krähte er ihr stolz als Begrüßung entgegen.

»Toll, ganz toll! Ich noch nicht, Lukas«, erwiderte sie anerkennend. Was sonst hätte sie in dieser für sie ungewohnten Situation auch entgegnen sollen? Sie hatte wenig Umgang mit Vierjährigen.

Stefanie Vitzthum sah sie fragend an.

»Guten Abend. Ich muss mich entschuldigen, dass ich noch so spät bei Ihnen geklingelt habe. Aber ich muss mit Ihnen sprechen. Es wird nicht lange dauern.«

Stefanie Vitzthum, heute ungeschminkt und in einem erdbeerfarbenen Hausanzug aus Plüschcord, schien das als Erklärung für diesen späten unangemeldeten Besuch zu genügen. Sie trat bereitwillig in den Flur zurück und ließ die Kommissarin eintreten.

»Bitte, nehmen Sie doch inzwischen im Wohnzimmer Platz. Ich war gerade dabei, Lukas ins Bett zu bringen. Keine leichte Aufgabe, das kann ich Ihnen sagen, gell, mein Schatz.« Sie drückte ihrem Sohn einen dicken Schmatz auf die rechte Wange. »Wenn ich das erledigt habe, bin ich für Sie da. Lukas, sag der Frau Steiner Gute Nacht.«

Sie setzte sich auf das weiße Designersofa, lehnte sich zurück und verschränkte die Hände hinter dem Kopf. Aus dem hinteren Bereich der Wohnung drangen immer wieder Wortfetzen von Lukas' fröhlichem Gequake zu ihr ins Wohnzimmer. Bald war nur mehr die helle, klare Stimme von Stefanie Vitzthum zu hören, die ihrem Sohn eine Gutenachtgeschichte vorzulesen schien. Eine heile Welt, deren Zauber auch sie bald erlag.

Als sie aufwachte, stand Stefanie Vitzthum lachend vor ihr, ein Tablett mit Gläsern und einer Wasserflasche in den Händen.

»Das ist mir jetzt aber unangenehm! Entschuldigen Sie. Wie lang habe ich denn geschlafen?«

»Nicht lange, höchstens eine Viertelstunde. Lukas hat sich heute ausnahmsweise ganz brav ins Bett bringen lassen. Sie sind sicher mit dem Auto da. Trinken Sie wenigstens ein Glas Wasser mit mir?«

»Ja, gern.« Während ihre Gastgeberin einschenkte und sich setzte, überlegte sie. Sie hatte sich doch auf der Herfahrt eine hochsensible Gesprächsstrategie zurechtgelegt …

»Sagt Ihnen der Name Karsten Kramer etwas?«

»Ich glaube, schon. Warum?«

Sie merkte, wie die helle, klare Stimme zunehmend kühler wurde.

»Weil er der Arbeitsvermittler Ihres Mannes war, ein privater Arbeitsvermittler, und weil Herr Kramer gestern Abend umgebracht wurde.«

»Und da denken Sie, mein Mann hat damit etwas zu tun?«,

fragte Stefanie Vitzthum. Sie war empört und starrte sie fast feindselig an.

»Nein, das denke ich nicht. Bitte beruhigen Sie sich.« Eine hochsensible Gesprächsstrategie, die voll in die Hose gegangen war. »Also, noch mal von vorn. Dieser Karsten Kramer ist ermordet worden, und zum jetzigen Zeitpunkt der Ermittlungen müssen wir davon ausgehen, dass er derjenige war, der seinerseits Herrn Shengali umgebracht hat. Das, und nur das wollte ich Ihnen damit sagen. Ich dachte, die Information ist zumindest für Ihren Mann wichtig. Ich hatte den Eindruck, ihn interessiert das.«

Stefanie Vitzthum quittierte diese Zusatzinformation mit einem gleichgültigen Achselzucken. »Nicht nur meinen Mann, mich interessiert auch, wer Abdu auf dem Gewissen hat. Jetzt wissen wir's. Und, weiter?« Sie war noch immer auf der Hut vor dieser Kommissarin mit ihren unvermittelten wie beleidigenden Anschuldigungen.

Es entstand eine lange Pause, dann endlich sagte Paula Steiner: »Als ich das letzte Mal bei Ihnen war, machten Sie eine Andeutung über Anzeigen und Gutscheine, die mit einer Benachteiligung Ihres Mannes sowie von Herrn Shengali zu tun hätten. Sie haben das dann leider nicht weiter ausgeführt, weil Ihr Mann das anscheinend nicht wollte. Darüber würde ich von Ihnen jetzt gern Näheres wissen.«

»Daran kann ich mich nicht erinnern.« Die Antwort kam zu schnell, um glaubwürdig zu sein.

»Können oder wollen Sie sich nicht erinnern?«

Wieder entstand eine lange Pause. Sie nippte an ihrem Wasserglas und wartete beharrlich ab. Schließlich wurde ihre Geduld belohnt.

»Ja, vielleicht habe ich so etwas gesagt. Aber was hat das mit dem Mord an diesem Kramer zu tun?«

»Sehr viel, Frau Vitzthum. Vor allem hat das, was hinter diesen Prämien und Gutscheinen steckt, sprich: die Arbeitsaufnahme über einen privaten Vermittler, auch eine ganze Menge mit dem Mord an Shengali zu tun. Schauen Sie, ich bin ganz offen zu Ihnen: Wir sind ziemlich sicher, dass Kramer ihn umgebracht hat, aber uns fehlt das Motiv dafür. Und wir vermuten, dass uns dieses Motiv, wenn wir es denn hätten, auf direktem Weg auch zu Kramers Mörder führen könnte.«

»Dazu kann ich nichts sagen.« Stefanie Vitzthum gab sich nicht einmal die Mühe, ihr Desinteresse zu verbergen.

Paula Steiner erkannte, dass sie hier mit einer sensiblen Strategie nicht weiterkam, hier half nur die Holzhammermethode. »Schade, sehr schade. Wir sind davon überzeugt, dass Herr Shengali sterben musste, weil er etwas wusste. Etwas, was er besser nicht hätte wissen sollen. Etwas, was auch Ihr Mann weiß.«

Sie ließ ihrem Gegenüber Zeit, um aus diesem Gespinst aus Spekulation und versteckter Warnung die richtigen Schlüsse zu ziehen. Dann setzte sie hinzu: »Insofern sind wir des Weiteren davon überzeugt, dass dieses Wissen auch für Ihren Mann lebensgefährlich, so tödlich wie für Herrn Shengali, werden könnte. Schneller, als er sich vorstellen kann.«

Das musste fürs Erste reichen, fand sie. Sie schätzte Stefanie Vitzthum als so intelligent ein, dass diese sich den Rest selbst ausmalen würde. Wenn es etwas auszumalen gab. Wovon sie mehr und mehr überzeugt war.

Stefanie Vitzthum stand abrupt auf und sagte: »Ich muss mal nach Lukas schauen. Manchmal liegt er nämlich wach in seinem Bettchen und weint.«

Sie glaubte ihr nicht. Aber sie sah darin eine Chance für sich: Ein Blick auf diese propere Miniaturausgabe des Chanim Ostapenko würde ihre Zeugin mehr als alles andere zum Reden bringen.

Nach einer Weile kehrte Stefanie Vitzthum zurück und eröffnete ihr noch im Stehen: »Es geht um Zigarettenschmuggel.«

Dann setzte sie sich und beugte sich zu ihr vor. »Chanim und Abdu sollten im großen Stil illegal hergestellte Zigaretten aus Albanien nach Tschechien einführen. Zu diesen Verkaufsbuden an der tschechisch-deutschen Grenze, also nicht zu den Duty-free-Shops, sondern dahinter zu den fliegenden Händlern. Ich glaube, das sind in der Mehrzahl Vietnamesen.«

»Von wem ging das aus?«

»Na, von diesem Kramer und dem Juniorchef von Frey-Trans.«

»Hm. Bitte erzählen Sie weiter. Alles, was Sie dazu wissen.«

»Vor einem Jahr hat Frey sowohl meinen Mann als auch Abdu das erste Mal darauf angesprochen. Das wäre eine ganz sichere Sache: Sie fahren mit legaler Ware nach Tirana, laden dort ab, laden dann die illegale Ware, also die unversteuerten Zigaretten auf, der Lkw wird verplombt, fährt angeblich leer nach Tschechien ein, wo es angeblich keinerlei Kontrollen gibt, wird dort entladen und fährt nun wirklich leer zurück nach Deutschland. Einmal im Vierteljahr. Abdu und mein Mann hätten abwechselnd fahren sollen, einmal Abdu, dann wieder Chanim. Bei der Sache wäre für sie finanziell natürlich etwas drin gewesen. Ein sogenannter Sonder-Bonus von ein paar hundert Euro pro Fuhre. Das war das Angebot von Frey, der wohl dachte, die beiden machen das, weil sie Geld brauchen und weil sie als Ausländer es mit dem Gesetz nicht so genau nehmen.«

Und sicher auch deswegen, weil Frey in Ostapenko mit seiner einschlägigen Vorstrafe einen passenden Kandidaten dafür gesehen hatte, ergänzte die Kommissarin in Gedanken.

Stefanie Vitzthum machte eine Pause. Sie schwieg so lange, dass Paula Steiner nachhelfen musste: »Aber Ihr Mann und Herr Shengali haben das Angebot abgelehnt?«

»Ja. Natürlich. Was glauben Sie denn? Die beiden waren doch froh, eine anständige Arbeit zu haben. Mit der sie auch ihre Familie halbwegs anständig ernähren können. Und Abdu ist gern nach Tirana gefahren, der hat sich über diese Langstrecke richtig gefreut. Auch Chanim ist mit Leib und Seele Berufskraftfahrer. Ihm gefällt das, immer unterwegs sein, in fremde Länder fahren, der Austausch, der Zusammenhalt mit den anderen Fahrern, die er auf den Rastplätzen trifft. Und dann: Keiner steht hinter ihm und redet ihm rein, wie er seine Arbeit zu machen hat. Das ist meinem Mann sehr wichtig.«

»Also ist Joachim Frey der Drahtzieher bei dieser Idee. Und was hat Kramer damit zu tun?«

»Nachdem Frey sein Angebot wiederholt hat und nochmals und nochmals und dabei immer drängender wurde, sich aber jedes Mal die gleiche Antwort – ein klares Nein von beiden Seiten – anhören musste, hat er Abdu mit der Kündigung gedroht. Wenn die anderthalb Jahre rum sind, sagte Frey, kündigt er ihm.

Ein Grund dafür finde sich immer. Er hat wohl gedacht, Abdu ist von seinem Arbeitsplatz abhängiger als mein Mann. Auf jeden Fall hat Frey seine Drohung dann pünktlich wahrgemacht: Vor ein paar Wochen erschienen die ersten Anzeigen von ihm in der Job-Börse der Agentur für Arbeit: Frey-Trans sucht einen Fahrer.«

Hier machte Stefanie Vitzthum eine Pause, um zu sehen, wie die Kommissarin diese Demütigung Shengalis aufnehmen würde, dann fuhr sie fort: »Aber Abdu wollte seine Arbeit unbedingt behalten. Er ging daraufhin zu diesem privaten Arbeitsvermittler, zu Kramer, dem er wohl vertraute, und erzählte ihm alles. Die Sache mit dem Zigarettenschmuggel und die Drohung mit der Kündigung. Weil er hoffte, dass Kramer ihm irgendwie helfen könnte und würde. Da hatte er sich aber schwer getäuscht. Kramer klärte ihn nämlich auf, dass er ihn ausschließlich deswegen vermittelt habe, damit er diesen Zusatzjob macht. Er, Kramer, sei ihm ja schließlich auch entgegengekommen, habe ihn unter seine Fittiche genommen und ihm diesen Arbeitsplatz verschafft, trotz vieler Gründe, die dagegen sprachen. Ausländer, keine Fahrpraxis, von daher längere Einarbeitungszeit, Deutschkenntnisse nicht optimal. Da könnte man ja umgekehrt auch eine ›kleine Gefälligkeit‹, so hat es dieser Kramer wirklich genannt, von ihm erwarten.« Entrüstung und unverhüllte Verachtung für den Antiquitätenliebhaber sprachen aus ihrem letzten Satz.

»Für Abdu war das natürlich der reine Horror. Er hatte ja immer geglaubt, man schätze ihn wegen seiner Zuverlässigkeit, weil er keine Punkte in Flensburg hatte, worauf er immer stolz war, weil er unbezahlte Überstunden machte und so weiter. Und jetzt das. Und dann, denke ich, hat er einen ganz großen Fehler gemacht: Er sagte nämlich zu Kramer, er werde die Sache mit dem Zigarettenschmuggel in die Presse bringen, wenn Frey seine Kündigung nicht zurücknimmt.«

Lange saß Stefanie Vitzthum gedankenverloren nur so da, mit gebeugtem Rücken und im Schoß gekreuzten Armen, bis sie den Grund für Shengalis »ganz großen Fehler« hinzufügte: »Er wollte eben mit allen Mitteln weiter dort arbeiten.«

Abdulaziz Shengali, der Mann mit dem schönen Mund, musste sterben, weil er sich für eine »kleine Gefälligkeit« zu schade war und weil er seine Möglichkeiten überschätzte. Und weil er nicht damit rechnete, dass auch ein Mann mit angenehmen Manieren, einem verbindlichen Wesen und einem teuren Anzug ein skrupelloser Krimineller sein kann.

»Und das hat Herr Shengali Ihrem Mann erzählt?«

»Ja. Alles.«

»Wie hat Ihr Mann reagiert?«

»Er hat ihn darin bestärkt. Er fand, das sei eine gute Idee. Er hat sich wohl getäuscht. Aber konnte man das wissen, dass denen das so wichtig ist, dass sie sogar …«

»… über Leichen gehen?«, vollendete sie den Satz, den Stefanie Vitzthum nicht aussprechen wollte. »Nein. Das konnte weder Ihr Mann noch Herr Shengali wissen.«

Nach dieser trostspendenden Antwort wechselten die Kommissarin und ihre Zeugin kein Wort mehr. Saßen in beinahe einträchtigem Schweigen beisammen. Schließlich stand Paula Steiner auf und sagte: »Danke für Ihre Offenheit. Eine letzte Frage hätte ich noch: Seit wann wissen Sie davon?«

»Seit Ihrem Besuch am vergangenen Mittwoch. Seit einer Woche. Wir, Chanim und ich, haben noch lang geredet, nachdem Sie gegangen waren. Erst da hat er mir alles erzählt. Ich war dann auch ziemlich verletzt, dass er mir das nicht schon viel früher gesagt hatte. Sonst haben wir nämlich keine Geheimnisse voreinander. Aber wenn es um seine Arbeit geht, ist Chanim manchmal etwas drollig. Das ist wahrscheinlich so ein Männerthema, wo man sich keine Blöße vor seiner Frau geben darf.«

»Ja«, stimmte sie zu, »das ist ein weites Feld der Ehre. Da haben Sie vollkommen recht, Frau Vitzthum. Wird Ihr Mann denn bei Frey-Trans bleiben, wenn er seinen Arbeitsplatz dort behält?«

»Nein. Seit letzter Woche schreibt er Bewerbungen. Und heute ist schon die erste Einladung zu einem Bewerbungsgespräch gekommen. Chanim könnte als Catering-Fahrer für den Nürnberger Flughafen arbeiten. Ich glaube, darüber wird er sich sehr freuen. Allein schon über das Interesse an ihm. Auch wenn daraus nichts werden sollte.«

Der Abschied fiel kurz, aber herzlich aus. Sie war froh, dass

Frau Vitzthum so viel Licht in das Dunkel dieses Doppelmordes gebracht hatte. Und auch diese schien erleichtert zu sein, ihr Wissen nun endlich der Person offenbart zu haben, die damit etwas Sinnvolles anfangen konnte.

Sie raste heim, in den Vestnertorgraben, eilte in den Keller, griff zielsicher in das unterste Fach ihres Weinregals und zog die einzige, verstaubte Flasche, die dort schon seit drei Jahren lagerte, hervor. Einen 2007er Vouvray Tête de Cuvée Brut aus dem Loire-Tal. Nur so etwas Extravagantes wie ein Schaumwein schien ihr passend, um diesen außergewöhnlichen Tag stilgerecht zu Ende zu bringen. Sie stürzte die Treppe hinauf, schüttelte die Flasche kurz, ließ den Korken mit einem lauten Knall an die Decke springen und nahm den ersten Schluck gleich aus der Flasche. Dann erst holte sie aus dem Wohnzimmer eine Sektschale und füllte sie mit dem süffigen Chenin blanc. Eine halbe Stunde später stand neben der Sektschale auf dem Küchentisch auch die passende Beilage – ein gebratenes Tomaten-Omelett mit Paprikastreifen. Sie verschlang die laut Rezeptangabe »vollwertige Mahlzeit für zwei Personen« innerhalb von drei Minuten, zündete sich eine Zigarette an und starrte auf die in düsterem Grau vor ihr liegende Kaiserstallung.

Sie dachte über das Gespräch mit Stefanie Vitzthum nach. So eine simple Erklärung für all die Ungereimtheiten, die scheinbaren und die realen, dieses Doppelmords. Warum war sie da nicht von selbst darauf gekommen? Sie wusste doch, wie dieses Geschäft ablief und welche Dimensionen es hatte und immer noch hat.

Schon bei dem Stichwort Albanien hätte sie hellhörig werden müssen. Der zerfallene Balkan als Brutstätte des organisierten Verbrechens und als Dauerparadies für den Zigarettenschmuggel. Wo Politik und Kriminalität so eng miteinander verknüpft waren, dass Regierungsbeamte auf allen Ebenen in den Schmuggel verwickelt waren und wo jede neue Regierung als Erstes immer den Zollchef auswechselte. Wo heute noch tagtäglich Unmengen von Zigaretten Montenegro, Bosnien oder Albanien durchquerten auf ihrem Weg in die EU. Ware, deren Herkunft oftmals nicht mehr zurückzuverfolgen war und die dann auf dem

Schwarzmarkt landete. Oder eben in den Verkaufsständen an der tschechisch-deutschen Grenze. Ganz in ihrer Nähe.

Das war kein Schmuggel im herkömmlichen Sinn wie der heutzutage fast schon folkloristisch anmutende Schwarzhandel von Spielkarten, Salz und Kaffee im vergangenen Jahrhundert. Bei den Zigarettendeals ging es um astronomische, unvorstellbar hohe Summen. Sie erinnerte sich an die Presseberichte über die Montenegro-Connection, der vorgeworfen wurde, mehr als eine Milliarde Euro aus dem Tabakschmuggel gewaschen zu haben. Mit solchen Deals ließ sich mittlerweile mehr verdienen als mit dem Drogenhandel. Und natürlich hatte die Mafia dieses lukrative Geschäft schon seit Jahren unter sich aufgeteilt und fest in ihrer Hand. Politiker, die sich weigerten, dabei mitzuspielen, oder ehemalige Bandenmitglieder, die in Verdacht standen, die Seite zu wechseln, wurden liquidiert.

Hatte nicht auch Karsten Kramer wie ein Pate agiert und reagiert? Seine Antiquitäten aus der Kolonialzeit, die Kreuzigungsgruppe im Schlafzimmer – sprach nicht daraus eine Sehnsucht nach vergangenen Zeiten? Eine tiefe Verbundenheit zum mittelalterlichen Lehnswesen, das sich in Herrschende und Beherrschte aufteilte? Eine Gesellschaftsform, die den feudalen Gedanken von Gefälligkeit und Unterwerfung noch nicht in Frage stellte. Als man sich Macht, Reichtum und Straffreiheit noch beliebig nehmen durfte, wenn man auf der richtigen Seite stand. Und Kramer war sich sicher gewesen, auf der richtigen Seite zu stehen.

Daher auch das im Grunde triviale Arrangement der betenden Hände, mit dem er ein letztes Mal auf seine Herrscherrolle verwies. So hatte sich Kramer gesehen – als Gebieter über all die Stapler- und Berufskraftfahrer, mit denen er seine Agentur aufbaute und die er im Grunde verachtete. Shengalis Hände waren keine Ermahnung nach außen, sich an Vereinbarungen zu halten, sondern vielmehr eine Art beglaubigtes Dokument, das seine Macht unterstreichen sollte. Kramers Vergewisserung vor sich und aller Welt: Ich bin der Herr über Leben und Tod. Er spielte den Mafia-Boss, der von seinen Abhängigen unerschütterliche Treue verlangte und Verrat mit der Höchststrafe ahndete.

Doch halt! Mafia-Bosse lassen morden, morden nicht selbst.

Also war Kramers Position im hierarchischen Gefüge nicht so unumschränkt, wie er sie gesehen hatte. Über ihm musste noch jemand sein. Jemand, dem Kramer seinerseits eine Gefälligkeit schuldete. Und dieser Jemand konnte nur einer sein – Heinrichs böser Onkel, Joachim Frey.

Erst spät nach Mitternacht wankte sie in ihr Bett. Die Flasche Schaumwein war leer und ihr Kopf frei. Morgen beziehungsweise heute würde sie das letzte Kapitel in dieser Arbeitsamt-und-Privatvermittler-Anzeigen-und-Gutschein-Kraftfahrer-und-Spedition-Gefälligkeiten-und-Mafia-Sache aufschlagen und zum Abschluss bringen. Diese Zuversicht bescherte ihr eine kurze, aber ruhige Nacht.

10

Punkt acht Uhr am nächsten Morgen verließ sie ihre Wohnung. Einer lieb gewonnenen Gewohnheit folgend, blieb sie kurz vor der Haustür stehen und schenkte der Kaiserburg den ersten langen Blick des Tages. Sie sah zum Himmel – noch immer nieselte es. Hinter ihr lagen beruflich turbulente Tage sowie zwei unerbittliche Wochen ohne Sonnenschein. Vor ihr die Aussicht, demnächst unter Trommen zu arbeiten. Sie beschloss, das alles heute zu ignorieren und nur den Fall Kramer zu Ende zu bringen.

Als sie am Fembo-Haus vorbeilief, ging ihr Kramers verwüstetes Büro durch den Kopf, dann das Wasserwerk mit dem toten Shengali davor. Was für ein Unterschied! Hier kalkuliertes Arrangement, da besinnungslose Raserei, hinter der sie die Wut, ja mehr noch: den Zorn des Täters spürte. Und doch hatten beide Verbrechen eine Klammer, die sie zusammenhielt: den Zigarettenschmuggel. Davon war sie überzeugt. Der Auslöser war derselbe, trotzdem war Kramer aus einem anderen Grund umgebracht worden als Shengali.

Hinter dem Tod des Agenturchefs spürte sie, die jetzt sinnierend neben dem Eingangsportal des alten Rathauses stehen geblieben war, einen tief verletzten, mörderischen Ehrbegriff. Und diesmal hatte sie das Gefühl, dass sie mit ihrer Ahnung richtig lag. Ja, das war ein Verbrechen, das sich wie Rache für ein ungeheures Unrecht ausnahm. Aber war der Juniorchef der Spedition überhaupt zu solchen großen Gefühlen imstande?

Nachdem sie das Rathaus hinter sich gelassen hatte und nur mehr wenige Schritte vom Hauptmarkt entfernt war, legte sie einen erneuten Stopp ein. Vor ihrem inneren Auge tauchten plötzlich, sie wusste selbst nicht, warum, die Freys auf. Wie der Vater seine Hand begütigend, ja mehr noch: liebevoll auf die Schulter des Sohnes legte. Und welch große Kraft diese kleine Geste hatte – nur ihr war es zu verdanken, dass der wie wild um sich schlagende Joachim Frey seine Beherrschung wiederfand. Eine sehr enge Vater-Sohn-Beziehung. Liebe war schon immer ein starkes

Mordmotiv. Nein, das ist zu weit hergeholt. Oder doch nicht …? Nun aber schüttelte Paula Steiner ihre Grübeleien ab und setzte sich wieder in Gang.

Eva Brunner saß an Heinrichs Schreibtisch und machte offenbar ihre zwei Fleißaufgaben: Der ganze Tisch lag voll mit Computerausdrucken, bunten Markern und Blättern mit handschriftlichen Notizen. Als die Kommissarin das Bürozimmer betrat, blickte die Anwärterin nur kurz auf.

»Herr Bartels ist schon wegen Kramers Konten unterwegs. Ich hatte ihn gefragt, ob ich mich in der Zwischenzeit auf seinen Platz setzen darf. Sie sehen ja selbst – für den ganzen Krempel hier«, sie zeigte missmutig auf die vor ihr liegenden Papiere, »hätte mein Schreibtisch nicht ausgereicht. Er hat es mir erlaubt.«

Nanu, »Krempel« und kein herzlicher Morgengruß wie sonst? Das deutete auf eine über Nacht rapide gedrosselte Arbeitseuphorie ihrer jungen Mitarbeiterin hin. Sie war sich sicher, an diesem Morgen empfand die Kommissaranwärterin Brunner die polizeilichen Aufgaben nicht mehr als »wahnsinnig interessant, richtig aufregend und einfach geil«, sondern als das, was sie in der Regel waren: als monotones, langwieriges Abarbeiten von Pflichten, bei dem es so gar nicht auf Phantasie, nur auf pedantische Sorgfalt ankam.

»Irgendwann, wenn dieser Fall abgeschlossen ist, müssen wir uns um Ihre Möbel kümmern. Ich weiß schon, dieser kleine Beistelltisch aus der Teeküche ist keine Lösung auf Dauer. Ich vermute, Sie bearbeiten gerade Kramers Kundenkartei und seine Anrufverzeichnisse?«

Als Antwort erhielt sie nur ein geschäftiges Nicken.

»In welcher Reihenfolge?«

»Ich habe mit den Telefonlisten angefangen. Zu der Kundenkartei bin ich noch nicht gekommen, ich bin ja auch erst seit einer halben Stunde im Büro.« Das klang wie ein Vorwurf, adressiert an die Kommissarin, die ihr nicht nur diese öden Arbeiten aufgehalst hatte, sondern auch noch schier Unmögliches erwartete.

»Zeigen Sie mir bitte mal die Kundenliste. Ich glaube, die können wir gleich ad acta legen.«

Stumm und mit angestrengt-pikiertem Gesichtsausdruck überreichte ihr Eva Brunner die Papiere. Sie überflog die Ausdrucke und kam schnell zu dem Schluss, dass hier nichts zu holen war. Außer der Erkenntnis, dass knapp vierhundert Kunden, davon vier Fünftel seit Jahren ohne jeden Kontakt, geschweige denn mit einer finanziell einträglichen Vermittlung abgeschlossen, einfach zu wenig für Kramers aufwendigen Lebensstil waren.

»Die dürfen Sie schon abheften. Die bringen uns im Augenblick nicht weiter. Und jetzt schauen Sie sich die Anruftabellen von diesem Dienstag, an dem Kramer umgebracht wurde, und von dem Tag davor an. Taucht da irgendwo die Nummer der Spedition Frey-Trans auf?«

Schweigend machte sich Eva Brunner an die Arbeit. Als sie von dem Papierstapel aufsah, schien sie ihren Elan und einen großen Teil ihres Diensteifers wiedergefunden zu haben.

»Ja, dreimal. Kramer hat die Spedition am Montag in der Früh und am Nachmittag desselben Tages angerufen. Am Dienstagnachmittag wurde er von Frey-Trans angerufen.«

»Wie lange dauerten diese Gespräche?«

»Am Montagmorgen drei und am Nachmittag vierundvierzig Minuten, am Dienstag knapp zwei Minuten.«

Kramer telefoniert mit Frey an diesem Montagmorgen, um ihm anzukündigen, er werde den Crossfire nun zurückbringen; am Nachmittag desselben Tages meldet er sich noch mal bei ihm, nachdem es mit der Rückgabe nicht geklappt hatte – Frey und Kramer reden jetzt eine Dreiviertelstunde miteinander, die meiste Zeit wahrscheinlich über ihren und Heinrichs Besuch in der Donaustraße. Und mit dem kurzen Anruf am Dienstagnachmittag hat Frey sich für den Abend desselben Tages in Kramers Büro eingeladen. Eine Selbsteinladung mit mörderischer Absicht.

»So, die Telefonlisten haben wir fürs Erste auch durch. Bleiben nur mehr die Kontobewegungen. Hat Herr Bartels gesagt, wann er wieder hier sein wird?«

»Nein. Jetzt hätte ich es beinahe vergessen, Frau Steiner: Der Herr Dennerlein hat angerufen und auch Dr. Grath. Sie möchten beide bitte zurückrufen.«

Sie wählte die Nummer der Gerichtsmedizin. Sofort meldete

sich Dr. Grath und wünschte ihr einen »Guten Morgen«. Die Metamorphose des arroganten Kotzbrockens zum umgänglichen Menschen schien anzudauern. Er sagte ihr, dass er nun den exakten Todeszeitpunkt habe. Kramer starb um zwanzig Uhr plus/minus fünfzehn Minuten.

»Ich fürchte, Frau Steiner, den Bericht kriegen Sie frühestens morgen. Er wird im Übrigen auch nicht mehr beinhalten, als das, was ich Ihnen bereits am Tatort sagen konnte.«

»Lassen Sie sich Zeit mit Ihrem Bericht, Herr Dr. Grath, so lange Sie eben brauchen. Mit dem Todeszeitpunkt haben Sie mir bereits sehr geholfen.« Das stimmte zwar nicht, nach dem Gespräch des gestrigen Abends und seinen Erkenntnissen waren sämtliche Befunde aus der Tetzelgasse in den Hintergrund gerückt, auch die genaue Sterbezeit. Doch sie wollte der so verheißungsvollen Verwandlung des Dr. Grath nicht im Wege stehen. Er wünschte zum Abschied sogar noch »Alles Gute für Sie und für den Bestand Ihrer Kommission!«.

Der Anruf bei Klaus Dennerlein begann mit der triumphalen Verkündung: »Ich habe meinen Wagenheber!«

»Prima, Klaus, Gratulation. Also haben sie die Blahotova noch vor der Grenze erwischt?«

»Nein, erst in Prag. Ich hatte die Tschechen um Amtshilfe gebeten. Für die war das ganz einfach. Die hatten ihre Adresse, das heißt: die Adresse ihrer Eltern, bei denen sie noch gemeldet ist. Und vor deren Haus stand auch der Spider mit den ungültigen Nummernschildern. Innerhalb einer halben Stunde hatte ich die Antwort von den tschechischen Kollegen. Das lief hochprofessionell ab. Da sage mir noch mal einer was über die tschechische Poli…«

»Du bist gestern Abend gleich noch nach Prag gefahren?«, unterbrach sie ihn verwundert.

»Jawohl. Bin ich. Habe mir die Tatwaffe geholt, noch ein wenig mit den Kollegen geredet, dann ging es wieder retour. Da kann ich ganz giftig werden, wenn mir jemand meine Beweismittel vor der Nase wegschnappt!«

»Ich weiß, ich habe es gestern gemerkt. Dann hast du ja auch eine kurze Nacht hinter dir. Wann warst du wieder in Nürnberg?«

Sie griff nach Heinrichs Notizblock, schrieb darauf: »Bitte, Frau Brunner, checken Sie den Frey so bald als möglich durch, es eilt!« und hielt ihn der Mitarbeiterin so lange entgegen, bis diese nickte und Heinrichs Computer einschaltete.

»Kurz nach vier Uhr.«

»Erst nach vier Uhr!«, rief sie aus. »Da hast du ja maximal drei Stunden Schlaf erwischt.«

»Ich habe überhaupt nicht geschlafen. Ich bin gleich ins Präsidium gefahren. Bei uns daheim ist es nämlich momentan nicht so ... gemütlich. Wenn du verstehst, was ich meine.«

»Ich kann es mir denken. Das tut mir leid, Klaus, richtig leid. Aber das ist sicher nur vorübergehend. Das wird schon wieder.« Kaum hatte sie den letzten Satz ausgesprochen, bereute sie ihn auch schon. Sie hatte Klaus etwas Tröstliches sagen wollen, und herausgekommen bei dieser gut gemeinten Absicht war nur die banalste aller Plattitüden, die seine prekäre Ehesituation zudem auf eine Stufe mit einer lästigen Krankheit stellte.

Doch Dennerlein schien ihren Fauxpas nicht registriert zu haben. »Ach ja, noch was. Susanka Blahotova wurde in Tschechien per Haftbefehl gesucht. Sie war mal eine Zeit lang mit dem Chef von irgend so einer kleineren Zigarettenschmugglerbande liiert. Als der gewaltsam von einem großen Tabaksyndikat aus dem Verkehr gezogen, sprich: ermordet wurde, hat die Blahotova noch schnell das Konto ihres Freundes leer geräumt und sich dann auf Nimmerwiedersehen ins Ausland abgesetzt. Warum die wieder nach Prag zurück ist und dann noch zu ihren Eltern, verstehe ich nicht. Die hat sich doch an ihren fünf Fingern ausrechnen können, dass sie da binnen Kurzem gefasst wird.«

Sie dagegen verstand die Rückkehr der Blahotova. Wohin sonst hätte die Tschechin, der nach Kramers Tod nur ein Oldtimer ohne gültige Kennzeichen geblieben war, auch gehen sollen als »nach Hause, in meine Heimat«?

»Aber das kann uns ja egal sein. Wichtig ist für uns: An dem Wagenheber sind Blutspuren von Shengali und Fingerabdrücke von Kramer, beides übrigens nicht zu knapp. Brauchst du den schriftlichen Bericht dazu noch heute? Weil jetzt würde ich mich doch gern mal kurz aufs Ohr legen.«

»Nein, das eilt überhaupt nicht. Sag mal, Klaus, was anderes, nur der Neugier wegen: Weißt du zufällig, was die Blahotova von Beruf ist? Mir sagte sie nämlich, sie hätte einen Beruf erlernt, müsse ihn derzeit aber nicht ausüben.«

»Du, die war in Tschechien vor ein paar Jahren mal richtig berühmt. Zwei Kollegen in Prag haben von der regelrecht geschwärmt. Wo sie noch um einiges jünger war. Aber ein erlernter Beruf, ich weiß nicht. Ist Dessous-Model ein richtiger Beruf für dich?«

»Warum nicht? Klar ist das ein Beruf, wenn auch einer mit einem sehr eingeschränkten Haltbarkeitsdatum.«

Sie dankte Dennerlein für seine schnelle Recherche vor Ort und legte auf.

Sofort meldete sich Eva Brunner zu Wort. »Frau Steiner, ich habe den Frey, Joachim durchgecheckt. Aber nichts gefunden. Der ist noch nie mit dem Gesetz in Konflikt gekommen. Komisch, oder? Da haben Sie mal wieder recht behalten.«

»Womit habe ich recht behalten?«

»Dass man in einem laufenden Ermittlungsverfahren absolute Neutralität den Zeugen und Verdächtigen gegenüber bewahren soll. Sie haben doch gesagt, der erste Eindruck würde uns oft täuschen, und man soll mit seinen persönlichen Beurteilungen so lange abwarten, bis jeder Fall abgeschlossen ist.«

Das hatte sie gesagt? Sie, die alle Menschen um sich herum sehr schnell und sehr grob in ausgesprochen liebenswerte und abstoßend widerwärtige rasterte? Das war klug gesprochen gewesen von ihr, fand sie, wenn auch nicht wahr. Denn auch sie wunderte sich insgeheim über das Ergebnis von Frau Brunners Datenrecherche. Sie hätte dem Juniorchef nicht nur einen, sondern etliche Kriminalaktennachweise zugetraut.

»Richtig, genau so soll es sein. Dann nämlich spielt uns der Sympathiewert keinen Streich bei der Ermittlung. Und wir bleiben offen nach allen Seiten.«

Sie hoffte, die Anwärterin würde von ihr nun nicht wissen wollen, wie sich dieser Allgemeinplatz auf den speziellen Fall Frey übertragen ließe. Sie hoffte vergebens.

»Was heißt das jetzt konkret für uns, Frau Steiner?«

»Nicht mehr und nicht weniger, als dass wir weiterhin alle Möglichkeiten in Betracht ziehen und uns einen unvoreingenommenen Blick bewahren müssen. So, jetzt muss ich Sie aber mal kurz verlassen. Ich bin im Dezernat 4, K42, zu erreichen, wenn was Dringendes sein sollte.«

Als sie die Tür schließen wollte, fiel ihr noch etwas ein. »Frau Brunner, rufen Sie Heinrich an und sagen Sie ihm, er soll umgehend ins Präsidium zurückkommen. Kramers Konten sind im Augenblick unwichtig. Das hält uns nur auf. Außerdem kann ich mir schon denken, was dabei rauskommt: dass Kramer über seine Verhältnisse lebte und ziemlich verschuldet war. Und, Frau Brunner, Sie haben doch noch den Haftbefehl für den Frey. Den werden wir uns nämlich vornehmen, sobald ich wieder zurück bin.«

Dann endlich machte sie sich auf den Weg zu Albert Amberger, der hausintern über das größte Wissen über Struktur, Historie und Verlaufsform des nationalen wie internationalen Schmuggels verfügte. Sie hatte zweifaches Glück: Er saß an seinem Arbeitsplatz und – er hatte Zeit für sie.

Sie erzählte ihm von dem Mord an Shengali, dem toten Kramer, der quicklebendigen und ungerührten Susanka Blahotova, dem gestrigen Gespräch mit Frau Vitzthum und ihren Schlussfolgerungen. Ambergers Rolle beschränkte sich darauf, von Zeit zu Zeit zu nicken und, nachdem sie mit ihrem Bericht fertig war, zu fragen: »Und was willst du jetzt von mir, Paula, wo du doch eh schon alles weißt?«

»Na, alles weiß ich eben nicht. Zum Beispiel ist mir neu, dass der Straßenverkauf an der tschechisch-deutschen Grenze auch in den illegalen Zigarettenhandel verwickelt ist. Ich dachte bisher immer, das Zeug wird nur bei uns im Westen, in den großen deutschen Städten wie Berlin oder Hamburg abgesetzt.«

»Das ist doch nichts Neues. Vielleicht solltest du unsere Rundschreiben mal etwas genauer lesen, damit du wieder auf dem Laufenden bist. Überall auf der Welt, wo jemand ein Päckchen oder eine Stange Zigaretten kauft, läuft er Gefahr, Schmuggelware zu bekommen. Überall! Auf dem Boden, zu Wasser und in der Luft. Du rauchst doch auch, schon deshalb müsstest du das eigentlich wissen.«

Sie unterdrückte die Frage, inwiefern sie die bloße Tatsache, dass sie Raucherin war, in seinen Augen dafür zu qualifizieren schien, sich im illegalen Zigarettenhandel bestens auszukennen, und sagte stattdessen: »Erklär mir doch bitte, wie deiner Meinung nach die Ware von Tirana an die Grenze, zu diesen fliegenden Händlern gelangen könnte.«

»Wahrscheinlich kommen die Lieferungen in verplombten Lastern auf dem Seeweg nach Albanien, ich vermute, über Vlore oder Durres. Dort genügt ein einziger bestochener Zollbeamter, um sie ohne Kontrolle an Land zu bringen und weiter nach Tirana oder Umgebung in eine Lagerhalle zu fahren. Dort werden die Zigaretten zurechtgemacht. Das heißt: Ein Teil wird entladen, der andere mehr oder weniger raffiniert in den doppelten Böden und Wänden der bereitstehenden Lkws versteckt. Dass sie offiziell leer zurückfahren, glaube ich nicht. Vielleicht hast du deine Zeugin da missverstanden?« Er sah sie fragend an.

Sie schüttelte den Kopf. »Nein, die hat das genau so gesagt.«

»Na, dann hat sie eben ihren Mann falsch verstanden. Denn dass jemand leer zurückfährt, ist höchst unwahrscheinlich, bei jedem Grenzer würden da sofort die Alarmglocken läuten. Das ist ja geradezu die Einladung zu einer gewissenhaften Zollkontrolle. Meist führt man bei solchen Transporten Möbel mit oder Autoreifen, also möglichst unauffällige Waren. Aber weiter. Dort in den Lagerhallen kriegen die Fahrer neue Zollpapiere mit gefälschten Stempeln für den Export. Die Laster fahren dann verplombt wahrscheinlich Richtung Belgrad, Budapest, Bratislava und schließlich nach Prag, das wäre der sicherste Weg. Ob die Frachten vor Prag oder dahinter entladen werden, kann ich dir nicht sagen, das spielt auch keine Rolle. Irgendwo dazwischen auf jeden Fall. Und dort erhält der Fahrer wieder neue gefälschte Zollpapiere, die ihm jetzt bescheinigen, er habe die komplette Fracht ordnungsgemäß in Tschechien abgeliefert. Was ja auch stimmt: Die letzte Strecke nach Nürnberg fährt der Lkw wirklich leer retour. So haben die Fahrer an der deutschen Grenze nichts mehr zu befürchten.«

»Und die geschmuggelten Zigaretten landen kurz darauf im Straßenverkauf, bei den Buden der Vietnamesen. Trotzdem gehen die Lkw-Fahrer bei diesen Fuhren doch ein Risiko ein. Lohnt sich das für die denn?«

»Das kommt darauf an, wie du ›lohnen‹ definierst. Dreitausend Euro für eine Lkw-Ladung Zigaretten sind da immer drin, und das ist das Minimum.«

Dreitausend Euro pro Fuhre an einem Tag, das ist schnell verdientes Geld. Zumal für einen dreifachen Familienvater, der auf einen kleinen Opel spart. Eine große Versuchung, der Shengali nicht erlegen war. Weil er seine Familie *anständig* ernähren wollte. Und weil er Spaß an seiner Arbeit hatte, die er unter keinen Umständen verlieren wollte.

»Bloß der Vollständigkeit halber: Wer ist der Hauptverdiener bei diesem Schmuggel, die Vietnamesen?«

»Also, Paula, du hast wirklich keine Ahnung von dem Geschäft. Die Vietnamesen organisieren doch nur den Straßenverkauf, das große Geld machen nach wie vor die Rumänen, Bosnier, die Weißrussen, Polen und ...«

»Aber wie kommt man als mittelständische Spedition in die Szene rein? Hast du dafür eine Erklärung? Das wird ja kaum so gelaufen sein, dass bei Frey irgendwann das Telefon geklingelt und sich die Zigaretten-Mafia gemeldet hat nach dem Motto ›Herr Frey, wir hätten da einen lukrativen Sonderauftrag für Sie‹, oder?«

»Natürlich nicht«, entgegnete Amberger ungehalten. »Solche Verbindungen nach unten – und die Speditionen sowie deren Fahrer sind das letzte, das kleinste Glied in der Dealer-Kette, auch das mit der geringsten Profitspanne – ergeben sich meist zufällig. Wobei ich in deinem Fall vermute, dass diese Blahotova dabei ihre Finger im Spiel hatte. Was, sagtest du, war ihr Exfreund, der, den sie umgebracht haben und dessen Konto sie daraufhin abgeräumt hat?«

»Der Chef von irgendeiner kleineren Zigarettenschmuggelbande, hat Klaus bei seiner Spritztour nach Prag herausgefunden.«

»Na, das passt doch wie die Faust aufs Aug. Die hatte noch Connections von ihrem früheren Freund, die richtigen Namen und die richtigen Verbindungen, das war doch ein leichter Einstieg für diesen Kramer. Der brauchte ja nur dort weiterzumachen, wo der Exfreund der Blahotova aufgehört hat, bevor man ihn ins Jenseits befördert hatte. Und schon rollt der Rubel wieder. In dem Fall war das ein Kinderspiel. Für die Tschechin, für Kramer und auch für die mittlere Ebene des Zigarettensyndikats.«

Bevor sie ging, riet ihr Amberger noch, bei der Verhaftung die »nötige Sorgfalt« walten zu lassen. In Zigarettenschmuggelkreisen seien alle bewaffnet, von ganz oben bis ganz unten, durch die Bank. Und keiner hätte irgendwelche Hemmungen, von seiner Schusswaffe Gebrauch zu machen.

»Vertrau nicht auf deinen Sonderstatus als Polizistin, da geht es um viel Geld. Die haben was zu verlieren. Am besten, du lässt dich von ein paar unserer SEKler eskortieren. Und wenn du diesen Frey hast, nehmen wir ihn uns vor. Vielleicht kann er uns ja was Neues sagen.«

Ambergers Warnung klang furchteinflößend. Leider auch ernst gemeint. Dennoch hatte sie Schwierigkeiten, sich den schmerbäuchigen Juniorchef mit seinen ausgewaschenen T-Shirts und dem fettigen Haar als gnadenlosen Killer vorzustellen. Sie würde auf die Kollegen vom Sondereinsatzkommando verzichten, entschied sie auf dem Weg in die erste Etage, und sich von ihrem eigenen SEK in die Donaustraße begleiten lassen – von der Anwärterin Eva Brunner und deren hervorragenden Schießkünsten.

Auf dem Weg ins erste Stockwerk rief sie sich Ambergers Informationen ins Gedächtnis zurück. War das die Klammer, die die beiden Morde verband? Musste auch Kramer des Zigarettenschmuggels wegen sterben? Ja, da war sie sich sicher. Aber was war der Auslöser dafür, wo lag das Motiv? Zu dieser Frage gesellte sich genau in diesem Augenblick ein zweites Mysterium, nämlich das nur sehr vage Gefühl, an einer winzigen Stelle versagt zu haben. Nicht aufmerksam genug gewesen zu sein. Wahrscheinlich hatte ihre Ungeduld die Finger da mit im Spiel gehabt. Irgendetwas war ihr durch die Lappen gegangen, und dieses Etwas würde sie jetzt gut brauchen können, das würde ihr bei der Antwort auf die Frage nach dem Motiv hilfreich sein.

Als sie ihr Büro betrat, saß Heinrich an seinem Schreibtisch und winkte zur Begrüßung mit den Kontoauszügen.

»Paula, du wirst staunen, was die hergeben.«

»Das glaube ich nicht, dass ich staunen werde. Kramer lebte über seine Verhältnisse und war hochverschuldet. Das wolltest du mir doch sagen?«

»Eben nicht, eben nicht. Allein auf dem Girokonto der Agentur sind momentan«, er sah auf das obenauf liegende Blatt, »knapp vierzigtausend Euro Guthaben.«

»Was? Da würde mich aber interessieren, woher die kommen. Aus seinen Vermittlungen offensichtlich nicht, das haben Frau Brunner und ich bereits festgestellt.«

»Ich habe dir doch gesagt, du wirst staunen. Alle drei Monate gehen schon mal pünktlich dreitausend Euro auf sein Konto ein, na, von wem?«

»Ich weiß es nicht, und ich habe auch keine Lust, mit dir hier rumzu…«

»Raten!«, beharrte Bartels auf seinem Frage-und-Antwort-Spiel.

»Keine Ahnung. Sei doch nicht so albern heute, sag mir jetzt, von wem das Geld …«

»Raten!« Heinrich blieb unbeirrt von ihrem aufkeimenden Ärger, er lächelte sie verschmitzt an.

Dreitausend Euro? Diesen Betrag hatte sie doch eben erst gehört … Amberger hatte davon gesprochen im Zusammenhang mit dem Fahrerlohn für … ah ja.

»Die dreitausend Euro sind von der Spedition Frey.«

»Sehr gut, Frau KHK. Note eins, setzen.«

»Ja, aber davon allein konnte er seine Agentur nicht am Leben erhalten.«

»Auch dafür bekommst du von mir eine glatte Eins. Ab und an flossen nämlich noch weit höhere Beträge auf dieses Girokonto. Hier am Jahresanfang gleich mal zwanzigtausend Euro geradeaus, dann im August nochmals zwanzigtausend, und auch im letzten Jahr im Juli wieder zwanzigtausend Euro. Überwiesen von der Firma DMSB aus der Schweiz.«

»So, und jetzt darfst du mal raten. Von wem könnte dieses Geld sein?«

»Ich habe keine Ahnung, ich kenne keine Firma mit dem Namen DMSB in der Schweiz.«

»Raten!«

»Das ist unfair, Paula. Du hast es viel leichter gehabt.«

»Das ist falsch. Ich hatte eindeutig die schwerere Aufgabe. Na, wie heißt deine neue Traumfrau?«

»Susanka Blahotova, aha, SB steht für Susanka Blahotova. Und DM steht für ... Deutsche Mark?«

»Nein, DM steht wahrscheinlich für Dessous-Moden oder Dessous-Model.«

Und dann erzählte sie ihm von ihrem Besuch bei Frau Vitzthum, Dennerleins Erkenntnissen und Ambergers Vermutungen. Als sie mit ihrem Bericht geendet hatte, legte ihr Eva Brunner wortlos den Haftbefehl, ausgestellt auf den Namen Frey, Joachim, auf den Schreibtisch.

Einen kurzen Moment spielte sie mit dem Gedanken, die Polizeiwache Süd um die Vollstreckung dieses Untersuchungshaftbefehls zu bitten. Doch da sie sich mehr davon versprach, den Spediteur selbst zu stellen, sagte sie zu der Anwärterin: »Wo haben Sie eigentlich Ihre Waffe, Frau Brunner?«

»Hier in Ihrem Waffenschrank, so wie es sich gehört.«

»Gut. Die brauchen wir nämlich jetzt gleich. Wir drei fahren in die Donaustraße und werden den Frey festnehmen und uns vorher noch ein wenig mit ihm unterhalten.«

Eva Brunner schlug sich mit der Innenfläche ihrer rechten Hand auf die Stirn. »Das tut mir leid. Das habe ich vergessen, Ihnen zu sagen: Der Frey ist schon im Haus, die Pforte hat mich vor einer halben Stunde angerufen und ihn angemeldet.«

»Wo ist er jetzt, immer noch im Eingangsbereich?«, fragte Paula Steiner unbeeindruckt von dieser Vergesslichkeit, zu der sie ihre eigene gleich dazu addierte. Genau, der Juniorchef wollte ja heute »auf jeden Fall, hundertprozentig« ins Präsidium kommen.

»Nein. Ich habe ihn in das große Vernehmungszimmer bringen lassen.«

»Also, dann gehen wir, Frau Brunner, Heinrich.« Sie griff nach der Akte »Kramer, Karsten« und schloss die Tür.

Als sie ins Vernehmungszimmer traten, stand der Juniorchef sofort auf und reichte zunächst ihr, dann Frau Brunner und schließlich Heinrich die Hand. Er hatte frisch gewaschene Haare, die zu einem Pferdeschwanz zusammengebunden waren, trug ein kurzärmliges weißes Oberhemd, das um die Körpermitte bedrohlich spannte, und eine saubere schwarze Jeans. Biss-Spuren konnte sie nicht entdecken.

»Schön, Herr Frey, dass Sie doch noch den Weg zu uns gefunden haben. Sie wollten aber ursprünglich mit Ihrem Anwalt kommen, oder täusche ich mich?«

»Den brauch ich net. Man kann mir nix vorwerfen.«

»Da wäre ich mir an Ihrer Stelle nicht so sicher.« Sie stellte das Mikrofon auf den Tisch und schaltete den Rekorder ein.

»Sie haben Kramer Ihren Wagen ausgeliehen. Warum haben Sie das getan, Herr Kramer hat doch selbst einen Audi?«

»Er wollte ihn für eine Spritztour haben, und ich hab ihm den Chrysler gegeben. Das ist doch nicht strafbar. Vielleicht wollte er mal was anderes fahren als seine langweilige schwarze Mittelklassekiste.«

»Das heißt: Sie hatten keine Ahnung, dass Herr Kramer Ihren Crossfire nur dazu brauchte, um den ermordeten Shengali von Kinding nach Nürnberg zu transportieren?«

»Nein, natürlich nicht, dann hätte ich ihm doch nie …«

»Das habe ich mir gleich gedacht«, fiel sie ihm ins Wort. »So habe ich Sie auch eingeschätzt. Als einen Mann von Ehre, der nie und nimmer etwas Kriminelles tun oder der Polizei gegenüber strafbare Handlungen verschweigen würde.«

Heinrich beobachtete sie aufmerksam und fragend. Er konnte den Nutzen dieses neuartigen Spiels, das dem Verdächtigen harmlose Antworten geradezu in den Mund zu legen schien, offenbar nicht erkennen.

»Und dann waren Sie auch nicht der anonyme Anrufer, der der Polizei den herrenlosen Lkw auf der Kindinger Parkbucht gemeldet hat?«

»Nein, das wäre ja blöd von mir gewesen, weil ich …«

»Stimmt, natürlich wäre das blöd von Ihnen gewesen«, unterbrach sie ihn sanft und lächelnd. »Nun zu einem anderen Thema.« Sie klappte die Akte auf und entnahm ihr das oberste Dokument. »Kennen Sie diesen Mann?«

Joachim Frey erschrak, als er sich über das Foto beugte. Es war ein ehrliches Erschrecken, da hatte sie keinen Zweifel. Er sah Kramer in diesem Zustand, die grausig verzerrten Gesichtszüge, der halb geöffnete Mund, die weit aufgerissenen, hervorquellenden Augen, die deutlichen Würgemale an seinem Hals, zum ersten Mal.

»Ich wiederhole meine Frage, Herr Frey, kennen Sie diesen Mann? Haben Sie ihn schon einmal gesehen?«

»Ja. Das ist der Karsten. Karsten Kramer. Ist er tot?« Seine Stimme, die bislang zwischen höflicher und drohender Tonlage geschwankt hatte, klang nun angespannt und rau.

»Schön, dass Sie sich erinnern. Ja, er ist tot. So tot wie Abdulaziz Shengali nach der Fahrt in Ihrem Crossfire.«

»Ermordet?«

»Es sieht so aus. Oder denken Sie, das ist eine nachgestellte Szene wie beim Laienspieltheater von Oberammergau?«

»Wer tut so was?«, fragte er kaum hörbar.

»Meinen Sie jetzt den Mord an Shengali oder an Kramer?«

»Natürlich an Kramer.«

»Natürlich an Kramer«, wiederholte sie gedankenverloren seine letzten Worte und schaltete den Kassettenrekorder wie beiläufig aus.

»Ja, Herr Frey, lesen Sie denn keine Zeitung? Die Zigaretten-Mafias machen doch seit Wochen schon einen Kahlschlag durch die mittlere und untere Ebene ihrer Konkurrenten. Letzte Woche die drei Morde in Berlin, davor die Sache mit den zwei Lagerverwaltern in Tirana, am Montag der Doppelmord an den Spediteuren in Tschechien, am Dienstag die erhängten Vietnamesen an der tschechisch-deutschen Grenze und eben auch Herr Kramer. Gestern wieder zwei tote Lkw-Fahrer aus Bosnien, aber die hatten nicht so viel Glück wie Ihr Geschäftspartner – da war vom Gesicht nichts mehr zu erkennen. Und wer weiß, wer der Nächste ist?«

Frey zögerte. Er schwieg und überlegte. Es fiel ihm schwer, das war zu sehen. Denken war seine Sache nicht. Sie gab ihm eine kleine Hilfestellung.

»Vielleicht Sie? Ihr Name taucht nämlich auch in den Protokollen unseres Informanten auf. Zwar nur am Rand, aber immerhin.«

»Welcher Informant?«

»Ein hochrangiges Mitglied aus dem südosteuropäischen Zigarettensyndikat hat sich entschlossen, aus der Szene auszusteigen und uns als Kronzeuge zur Verfügung zu stehen. Als solcher genießt diese Person natürlich sämtliche Vergünstigungen unseres Zeugenschutzprogramms, und schon von daher kann ich Ihnen den Namen nicht nennen. Wofür Sie sicher Verständnis haben.«

Wieder dachte Frey nach. Sie ließ ihm Zeit bei dieser für ihn ungewohnten Tätigkeit. Sie wusste, am Ende würde er sich für das Richtige entscheiden. Das Richtige für alle in diesem Raum. Sie drückte die Start-Taste des Rekorders.

»Aber wir haben doch noch gar nichts gemacht«, sagte er schließlich, und sie bezweifelte nicht, dass er die Wahrheit sprach. »Bis jetzt hat es ja noch nicht geklappt. Das war nur ein Gedanke von uns, sozusagen in der Planungsphase. Das ist doch nicht strafbar. Wie sind die überhaupt auf uns gekommen, ich kann mir das gar nicht vorstellen ...«

»Wer redet denn von Strafe, Herr Frey? Wir nicht. Vielleicht sollte ich der Vollständigkeit halber noch ergänzen, dass Frau Blahotova gestern Nacht verhaftet wurde.«

»Die Susi!«, schrie er, blutrot vor Wut. »Die ist doch an allem schuld. Die hat uns doch, den Karsten und mich, erst auf die Idee gebracht, dass damit Geld, viel Geld und leichtes Geld, zu verdienen ist. Die Matz, die elende!«

Mit diesem Wutausbruch hatte Frey, ohne dass er das ahnen konnte, der Leiterin der Kommission 4 einen großen Dienst erwiesen. Sein entrüstetes Geschrei hatte ihr Gedächtnis schlagartig aktiviert, dank des Juniorchefs konnte sie die Fahndung nach dem »vagen Gefühl« einstellen. Genauso empört und lautstark polternd war auch sie erst vor Kurzem gewesen. Siegfried Frey gegenüber, dem sie eine monströse Gefühlskälte unterstellt und der doch so ein weiches Herz hatte. So viel Liebe, die sich aus seiner Sicht in einem Kapitalverbrechen Bahn brechen musste. Gewiss, die größte Schuld an dieser Vergesslichkeit trug sie, aber einen gewissen Teil daran wälzte sie auch auf die Agentur für Arbeit ab – auf sie und ihr Amtsdeutsch. Solche Vokabeln wie EGZ und Vorbeschäftigungsverbot boten sich ja geradezu an, von jedem normalen Gedächtnis bestreikt zu werden!

»Einen Augenblick, bitte. Das erzählen Sie jetzt gleich alles Punkt für Punkt Herrn Bartels. Ich bin sicher, dass wir dann auch etwas für Sie tun können. Nur zwei Fragen noch: Wie hatten Sie sich denn die Aufteilung des Gewinns vorgestellt?«

»Wir hatten halbe-halbe geplant, abzüglich der Kosten für die Fahrer, die ich zu tragen gehabt hätte, und des Anteils für die Susi, was Karsten übernommen hätte. Da hätte keiner meckern können, ein anständiger Deal unter Männern.«

»Sehr anständig, ja. Und bei der Ermordung von Shengali haben Sie auch halbe-halbe gemacht, oder?«

»Nee. Das war Karstens Idee. Der hat, nachdem Abdu in seinem Büro aufgekreuzt ist, gesagt: Der muss weg. Er erledigt das. Dafür wollte er auch eine höhere Provision. Aber da hätte ich nicht mitgespielt, da hätte er sich die Zähne bei mir ausgebissen.«

»Dann wissen Sie sicher auch, warum Kramer dies ausgerechnet im Altmühltal, auf dieser Kindinger Parkbucht erledigen wollte?«

Auch diesmal zögerte er keine Sekunde mit seiner Antwort. »Klar, die hat sich doch geradezu angeboten. Erstens lag sie auf Shengalis Route, zweitens war sie weit abgelegen vom Schuss, das heißt: keine Zuschauer, und drittens hatten Karsten und ich trotzdem nur eine verhältnismäßig kurze Anfahrt von Nürnberg aus. Ich musste ja auch irgendwie wieder zu meinem Lkw kommen.«

Sie gab Heinrich ein Zeichen, ihr nach draußen zu folgen. Vor der Tür sagte sie zu ihm: »Mir wäre lieb, du würdest das jetzt allein zu Ende bringen. Der Amberger sollte später auch dabei sein. Meinst du, du schaffst das?«

»Klar schaffe ich das. Was für eine Frage, Paula! Warum willst du nicht dabei sein? Interessiert dich das nicht?«

»Nein, Wirtschaftsdelikte im Planungsstadium von Möchtegern-Ganoven interessieren mich nicht. Und inwiefern das Beihilfe zum Mord war oder nicht, wirst du auch allein herausfinden. Ich will jetzt diesen Fall abschließen, der mir langsam, aber sicher zum Hals raushängt. Schickst du mir bitte die Frau Brunner heraus?«

Während sie auf die Anwärterin wartete, kippten ihre Sicherheit und Siegesgewissheit um in Nervosität und Abscheu vor dem, was ihr jetzt bevorstand: eine bohrende Fragerei, Angriff und Rückzug, eine aggressive Unterstellung, daraufhin vorgetäuschtes Verständnis für den Täter und sein Motiv, dann wieder eine tiefe Verletzung seines Ehrgefühls, hin und her, bis er schließlich gestand. Insgeheim glaubte sie, es würde nicht lange dauern. Denn sie kannte seinen wunden Punkt. Er würde, so hoffte sie, schnell die Beherrschung verlieren.

Als sie mit ihrer Mitarbeiterin über den Hof lief, fragte Eva Brunner: »Wohin fahren wir jetzt, Frau Steiner?«

»Zu Kramers Mörder.«

Den ganzen Weg über herrschte konzentriertes Schweigen in dem Polizeiauto. Als sie die Südwesttangente überquert hatten, fragte sie: »Können Sie sich noch an unsere erste gemeinsame Fahrt hierher erinnern, Frau Brunner?«

»Ja«, lautete die prompte Antwort von der Fahrerseite, »sehr gut. Wir haben damals vor dem leeren Grundstück mit dem Wohnwagen geparkt. Und sind die paar Meter zu Fuß gegangen, weil Sie noch eine rauchen wollten.«

»Exakt. Und genauso machen wir es heute auch.«

Nachdem sie ihre Kippe im Rinnstein entsorgt hatte, betraten sie den Hof der Spedition. Auf ihr Klingeln öffnete ihnen eine Frau in ihrem Alter.

»Ja, bitte?«

Sie zeigte ihren Ausweis. »Wir haben einen Termin bei Herrn Siegfried Frey. Bemühen Sie sich nicht, wir kennen den Weg.«

Vor Freys Büro holte sie tief Luft, dann klopfte sie und trat ein. Frey senior sah erstaunt von einem Stapel Papiere auf. Er trug dieselbe graue Strickjacke wie beim letzten Mal, dieselbe ausgebeulte braune Cordhose.

»Wir müssen mit Ihnen reden.«

»Gern, setzen Sie sich doch.« Dieser Einladung folgte ein freundliches Lächeln.

Sie musterte ihn lange, dann sagte sie: »Wir haben Ihren Sohn soeben verhaftet.«

Das Lächeln erstarb. »Was werfen Sie ihm vor?«

Sie ging gleich zum Angriff über. »In erster Linie Mord an Karsten Kramer. Eventuell auch Beihilfe zum Mord an Abdulaziz Shengali, hier ermitteln wir noch, versuchte Nötigung zu einer kriminellen Handlung und so, wie es aussieht, Mitgliedschaft in einer kriminellen Vereinigung.«

Frey, dem nichts anzumerken war, ließ sich ihre Worte gründlich durch den Kopf gehen. Dann entgegnete er: »Mit dem Mord an Abdu hat mein Sohn nichts zu tun. Er hat ein Alibi, er war zu dem Zeitpunkt in Ansbach. Er kann es gar nicht gewesen sein. Und was soll das für eine kriminelle Vereinigung sein, deren Mitglied er angeblich ist?«

»Die albanische Mafia.«

»So ein Blödsinn, das glauben Sie doch selbst nicht! Was hat mein Sohn mit der Mafia zu tun?«

»Zum Beispiel den illegalen Transport von Waren über die Gren...«

»Mit dem Zigarettenschmuggel von diesem Kramer hat mein Sohn nichts zu tun.«

»Dann ist es ja gut, dann hat er in diesem Punkt nichts zu befürchten. Aber wie ich schon sagte, die Beihilfe zum Mord und die Mitgliedschaft in einer kriminellen Vereinigung werden nur die Nebenanklagepunkte der Klageschrift sein. Die Hauptanklage lautet auf Mord. Das bedeutet eine langjährige Haftstrafe. Ich fürchte, die geplante Firmenübergabe an Ihren Enkel im Jahr 2038 können Sie sich endgültig aus dem Kopf schlagen.«

»Joachim kann es nicht gewesen sein.«

»Warum nicht?«

»Weil er zu diesem Zeitpunkt, den ganzen Abend, hier war, hinten in seinem Musikzimmer.«

»Genau dasselbe sagt er auch. Aber wir haben eine Zeugin, die ihn im Treppenhaus von Kramers Agentur gesehen hat.«

»Eine Zeugin?«

»Ja. Mal eine andere Frage: Woher wissen Sie eigentlich so genau Bescheid über den Mord an Kramer, dass Sie sogar den Tatzeitpunkt kennen?«

»Es stand doch in der Zeitung.«

»Nein, da muss ich Sie korrigieren. Es stand nichts in der Zeitung, weder über den Mord noch über die Tatzeit.«

Frey schloss die Augen. Er verzog das Gesicht zu einem Weinen. Aber er weinte nicht, es war keine Träne zu sehen. Diese Generation, dachte sie, erstickt noch mal an ihren zurückgehaltenen Tränen.

»Also, woher wissen Sie davon?«

Sie erhielt keine Antwort. Frey saß nur da, mit gesenktem Blick, und betrachtete seine Hände. Nach langen Minuten gemeinsamen Schweigens sah sie sich zur abschließenden Offensive gezwungen.

»Ach, jetzt verstehe ich, Ihr Sohn hat es Ihnen gesagt, dass und wann genau er Kramer umgebracht hat. Daher wissen Sie das alles. Woher sonst sollten Sie diese Kenntnisse auch haben als von Kramers Mörder selbst. Sie haben uns soeben den eindeutigen Beweis erbracht, dass Ihr Sohn Joachim Frey den Mord an Karsten Kramer verübt hat. Damit haben Sie der Polizei sehr geholfen. Wie es auch Ihre Pflicht als Staatsbürger ist. Sie haben sich richtig entschieden, zugunsten des Gesetzes, dafür danke ich …«

»Hören Sie auf damit!«, schrie er. »Er kann es nicht gewesen sein, weil …«

»Weil was?«

Siegfried Frey starrte sie mit versteinertem Blick an. Er schluckte leer, mehrmals hintereinander.

»So, das ist jetzt auch egal. Ich wollte Ihnen das nur persönlich sagen. Ich dachte, das bin ich Ihnen schuldig. Jetzt müssen wir aber zurück ins Präsidium, Frau Brunner. Wie spät haben wir jetzt, Herr Frey?«

Als er die Strickjacke nach hinten schob, um auf die Uhr zu sehen, bemerkte sie am inneren Handgelenk eine winzige gerötete Stelle. Als er von seiner Uhr aufsah, trafen sich ihre Blicke. Sie konnte in seinen Augen nachvollziehen, wie er erkannte, dass er verloren hatte.

»Sie hatten von dem geplanten Zigarettenschmuggel keine Ahnung. Bis zu dem Dienstagnachmittag, als ich Sie anrief und Ihnen sagte, Shengali und Ostapenko könnten nicht, wie Sie bis dahin geglaubt hatten, nach dreimonatiger Wartefrist wieder bei Frey-Trans eingestellt werden. Sie kannten dieses sogenannte Vorbeschäftigungsverbot nicht, wonach zwischen Aus- und Wiedereinstellung bei demselben Arbeitgeber mindestens vier Jahre liegen müssen, damit man den Eingliederungszuschuss von der Agentur für Arbeit erhalten kann.«

Siegfried Frey nickte, langsam und schwer.

»Daraufhin haben Sie mit Ihrem Sohn gesprochen, der Ihnen das sowie nach und nach auch alles Weitere gebeichtet hat. Also Kramers Mord an Shengali und den geplanten Schmuggel. Für Sie muss das entsetzlich geklungen haben. Dass Ihr Sohn Ihren und den guten Ruf Ihrer Spedition so leichtfertig aufs Spiel setzen kann.«

»Ja, das war entsetzlich, ganz furchtbar für mich«, sagte er nach einer Weile. »Aber es kommt noch etwas hinzu. Mein Sohn und ich, wir hatten es in der Vergangenheit nicht leicht. Joachims Mutter ist gestorben, da war er zwölf. Seitdem habe ich versucht, ihn allein zu einem anständigen Menschen zu erziehen. Besonders gut geglückt ist mir das nicht, wie Sie schon bemerkt haben werden. Er war immer renitent, gegen alles, hatte an fast nichts Interesse außer an seiner Musik. Auch dass er einmal die Firma übernehmen sollte, hat ihn anfangs überhaupt nicht interessiert. Aber er hat sich dann dazu bereit erklärt, wahrscheinlich auch deswegen, weil er keinen ordentlichen Schulabschluss vorzuweisen hat. So ein Juniorchef-Titel, der einem quasi in den Schoß fällt, ist besser, als sein Geld mit irgendeinem Hilfsarbeiterjob verdienen zu müssen, oder? Trotzdem, Joachim hat sich nie etwas zuschulden kommen lassen, mit dem Gesetz ist er nicht in Konflikt geraten. Darauf war ich immer stolz.«

Während er erzählte, nickte Paula Steiner ein paarmal, nicht nur als Zeichen, dass sie Freys schwierige Erziehungssituation gut nachvollziehen konnte, sondern vor allem zu seiner Ermunterung. Hatte Siegfried Frey bis hierher beherrscht und um Verständnis bittend geklungen, wechselte er nun abrupt den Ton.

Zornbebend brach es aus ihm heraus: »Und dann kommt dieser Sesselfurzer von Kramer daher, elegant, wohlhabend, feine Kleidung, und will meinen Joachim da mit hineinziehen. Und der dumme Bub hätte sich auch beinahe darauf eingelassen. Nur wegen dieses gottverdammten Geldes. Das konnte ich doch nicht zulassen.«

Sie gab Eva Brunner ein Zeichen, Freys Festnahme und Überführung zu veranlassen. Als die Anwärterin nach draußen gegangen war, fügte er kaum hörbar hinzu: »Ich wollte ihm doch nur helfen.«

Da überwältigte sie Mitgefühl für diesen Mann, von dessen grauer Strickjacke und weißem Haarkranz sie sich zweimal hatte täuschen lassen, und sie sagte mit fester Stimme: »Vielleicht haben Sie das ja. Bestimmt sogar. Ich bin überzeugt, er weiß jetzt, was er zu tun hat.«

Siegfried Frey saß noch immer kerzengerade auf seinem Stuhl, mit starrem Blick, die Hände der Länge nach auf den Schreibtisch ausgestreckt, als die zwei Polizisten sein Büro betraten.

11

So weit, so gut. Und Trommens immer noch offene Teilrechnung? Keine Sorge, er hat bezahlt, mit Zins und Zinseszins. Und das – fast – ohne Zutun Paula Steiners. Durch einen dummen, oder sollte man nicht besser sagen: blitzgescheiten Zufall, wie ihn nur das Leben schreibt.

Exakt eine Woche, nachdem die Kommission den Doppelmord geklärt, ihren Fall gelöst hatte, kam der oberste Dienstherr des Polizeipräsidiums Mittelfranken zu Besuch. Einmal im Jahr lädt sich der Innenminister des Freistaats Bayern bei den Nürnbergern ein. Das ist so Usus, die Innenminister kommen und gehen, aber diese Gewohnheit bleibt bestehen. Die Untergebenen vom Jakobsplatz reagieren auf diesen allerhöchsten Besuch mit durchaus gemischten Gefühlen. Die einen gelangweilt bis leicht genervt, andere wiederum mit einer emotionalen Kälte, die fast schon erschreckend ist, und manche freudig-erwartungsvoll. Es versteht sich von selbst, dass Jörg Trommen zur dritten Gruppe gehörte, ja, eigentlich als ihr inoffizieller Anführer galt. Er hoffte beziehungsweise er war sich sehr sicher, auch wegen seiner hervorragenden Beziehungen zum Leitenden Kriminaldirektor, dem Staatsminister persönlich vorgestellt zu werden. Und bei dieser Gelegenheit dem hochrangigen Gast seine Verdienste und Erfolge in jenen leuchtenden Farben schildern zu können, die diesem gewiss in Erinnerung bleiben würden, um dann, wenn eine Neubesetzung anstünde, ihre Wirkung zu zeigen.

Trommen dachte in diesem Zusammenhang eine lange Zeit an Fleischmanns Position, kam dann aber, je näher der Termin rückte, zu der Einsicht, dass ein Leitender Kriminaldirektor wesentlich besser zu ihm passe. Dafür nahm er sogar eine zwei Wochen andauernde Diät auf sich. Denn die Polizeiuniform, die er – wie alle Angehörigen seines Sachbereichs – an diesem entscheidenden Tag zu tragen beabsichtigte, zwackte hier und dort. Vor allem an den Hüften hatte der Kommissionsleiter zugelegt, währenddessen die Jacke an den Schultern seltsamerweise blähte. Mit Hilfe seiner Frau und ihrer Engelsgeduld hatte er sich vierzehn Tage lang ausschließlich von lauwarmer Gemüsebrühe ernährt, ein Verzicht, der ihm an diesem so wichtigen Montag anzusehen war. Jacke und Hose schienen ihm wieder auf den Leib gebügelt zu sein.

Nun endlich war der große Tag gekommen. Paula Steiner hatte in der Früh erstaunt und erfreut zugleich festgestellt, dass Eva Brunner in Zivil erschienen war, genau wie Heinrich und sie selbst. Es war exakt dreizehn Uhr fünfundvierzig, der Minister war seit einer knappen Stunde im Haus, als sie ihr Büro verließ, um die Kantine für ein spätes Mittagessen aufzusuchen. Ebenfalls um dreizehn Uhr fünfundvierzig verließ der Staatsminister die Kantine, wo er mit Fleischmann und Bauerreiß das Montagsmenü eingenommen hatte, nämlich Putenschnitzel mit Reis und als Dessert Obstsalat. Kaffee und dieser herrliche Zwetschgenkuchen aus der kleinen Bäckerei in der Maxfeldstraße sollten dann sozusagen als kulinarischer Höhepunkt des Nachmittags im Zimmer des Leitenden Kriminaldirektors folgen. Da sich der Innenminister innerhalb des Präsidiums so sicher wie in seiner Staatskanzlei fühlte – und dazu auch allen Grund hatte –, verzichtete er auf jeglichen Begleitschutz, als er sich auf den Weg in die Teppichetage einen Stockwerk tiefer machte. Er betrat den Lift um dreizehn Uhr sechsundvierzig und hätte diesen zehn Sekunden später wieder verlassen können, wenn nicht Paula Steiner den Aufzug kurze Zeit zuvor in ihre Etage gerufen hätte. So also fuhr der Aufzug inklusive seinem staatsministerlichen Fahrgast ins erste Stockwerk, um dort eine überraschte und auch ein wenig peinlich berührte Kommissarin aufzunehmen.

Freundlich, aber knapp grüßte sie ihren obersten Chef mit einem unverfänglichen fränkisch-bayerischen »Grüß Gott«. Der Minister erwiderte den Gruß mindestens ebenso freundlich, wenn auch leutseliger: »Grüß Gott. Wir haben anscheinend den gleichen Weg, Frau …?«

»Steiner. Das glaube ich nicht. Sie möchten doch sicher zu Herrn Bauerreiß oder Herrn Fleischmann. Und ich will in die …«

Bevor sie weiterreden konnte, hielt der Aufzug mit einem kräftigen Ruck. Minister und Kommissarin sahen sich fragend an.

Paula Steiner, die sich instinktiv für den hohen Gast verantwortlich fühlte, sagte betont zuversichtlich: »Einen Augenblick. Das werden wir gleich haben.«

Sie drückte auf alle Knöpfe, erst langsam von oben nach unten, dann, nachdem die erhoffte Wirkung ausblieb, nochmals von unten nach oben, mit viel Druck – wieder nichts. Schließlich kam die Ultima Ratio in solchen Fällen zum Einsatz, der rote Notruf-Knopf – auch dies ohne die wünschenswerten Folgen. Natürlich hatten weder sie noch gar der Minister ihre Handys dabei. So blieb nur das Rufen.

Ein paar Minuten verstrichen, bis endlich jemand auf die festgeklemmte Zweierbesatzung aufmerksam wurde. Es war Winkler, Trommens Vertreter. Nachdem er vernommen hatte, welch brisante Fracht im Präsidiumslift feststeckte, versprach er so eilfertig wie aufgeregt: »Ich werde mich um alles kümmern, Herr Minister. Sofort. Augenblicklich. Sie können sich auf mich verlassen, Herr Minister. Keine Sorge, Sie sind bald wieder befreit, Herr Minister.«

Es dauerte dann doch immerhin sieben Minuten, bis der Herr Minister wieder befreit war. Eine lange Zeit, wenn man mit Paula Steiner, die noch eine Teilrechnung offen hat, in einem Aufzug festsitzt. Das war ihre Chance, und sie nutzte sie. Erzählte ihrem Gegenüber auf dessen aus Gründen des Zeitvertreibs, weniger aus Interesse gestellte Frage von dem gelösten Fall Shengali, kam dann auf ihre »klitzekleine, aber gerade deswegen so hocheffiziente Kommission« zu sprechen und lobte den hohen Gast aus München für dessen Klugheit, »bei der Aufteilung der Mordkommissionen sowohl auf große als auch kleine Unterkommissionen zu setzen«.

Sie übertrieb es nicht mit ihren anerkennenden Worten, machte aber deutlich, dass es nur auf diese Tatsache, also auf die ministerielle Weitsicht zurückzuführen war, dass das Präsidium Mittelfranken so erfolgreich agierte, erfolgreicher gar als die Münchner von der Landeszentrale. Was man im Grunde nur einem zu verdanken habe – nämlich dem Herrn Minister, einem Mittelfranken, der wie alle Neubayern eine gepflegte Aversion gegen die lauten, selbstbewussten Mia-san-mia-Oberbayern hatte.

Als der Aufzug schließlich eine halbe Etage nach oben glitt und die Lifttür sich öffnete, sah sie als Erstes in Trommens verdutztes und leicht panisches Gesicht. Dann erkannte sie den Hausfotografen, der dieses denkwürdige Ereignis für die Hauszeitschrift festhalten sollte. Und schließlich Kriminaldirektor Bauerreiß, der seinen Chef fragte, ob er etwas dagegen einzuwenden habe, wenn man ihn vor diesem denkwürdig unzuverlässigen Lift ablichten würde. Nein, antwortete der Minister vergnügt, überhaupt nicht, aber nur wenn die charmante Frau Steiner, die ihm die Wartezeit so unterhaltsam verkürzt habe, dass er es schon fast bedauere, nicht mehr im Lift festzustecken, haha, mit auf das Bild käme.

Es war die erste und bislang einzige Ausgabe der hausinternen Zeitung, die Paula Steiner aufmerksam las und nicht sofort im Papierkorb entsorgte. Das fröhlich-entspannte Bild von dem ihr zulachenden Minister ließ sie vergrößern und pinnte es auf die Außenseite ihrer Bürotür. Das war als Zins- und Zinseszins-Abgeltung gegenüber Trommen gedacht und im Grunde eine ziemliche Gemeinheit. Denn der Kommissionschef musste auf dem Weg in sein Büro jeden Tag an dieser Tür und ihrer beider Konterfei vorbei.

Es versteht sich von selbst, dass nach diesem Aufzugs-Debakel für Trommen oder Aufzugs-Glücksfall für Paula Steiner nie wieder die Rede von einer Zusammenlegung der Kommissionen 1 und 4 war.

Dank

Drei Personen sind es, denen ich für ihre Unterstützung bei diesem Buch danke:

Hauptkommissar Peter Schnellinger von der Pressestelle des Polizeipräsidiums Mittelfranken für seine polizeiinternen Informationen;

Mark-Oliver Maierl von der gleichnamigen Nürnberger Spedition für den Kompaktkurs in Sachen Logistikunternehmen;

und schließlich demjenigen, der hier namentlich nicht genannt werden möchte, für seine Einführung in das Wesen der Agentur für Arbeit ebenso wie für seine Geduld und seine Ideen.

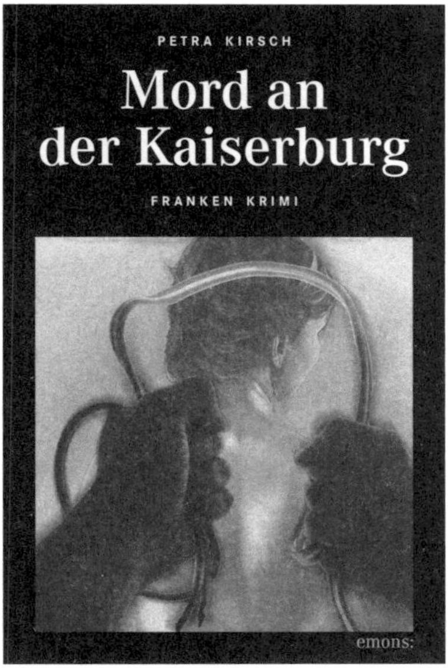

Petra Kirsch
MORD AN DER KAISERBURG
Broschur, 224 Seiten
ISBN 978-3-89705-715-9

»Die gelernte Journalistin lässt ihre Heldin duch eine liebevoll-detailliert beschriebene Noris düsen und in das eine oder andere Fettnäpfchen treten. Das Humorpotential macht die Sache auch für routinierte Konsumenten einschlägiger Literatur unterhaltsam.« Nürnberger Nachrichten